Daniel Suter
Die ägyptische Tochter
edition 8

Daniel Suter

Die ägyptische Tochter

Roman

Verlag und Autor danken dem Präsidialdepartement der Stadt Zürich für den finanziellen Beitrag an dieses Buch.

Besuchen Sie uns im Internet: Informationen zu unseren Büchern und AutorInnen sowie Rezensionen und Veranstaltungshinweise finden Sie unter www.edition8.ch

Bibliografische Informationen der Deutschen National-Bibliothek sind im Internet abrufbar unter http://dnb.ddb.de.

ISBN 978-3-85990-179-7

1

Es wird Zeit. Vor Bannwarts Fenster sinken die Hochschulen ins Dunkel ihres Hügels. Links die ETH, rechts die Universität. Giganten waren das einmal. Auf alten Fotos thront das Polytechnikum über der Stadt, eine urbane Zitadelle mitten in den Rebbergen saurer Landweinsorten. Später dehnte sich die Stadt aus, stieg ihren Ausfallstrassen entlang den Hang hinauf und nahm dem Bau die aristokratische Distanz. Umstellt und gefesselt wie Gulliver, verlor er seine Aura des Einzigartigen. Heute braucht es den Blick des Stadtplaners, um zu erkennen, welch ein Wurf das war vor hundertfünfzig Jahren. Dieser Wagemut, dieser Zukunftsglaube, ein viel zu grosses Bauwerk hinzustellen und darauf zu vertrauen, dass es sich mit Leben und Arbeit füllen werde. Etwas von diesem Gründergeist wäre der Stadt auch heute zu wünschen. Ein Aufbruch, eine neue Idee, eine neue Hoffnung. Metropolis Media Center? Vielleicht. Bannwart packt das Dossier in seine Aktentasche. Ein digitales Hollywood, nichts weniger, versprechen die Investoren. Aber interessant ist der Komplex, auch architektonisch. Und gross. Ungewohnt gross für diese Stadt.

Bannwart geht nicht gerne ins Rathaus. Darum geht er zu früh. Er will auf der Besuchertribüne sein, bevor die Parlamentarier kommen. Er steht schon unter der Tür, als sein Telefon schellt. Kurz zögert er, dann siegt die Pflicht. Unwillig macht er vier grosse Schritte zum Pult zurück, sieht auf das Display und nimmt nicht ab. Die Chefin. Er ist schon weg.

Jedes Mal, wenn das Stadtparlament ein grösseres Bauprojekt behandelt, muss er im Rathaus sein. Die Chefin wünscht es. Sie will ihn auf der Tribüne sehen, zur Absicherung, sagt sie, falls in der Debatte eine Frage auftaucht, die sie nicht beantworten kann. Bisher hat sie ihn noch nie gebraucht, und sie wird es auch an diesem Abend nicht. Sie ist Politikerin und hat auf alle Fragen eine Antwort. Ausserdem geht es heute gar nicht um Details. Die hat Bannwart mit der Baukommission des Gemeinderats schon vor einem Monat in drei Sitzungen durchgearbeitet. Die Meinungen der Fraktionen zum Metropolis Media Center sind gemacht, und wenn heute das Plenum über den Gestaltungsplan und den Verkauf eines kleinen Landstreifens entscheidet, hängen Länge und Leidenschaft der Debatte mehr von der Stimmung im Saal ab als von den Einzelheiten des Projekts. Bloss lässt sich schwer vorhersagen, ob es an diesem Abend wirklich zur Debatte und zur Abstimmung kommt. Wenn es der Teufel will, bleiben die Gemeinderäte an einem der vorangehenden Tagungspunkte kleben und reden so lange hin und her, bis um acht Uhr der Ratspräsident die Sitzung schliesst und das Geschäft, für das Bannwart gekommen ist, vertagt wird. In seinen elf Jahren als Direktor des Amtes für Städtebau hat Robert Bannwart schon manche Stunde auf der Ratstribüne verloren.

Er schliesst sein Büro ab. Den Lift nimmt er nie, er liebt Treppen, rast sie hinunter, im Flug, hart an der Grenze zum Absturz, das ist sein Tempo, sein Rhythmus, sein Trommelwirbel der Absätze.

Von unten kommen Finanzchef Derungs und Assistentin Roskovic, auf der gleichen Stufe und im gleichen Trott wie ein Gespann. Ganz in ihr Gespräch vertieft, weichen sie zur Seite und blicken erst auf, als Bannwart mit einem raschen Gruss an ihnen vorbeirattert.

»Robert! Zu dir wollen wir«, ruft Derungs.

»Die Markthalle«, sagt Milena, »der Wettbewerb –«

Bannwart winkt ab. »Morgen, morgen … ich muss – Metropolis im Gemeinderat.«

»Heute schon? Viel Glück«, ruft Derungs ihm nach.

»Danke, sollte klappen. Die Zeichen stehen gut.« Und schon ist er um den Pfeiler.

Er tritt aus dem Amtshaus IV und schlägt den Kragen hoch. Die Novemberbise treibt ihm winzige Nebeltröpfchen ins Gesicht. Wismar nennt Carola dieses Wetter. Zum Rathaus sind es nur ein paar Minuten und zwei Wege. Der kürzere führt durch die Altstadt, der wenig längere dem Fluss entlang. Bannwart geht über die Brücke. Der Wind fährt ihm in den Mantel und lässt die Hand um den Griff der Mappe erstarren.

Eine Brücke stromaufwärts steht das Rathaus mit den Füssen im Wasser. Das Privileg der Obrigkeit, ihre Bauten in den Fluss zu setzen. Trotzdem nur Mittelmass. Laut darf man das nicht sagen, Bannwart in seiner Stellung schon gar nicht. Aber das Rathaus war schon altmodisch, als sie es 1694 zu bauen begannen. Nicht von einem Architekten entworfen, sondern von einer Kommission zusammengestückelt, drei Geschosse Renaissance, ein Walmdach als Haube und Barockschnörkel zur Dekoration. Die Zürcher haben ihm über drei Jahrhunderte hinweg die Treue gehalten und es auch dann nicht abgerissen, als die Stadt aus dem Schlaf des Mittelalters erwachte und die Modernisten mit den Stadtmauern gleich die ganze Altstadt schleifen wollten. Das Rathaus ist geblieben und dient jede Woche seinen zwei Parlamenten, am Montagmorgen dem

Kantonsrat und am Mittwoch zur Feierabendzeit dem Gemeinderat der Stadt.

Bannwart stösst das schwere Portal auf. In der Eingangshalle stehen zwei Ratsdiener hinter einem Absperrband mit dem Schild »Parlamentarier/innen«. Bannwart grüsst, obwohl er sie nicht kennt, und sie nicken kurz zurück. Ein zweites Schild weist die Besucher nach rechts zu einem Metallrahmen, an dessen Querbalken ein Verbotsschild klebt, ein durchgestrichenes Herz. Dort blicken zwei Polizisten, ein Mann und eine Frau, ihm schon entgegen. Er ist der Einzige in der Halle.

Oder doch bei den Ratsdienern vorbei? Auf umständliche Erklärungen hat er keine Lust.

Bannwart stellt die schwarze Mappe auf den Holztisch der Polizei.

»Nur Papier. Aber alles hochgeheim.«

»Ich lese Ihre Sachen schon nicht«, sagt die Polizistin, ohne ihn anzuschauen. Sie zieht die Mappe näher, öffnet den Verschluss und fährt mit flinken Fingern durch die Akten.

Vielleicht ein bisschen älter als Nora, noch keine dreissig. Aber Schlagstock links und Pistole rechts am breiten Gürtel.

»Ist okay«, sagt sie zu ihrem Kollegen an der Metallschleuse.

Bannwart geht durch den Rahmen. Ein langer Pfeifton.

»Schlüsselbund? Telefon?«

Bannwart legt beides auf den Tisch. Alter Küchentisch. Passt weder ins Rathaus noch zur Polizei.

Wieder das Pfeifen, richtungslos und nicht besonders laut, doch durchdringt es alles.

Ärgerlich klopft Bannwart seinen Mantel ab und findet die kleine Minox.

»Sie dürfen im Rathaus nicht fotografieren«, sagt der Polizist.

»Das habe ich auch nicht vor.«

»Warum haben Sie dann die Kamera bei sich?«

»Weil ich sie brauche, beruflich. Wie Sie Ihre Pistole.«

»Aber hier dürfen Sie keine Fotos machen. Dafür braucht es eine Bewilligung.«

»Herrgott, ich brauche keine Bewilligung, weil ich hier gar nicht fotografiere!«

»Dann bleibt die Kamera bei uns. Bitte lassen Sie den Herrn vorbei.«

Der Polizist fasst ihn am Ärmel. Mit einem Ruck reisst Bannwart den Arm an sich, macht aber den verlangten Schritt zur Seite. Hinter ihm wartet ein weisshaariger dünner Mann.

»Bei mir pfeift es auch immer«, sagt er vergnügt zum Polizisten und klopft sich auf die Hüfte. »Stahlgelenk.«

Der Polizist fährt mit einem Detektorstab seinem Körper entlang, an der rechten Hüfte gibt das Gerät Laut, der Alte strahlt, der Polizist nickt ernst und lässt ihn durch. Auf der Treppe zum grossen Saal steigen schon die ersten Herren und Damen des Gemeinderats gemächlich hoch. Hin und wieder grüsst einer der Parlamentarier nach unten zur Polizei, als bedanke er sich.

»Jetzt Sie.« Mit dem Stab winkt der Polizist Bannwart zu sich heran.

Bannwart schwitzt, am ganzen Körper prickelt es. Er hätte es einfacher haben können, nur den Ratsdienern seinen Ausweis zeigen und das Dossier Metropolis, die hätten ihn passieren lassen, auch wenn sie ihn nicht kennen, im Gegensatz zu ihrem älteren Kollegen, dessen Namen er nie behalten kann. Jetzt muss er die Arme heben, als ergebe er sich, er spürt, wie er schwankt, ein leiser Schwindel, das Zittern in den Beinen wie damals, als sie ihn verhafteten.

»Herr Bannwart!«, ruft eine helle Stimme von hinten. »Schön, dass Sie schon da sind.«

Die Chefin. Er nimmt die Arme runter und dreht sich um. Stadträtin Marlen Zollinger steht bei den Ratsdienern, die Arme in die Hüften gestemmt.

»Das ist mein wichtigster Mann, ich brauche ihn«, ruft sie dem Polizist zu, der sofort von Bannwart ablässt und sich dem nächsten Besucher zuwendet. Es hat eine kleine Stockung gegeben, drei Leute warten und mustern Bannwart, als fragten sie sich, ob sie ihn kennen müssten. Am Tisch steckt er den Schlüsselbund und das Telefon ein und nimmt die Aktentasche. Die Polizistin schaut ihn nicht an.

»Meine Kamera.«

Wortlos schiebt die Polizistin sie über den Tisch.

»Danke.«

Die Stadträtin ist nicht allein gekommen. Manz, der Bauherr des Metropolis Media Centers, steht neben ihr und streckt Bannwart die Hand entgegen. »Herr Direktor Bannwart –« Bannwarts Rücken versteift sich, als Manz sich vor ihm verbeugt, seine Hand nimmt und kaum merklich drückt, um sie dann wie ein Tänzer nach rechts zu führen. »Darf ich vorstellen – Herr Dr. Wilk, das ist Herr Direktor Bannwart, Chef des Amtes für Städtebau. Unsere wichtigste Stütze – nach Frau Stadträtin Zollinger selbstverständlich.«

Wilks Händedruck ist kurz und hart. »Angenehm.«

Der Investor aus Hamburg, der Metropolis gross

machen will. Jünger als Bannwart, Mitte vierzig vielleicht. Mit Geschäften in Russland schnell reich geworden, mehr weiss Bannwart nicht. Hanseatisch sieht er nicht aus. Grosse dunkle Augen, tiefe Schatten darunter und buschige schwarze Brauen darüber, kahler Schädel, spiegelblank auf dem Scheitel und bläulich schimmernd der Kranz, wo noch Haare wären. Eher ein Ringer oder Künstler als ein Unternehmer. Der Anzug aber ist Massarbeit, Nadelstreifen, dreiteilig, und hellblau die Krawatte.

»Herr Dr. Wilk ist heute Nachmittag von Hamburg eingeflogen, nur für diese Abstimmung«, sagt Manz, als erwarte er dafür Lob.

»Tja.« Wilk wippt sich auf den Fussballen höher. »Ist schliesslich das erste Mal, dass ich ein ganzes Parlament bemühen muss.«

Der Unterton reizt Bannwart. »Nun, wenn ein Bauprojekt die Grenzen der Gesetze sprengt – und die Stadt dafür einen Landstreifen verkaufen soll.«

»Wir haben vollstes Vertrauen in die Spielregeln der Demokratie«, beteuert Manz eilig. »Und in die vorzügliche Arbeit der Stadtbehörden.«

Die Stadträtin hört es nicht, sie hat den Fraktionschef ihrer Partei entdeckt, umarmt ihn und setzt drei spitze Küsse in die Luft neben seine Backen. An der engsten Stelle steht sie im Strom der Gemeinderäte, die nun, kurz vor Sitzungsbeginn, in Rudeln in die Halle drängen und an den Ratsdienern vorbei zur Treppe streben. Schlank und gross überragt Marlen Zollinger manchen Mann, winkt hierhin, ruft dorthin ein Scherzwort, schickt einmal sogar eine schelmische Kusshand über ein paar Köpfe hinweg, lacht laut auf und wendet sich schliesslich wieder ihren Begleitern zu.

»Meine Herren, wollen wir?« Mit der Linken weist sie den Weg an den Ratsdienern vorbei.

Wilk zieht eine Augenbraue hoch. »Keine Waffenkontrolle?«

»Herr Dr. Wilk, für Ihre guten Absichten bürge ich. Das zählt hier mehr als eine Sicherheitsschleuse.«

Wilk neigt geschmeichelt den Kopf und folgt ihr. Manz drängt ihm nach. Bannwart wartet eine Sekunde und lässt zwei Gemeinderätinnen den Vortritt, bevor er sich anschliesst. Manz redet auf Wilk ein. Am Treppenabsatz hört Bannwart: »Und sogar die Bundesräte fahren bei uns ohne Bodyguards im Zug oder Tram.«

»Hat nicht bei Ihnen einer vor Jahren ein halbes Parlament massakriert?«

»Ja, schon – in Zug, ja, ein Irrer, der sich am Schluss selbst … Aber das war eine absolute Ausnahme. Die Ausnahme, die die Regel bestätigt.«

»Die Regel ist das«, sagt Wilk und ruckt sein Kinn in Richtung der Polizisten.

»Die Regel, natürlich. Aber …«, Manz' rechte Hand dreht leer in der Luft, »doch nicht für Sie, Herr Wilk. Ich meine, niemand glaubt, dass Sie eine Waffe …«

»Glauben ist gut, wissen ist besser.«

»Ich weiss, dass Sie keine Waffe tragen«, sagt Manz beinahe entrüstet. »Hundert Prozent!«

Wilk nickt lächelnd und schweigt.

Im ersten Stock bleibt die Stadträtin kurz stehen, bis Manz und Wilk bei ihr sind. »Die Besuchertribüne ist eine Treppe höher, Herr Bannwart wird Sie führen. Dann wünsche ich Ihnen …« – sie zieht einen Mundwinkel schief und blickt zu Bannwart – »einen lehrreichen Abend. Wir sehen uns nach der Sitzung.«

Der Weg nach oben führt direkt zur Tribüne, die Tür

ist angeschrieben, da kann sich niemand verirren. Am Eingang sagt Bannwart: »Wir sollten uns nicht nebeneinander setzen. Das könnte falsch interpretiert werden. Beeinflussung, Abhängigkeit und so weiter.«

»Gewaltentrennung, alles klar, Herr Direktor. Hier das Kapital, dort die Politik«, sagt Investor Wilk vergnügt. Bannwart geht die Stufen zwischen den vier Bankreihen abwärts und setzt sich vorne in die erste Reihe. »Reserviert« steht auf vier Messingschildern an der Brüstung zum Saal. Manchmal muss man trotzdem einen Besucher bitten, den Platz zu wechseln. Heute aber ist die ganze Holzbank frei. Hart wie in einer alten Kirche, unangenehm steile Lehne, der dunkelbraune Lack zerkratzt. Das Rathaus verwöhnt seine Besucher nicht. Bannwart stellt seine Mappe neben sich. Wilk und Manz haben die zweite Reihe ausgesucht, am äussersten rechten Ende. So weit hätten sie nicht von ihm abrücken müssen. Gewaltentrennung? Unsinn, er will nur nicht, dass sie ihn während der Debatte mit Fragen stören. Ausser ihnen sind bloss noch zehn Besucher auf der Tribüne, drei Junge sitzen vorne, die Älteren weiter hinten. Aus der hintersten Reihe winkt einer ihm zu. Der mit dem Stahlgelenk. Bannwart dreht sich wieder nach vorn.

Von seinem Platz aus kann er die Hälfte des Saals überblicken, mehr als er braucht. Der schwere Leuchter in der Mitte blendet ihn, ein Monstrum mit runden Lampen wie Vollmonde, zwei Dutzend oder mehr, die aber nur ein sonderbar sandiges Licht in den Saal streuen. Eine Zumutung, von hier oben die Regierungsbank im Auge behalten zu müssen. Hinten an der Wand sitzen sie, links und rechts vom Ratspräsidenten und seinen beiden Stellvertretern. Marlen Zollinger hat ihre

Pultlampe eingeschaltet und blättert in Akten. Ihr Gesicht sieht Bannwart nicht, es bleibt im Dämmerdunkel verborgen.

Ein Gebrodel von Stimmen füllt den Saal, es ebbt kaum ab, als der scharfe Silberschlag der Glocke wie eine Nadel hineinsticht und der Präsident die Sitzung eröffnet. Von oben kommt die Stimme, aus zwei Lautsprechern am Stützpfeiler neben Bannwart. Aber zuhören muss er nicht, noch lange nicht. Er muss nur hier sitzen und warten und hoffen, dass die dort unten heute noch bis Metropolis kommen.

Er klappt seine Mappe auf. Das Dossier ist nicht dick, bloss ein paar Seiten hat er eingepackt, Eckdaten, Entwürfe, CAD-Bilder und kleine Planskizzen. Als Gedächtnisstütze braucht er sie nicht, er kennt das Projekt vom Dach bis ins dritte Untergeschoss. Der Gestaltungsplan, das ist seine Handschrift. Eingeweihte können sie lesen, nicht aber das grosse Publikum, das sieht nur die Leuchtschrift der Architekten, den imposanten Entwurf für das Metropolis Media Center. Darunter verborgen liegen die Linien, die Bannwart vorgezeichnet hat. Mit der Geheimtinte seines Amtes zog er die Grenzen für dieses Projekt. Er war es auch, der Manz dazu brachte, einen Architekturwettbewerb auszuschreiben. Zuerst reute Manz das Geld, doch Bannwart kitzelte seine Eitelkeit hervor: bedeutender Architekt, prominenter Bau – eine Investition ins eigene Renommee. Das nötige Kapital besass Urs Manz. Als junger Mann hatte er die Mehrheit am Familienunternehmen geerbt, absterbende Maschinenindustrie, und zum Entsetzen der Minderheitsaktionäre und der Gewerkschaften legte er kurz darauf die Fabrik und alle Werkstätten still, entliess die Belegschaften und wandelte das Unternehmen mit seinem weitgestreuten Grundbesitz in eine Immobiliengesellschaft um. In den zehn Jahren, die seither vergangen sind, hat er erfolgreich gewirtschaftet und einiges gebaut, solide, unspektakuläre Renditeobjekte. Und nun will er am Nordrand der Stadt, auf einem ihrer letzten freien Areale, ein markantes Zeichen setzen. Alle waren überrascht, als Manz vor zwei Jahren mit der Idee kam, ein internationales Zentrum für visuelle Medien zu bauen. So viel innovativen Wagemut hätte man ihm nicht zugetraut. Aber er fand Partner für sein Projekt, im Inland und im Ausland. Leute wie Rainer Wilk. Der öffne ihm die Tür zum Osten, heisst es, nach Russland, vielleicht sogar Asien, aber Genaueres weiss niemand. Bauherr jedenfalls ist Manz, und ursprünglich wollte er das Medienzentrum so banal und bieder bauen wie sein Einkaufszentrum am anderen Ende der Stadt. Bannwart konnte es ihm ausreden. An dieser Randlage müsse ein bedeutendes Werk entstehen, eines, das weithin sichtbar das Zeichen setzt: Halt! Hier beginnt die Metropole und ich bin das Tor dazu! »Metropole?« Manz verkostete das Wort wie eine Weinprobe. »Metropolis«, schob Bannwart nach, »der Film, ein Weltkunstwerk.« Das machte Manz Eindruck: sein Medienzentrum als Stadttor. Von da an hiess das Projekt Metropolis Media Center, und den Architekturwettbewerb gewann ein niederländischer Entwurf mit einem grossen Torbogen, der sich über die Studios, Labors, Büros und Säle spannt. Luxuswohnungen in den oberen Stockwerken, Mischnutzung, auch diese Linie hat Bannwart vorgezeichnet.

Sie schaffen es doch noch. In der letzten halben Stunde.

»Wir kommen zum Traktandum 22: Privater Gestaltungsplan Metropolis Media Center«, sagt der Ratspräsident und erteilt das Wort dem Sprecher der Kommission Hochbaudepartement und Stadtentwicklung. Neben ihm blickt Stadträtin Zollinger zur Tribüne hinauf, zuerst zu Bannwart, dann hinüber zu Manz und Wilk, die aufgewacht sind. Manz nickt Bannwart zu. Wilk steckt seinen kleinen Computer in die Tasche und beugt sich vor, um besser zu sehen. Der Kommissionspräsident fasst die Vorgeschichte von Metropolis zusammen, die alle im Saal kennen. Keiner im Gemeinderat hört ihm zu, sie reden mit ihren Sitznachbarn, tippen in ihre Laptops, stehen auf und gehen hinaus, ein Verkehrslärm von Stimmen, doch ist der Kommissionssprecher nichts anderes gewohnt und er redet gegen das Brausen an, das auch nicht kleiner wird, als der Ratspräsident zweimal auf die Glocke schlägt. Nur dank des Lautsprechers über sich versteht Bannwart, was dort unten geredet wird, doch auf die Dauer wird es anstrengend, der blechflachen Stimme zu folgen, die von links oben durch das Geröll der Gespräche auf ihn herabsickert. So genau muss Bannwart gar nicht hinhören. Die Kommission war beinahe einstimmig dafür, deshalb ist der Vorlage auch im Plenum eine satte Mehrheit sicher.

Als Zweite redet die Vertreterin der Kommissionsminderheit, ihre kleine Linkspartei lehnt den Gestaltungsplan ab, Gigantismus am falschen Ort sei das – doch wo, denkt Bannwart, wäre Gigantismus am richtigen Ort –, Metropolis treibe die Grundstückspreise im ganzen Quartier in die Höhe, zerstöre billigen Wohnraum, vertreibe ärmere Familien und bedrohe das soziale Klima der gesamten Stadt. Darum dürfe die Stadt auch nicht den kleinsten Landstreifen an das Projekt abtreten.

Alles altbekannt. Wer Städtebau als Beruf betreibt, der hört in einer Parlamentsaussprache keine neuen Argumente mehr. Auch nicht von den anderen Parteien, die nun der Reihe nach zu Wort kommen. Die Sozialdemokraten loben den kreativen Modernisierungsschub und die neuen Arbeitsplätze, die sie sich von Metropolis versprechen; für die Stadt sei das ein kleiner, aber wichtiger Schritt aus der einseitigen Abhängigkeit vom Finanzsektor. Für die Freisinnigen ist es ein Beispiel, wie die Wirtschaft den Fortschritt bringt, wenn der Staat sie von unnötigen Fesseln befreit. Die Christen hoffen, dass die neuen Wohnungen gute Steuerzahler und Familien anziehen. Etwas zwiespältig ist die Haltung der Nationalkonservativen; einerseits anerkennen sie, dass Metropolis eine private Initiative ist und keine Steuergelder kostet, ebenso sind sie immer dafür, dass die Stadt ihre Grundstücke an Private verkauft, andererseits sind ihnen die Grösse dieses Projekts und seine ausländischen Investoren nicht ganz geheuer. Bannwart sieht Wilk drüben lächeln. Einen kleinen Tumult gibt es, als ein Sektierer der winzigen Überfremdungspartei vor einem Einmarsch der Deutschen warnt; sein Votum geht unter in Gelächter und Buhrufen und mahnenden Glockenschlägen des Ratspäsidenten. Auf der Tribüne ist Manz aufgebracht, er schüttelt den Kopf, gestikuliert und redet auf Wilk ein. Doch der Hamburger macht ein vergnügtes Gesicht und klopft dem Schweizer auf die Schulter, als versuche er ihn zu besänftigen.

Es wird etwas ruhiger im Saal, als Marlen Zollinger aufsteht. Ein paar Sekunden noch zögert sie, scheinbar bescheiden, als suche sie nach den richtigen Worten, gerade so lange, dass es disziplinierend, aber nicht schulmeisterlich wirkt. Sie weiss, wie empfindlich der

Gemeinderat auf jeden Erziehungsversuch reagiert, sass sie doch selbst in diesen engen Bänken, bis sie vor sechs Jahren in die Stadtregierung gewählt wurde. Seither bewahrt und pflegt sie den Dialog mit dem Parlament, nicht bloss mit ihrer freisinnigen Fraktion, sondern auch mit Vertrauensleuten in den anderen Parteien. Und da sie als einziges Mitglied des Stadtrates an jedem Mittwochabend, zumindest in der ersten halben Stunde, im Rathaus erscheint, um dem Gemeinderat ihren Respekt zu erweisen, ist sie über die Parteigrenzen hinaus geachtet und sogar beliebt als eine Politikerin, der das Amt nicht in den Kopf gestiegen ist und der man allgemein die Fähigkeit und auch die Entschlossenheit zutraut, später einmal Stadtpräsidentin zu werden, obwohl ihre Partei allein zu klein ist, um aus eigener Kraft diese Position zu erobern.

»Ich danke Ihnen allen für diese engagierte Debatte«, beginnt sie. »Das Metropolis Media Center ist Ihren Einsatz wert, es ist für unsere Stadt und ihre Entwicklung von eminenter Bedeutung. Warum brauchen wir diesen privaten Gestaltungsplan? Lassen Sie mich kurz ...«

Bannwart lehnt sich an die steile Holzwand seiner Bank zurück. Zuerst die Ziele der Stadtentwicklung, dann die Bedürfnisse der Bevölkerung, die Herausforderungen am Nordrand der Stadt und das Potenzial von Metropolis – seine Worte. Und doch klingen sie, als finde die Stadträtin sie selbst, jetzt, in diesem Augenblick, denn sie liest ihre Ansprache nicht vom Papier ab, sondern redet frei und schaut dazu in die Reihen der Parlamentarier, nach rechts zu den Bürgerlichen und nach links zu den Sozialdemokraten und Grünen, je nach Argument, das sie der einen oder anderen Seite ans Herz legen möchte. Wie macht sie das nur? Das lange Memorandum, das Bannwart ihr geschrieben hat, im Kopf zu behalten und es hier als eigene Meinung wiederzugeben, so frisch und natürlich, und dazwischen auch ein paar Bedenken, die in der Debatte aufgeflackert sind, aufzunehmen und sie mit einem kleinen Scherz, der die Stimmung lockert und niemanden verletzt, auszuräumen.

Kein einziges Mal schaut sie zu Bannwart hinauf. So sicher ist sie in ihrer Rolle und ihrem Auftritt, dass sie keinen Souffleur braucht. Trotzdem will sie ihn immer dabeihaben. Bei wichtigen Geschäften wie dem von heute käme er selbstverständlich aus eigenem Antrieb, um sich in der Ratsdebatte die Argumente, die ihn kaum mehr überraschen können, als Bestätigung dafür anzuhören, dass er das politische Umfeld eines Projektes richtig eingeschätzt hat. Dass Marlen Zollinger ihn jedoch auch für Kleinigkeiten auf die Tribüne bestellt und dass sie ihn vorher jedesmal anruft, um sicher zu gehen, ob er auch komme, empfindet er als Bevormundung. Dieser Gedanke verstimmt ihn auch jetzt, da er wieder einmal miterlebt, wie blendend sie dort unten die Sache seines Amtes vertritt.

Die Abstimmungen werden zu einem Triumph. Zuerst für den Gestaltungsplan, dann für den Verkauf des kleinen städtischen Grundstücks in einer Ecke des Projekts. Auf den elektronischen Anzeigetafeln leuchten überall grüne Punkte auf, breiten sich aus zu einer einzigen grünen Wiese mit nur wenigen roten Mohnblumen darin, die Extremen der Linken und der Rechten, dazu ein paar Nationalkonservative, deren Partei Stimmfreigabe beschlossen hat, aber das Verhältnis ist zehn zu eins, das hätte auch Bannwart nicht zu hoffen gewagt. Als der Ratspräsident das Ergebnis verkündet, springt Urs Manz auf und klatscht in die Hände. Keiner hört es mehr im Getöse der Pultklappen und der Stimmen, unten drängen sie alle gleichzeitig aus ihren Bänken dem Ausgang zu, noch bevor der Ratspräsident die Sitzung für geschlossen erklärt, denn es ist schon ein paar Minuten nach acht und sie wollen zum Abendessen nach Hause oder in ein Restaurant.

Am Ausgang der Tribüne nähert sich Urs Manz Bannwart von hinten und raunt wie ein Verschwörer: »Wir sind mit Frau Stadträtin Zollinger verabredet, im Baur au Lac, kleines Dinner, nichts Besonderes. Herr Dr. Wilk und ich würden uns freuen, wenn auch Sie unser Gast sein könnten.«

»Danke, sehr freundlich.« Bannwart spricht absichtlich laut. »Aber heute Abend bin ich nicht mehr frei.«

Vor den beiden eilt er die Treppe hinab und biegt ins Ratsfoyer ein, gegen den Strom der Herren und Damen Gemeinderäte, ein paar kennt er aus den Sitzungen der Baukommission, einer lacht ihm anerkennend zu und ruft etwas, das Bannwart nicht versteht, er winkt zurück und zwängt sich weiter bis vor das Prunkportal. Im entleerten Saal bespricht die Chefin noch etwas mit dem Finanzvorstand. Als sie Bannwart erblickt, winkt sie ihn zu sich.

»Das ist der Mann«, sagt sie zu ihrem Stadtratskollegen und zeigt mit spitzem Finger auf Bannwart. »Diesem Mann verdanken wir, dass Metropolis so glatt über die Bühne ging. Im Ernst, Herr Bannwart, ich weiss, was Sie hinter den Kulissen alles bewegt haben, und ich bin stolz auf Sie. Gratuliere!«

Kräftig drückt sie ihm die Hand, der Finanzvorstand nickt ahnungslos dreimal, und Bannwart, überrascht, geschmeichelt und dankbar, murmelt nur: »Gern geschehen.«

»Wir gehen noch ins Baur au Lac – wenn Sie auch ...?«

»Nein, vielen Dank. Ich muss ...« Er klopft auf seine Mappe.

Marlen Zollinger besteht nicht weiter darauf. Eine Geste war es, keine Einladung.

Diesmal nimmt Bannwart den kürzeren Weg, durch die Altstadt. Die Gasse zum Lindenhof hinauf ist schnurgerade. Er geht in der Mitte, nicht auf den niedrigen Treppenstufen am Rand, die einen zum Hühnertrippeln zwingen. Kurz bevor er die Hügelkuppe erreicht, flammt von der Dachtraufe der Freimaurerloge ein Scheinwerfer auf. Hat er den Bewegungsmelder ausgelöst? Hart fällt das Licht in den Gasseneinschnitt, und scharf wirft es Bannwarts Schatten an die Stützmauer und den Grabstein aus der Römerzeit in der Nische. HIC und so weiter, die grossen Lettern sind deutlich zu erkennen, aber Latein ist nicht sein Fach. Wohl gehören die Archäologie und Denkmalpflege auch zu seinem Amt, doch diese Dinge überlässt er gerne Bignia Giacometti. Als er noch neu war, hat sie ihm die Reste des römischen Kastells auf dem Lindenhof erklärt und die Inschrift des Grabsteins übersetzt. Ein Kindergrab, für den kleinen Sohn des römischen Zollvorstehers der Station Turicum. Zum ersten Mal in der Geschichte erscheint die Stadt hier mit Namen, abgekürzt zwar, doch gross in Stein gemeisselt – TVRCEN. Seine Stadt, getauft von einem Grabstein, das hat Bannwart immer etwas eigenartig berührt.

Auf dem Plateau des kleinen Hügels strecken die Linden ihre schwarzen Äste in den rötlichgrauen Nachthimmel. Am Boden kleben ihre letzten Blätter auf dem feuchten Kopfsteinpflaster. Hinter den Linden erwartet ihn das Amtshaus. »Salve«, grüsst der steinerne Putto vom Loggiabogen am Eingang. Beschwingt winkt Bannwart dem nackten Bengel zu, es sieht's ja keiner, ein »Salve« auch dir, ja, alles gut gegangen.

Im Büro leert er die Mappe, ordnet seine Notizen von der Ratsdebatte ins Dossier Metropolis ein und erwägt, noch immer im Mantel, ob er kurz in die Mails sehen sollte. Doch er hat Hunger. Er löscht das Licht und überschaut noch einmal den Raum. Wie Mondschein sickert der Abglanz der Strassenlaternen herein. Draussen schimmern gelb die Fassaden der Hochschulen, zwei breite Schubladen in der Hügelkommode. Jetzt könnte auch ein Laie ihre Grösse erkennen. Doch wer beachtet schon, was jeden Tag vor ihm steht und jede Nacht angestrahlt wird. Gewohnheit macht das Auge blind. Das ist es, was Bannwart seinen Leuten immer wieder einschärft: Leert euren Kopf! Schaut jedes neue Projekt so an, als wäre es euer erstes. Euer Hirn braucht diesen Freiraum. Steckt es nicht schon am Anfang in die Zwangsjacke der Vorschriften. Diese Fronarbeit kommt nachher noch früh genug. Seine Mitarbeiter lachen, wenn er, der Chef, Anarchist spielt, aber manchmal kann er damit etwas bewegen. Bei Metropolis hat es gewirkt, sonst hätten seine Leute das Projekt schon in den Anfängen kleingehalten und nach Schema formatiert. Seltsam rigide sind da die Jungen, schlimmer als die Älteren.

Auf der Strasse friert er bis in den leeren Magen. Er hätte es ja anders haben können, Baur au Lac und Metropolis-Dinner. Aber nein, kein Restaurant, nicht noch mehr Lärm und Geschwätz. Er will nach Hause.

Carola sitzt in ihrem Arbeitszimmer vor dem Computer. Sie blickt rasch über die Schulter, die Hände schweben über der Tastatur.

»Alles gut gelaufen?«

»Freie Bahn für Metropolis.«

»Gratuliere. Alle dafür?«

»Fast alle. Nur die Kleinen am linken und rechten Rand nicht. Ich sage dir, bissig waren die, als ob –«

»Gleich, gleich. Ich komme, sobald ich hier fertig bin. Das muss heute noch weg, das Rektorat braucht es morgen früh. In der Küche ist noch etwas, falls du …«

Und wieder fallen ihre Finger über die Plastiktasten her und hämmern darauf, als hätten sie eine mechanische Schreibmaschine unter sich. Konzentration ist Kraft, bei Carola war das immer schon so. Sanft zieht Bannwart die Tür zu.

Die Küche ist aufgeräumt, nur eine Pfanne steht noch auf dem Herd. Er hebt den Deckel. Kartoffeln, grüne Bohnen und ein Schnitzel.

Keine Lust zum Aufwärmen.

Er schüttet alles zusammen auf einen Teller und setzt sich an den Tisch. Das Essen ist lau, gerade noch so, dass der Geschmack nicht abgestorben ist. Bloss das Schnitzel ist hart und trocken. Er isst alles auf, trinkt etwas schnell drei Gläser Wein und lässt seine Gedanken formlos dahinziehen, wolkig weich und wohlig matt, frei vom Bedürfnis, die Zeitungen näher zu holen, die auf der anderen Seite des runden Tisches liegen.

Irgendwann kommt Carola herein und sagt laut: »So!«

Jetzt hat sie Zeit zum Reden. Aber Bannwart ist nicht nach Reden, er angelt ihre Hand und zieht sie, die sich etwas sperrt, näher zu sich heran, halb stolpert sie, und mit einem überraschten Quiekser landet sie auf seinem Schoss.

»Robert, was –«

Stumm drückt er seine Nase in ihren warmen Hals, riecht ihre Haut mit dem Rest Parfum, legt die Arme fest um ihre Hüften und schiebt eine Hand aufwärts an ihre Brust.

»Herr Bannwart, ich bitte Sie!«

Sie springt auf, reisst sich los und macht einen Schritt aus seiner Reichweite. »Was ist denn in dich gefahren?«

»Die Liebe?«

Sie schüttelt den Kopf, lacht entrüstet und geschmeichelt. »Dafür ist es viel zu früh. Wir haben uns noch gar nicht richtig gesprochen.«

»Ich habe dir schon alles gesagt, was ich weiss. Metropolis ist im Gemeinderat schlank durch. Jetzt fängt die Feinarbeit an. Komm, setz dich wieder zu mir.«

»Jetzt kann ich nicht. Ich habe den Kopf voll.«

»Dann leere ich ihn dir.«

Ein kurzes Lächeln, aber die Stirnfalte bleibt. »Tut mir leid, so schnell geht das nicht. Ich schlage mich mit einem Schulausschluss herum, und du kommst heim und …« Sie wedelt mit der Hand, als schüttle sie Wassertropfen ab.

»Okay, okay«, sagt Bannwart, »ich hör dir zu. Erzähl.«

»Das Rektorat will von mir und den anderen Lehrern wissen, ob ein Junge von der Schule muss oder nicht. Er hat einen Unfall gebaut, nur Blechschaden, aber mit einem gestohlenen Auto. Zwar ist nicht er der Dieb, sein Freund hat es geklaut und liess ihn ans Steuer.«

»Und wie alt?«

»Wie Björn.«

»Also kein Führerschein.«

»Das ist das Geringste. Eine Jugendstrafe kriegt er auf alle Fälle. Und wir müssen entscheiden, ob er bei uns fliegt.«

»Und was ist deine Meinung?«

»Die Jugendstrafe reicht. Ein Trottel ist er, kein Gangster. Sein Lehrmeister würde ihn behalten. Darum sollte er auch die Berufsschule machen können. Sonst haben wir nur eine mehr von diesen verkrachten Existenzen.«

Bannwart steht vom Tisch auf und räumt seinen Teller in den Geschirrspüler. »Was lernt er denn?«

»Karosseriespengler. Wie alle die wäre er lieber Automechaniker und am liebsten Formel-1-Pilot.«

»Balkanträume.«

»Er ist Portugiese.«

Bannwart gibt Carola einen Kuss auf die Wange. »Da.«

»Da was?«

»Die vergessene Begrüssung. Du warst am Computer. Übrigens, ich habe uns heute ein Hotel gebucht. Hilton. Es gibt dort zwei Hilton. Ich habe das schönere genommen. Wir müssen es noch Nora sagen.«

Jetzt lässt sie sich drücken. »Komm«, raunt er ihr ins Haar, »lass uns das ein bisschen feiern. Dich und mich und Nora, das Hilton und Metropolis und –«

»Metropolis? Was hat das mit uns – halt, nicht so schnell.« Sie seufzt, es ist ein Ja. »Aber lass mich zuerst duschen. Geh schon vor.« Sie stösst sich von ihm ab. »Schliess die Wohnung… und zieh den Schlüssel raus. Björn kommt heute spät nach Hause.« Und sie verschwindet im Bad.

Bannwart geht das Bett anwärmen, in seinem Schlafzimmer, dem kleineren von beiden. Diese Ungeduld,
mit der er sein Hemd aufreisst, diese Hast, mit der er
seine Kleider auf den Stuhl wirft, diese vibrierende
Lust, die sich in ihm dehnt – das ist Metropolis. Ha! Ein
guter Tag, ein guter Ausklang. Er sieht sich nackt, die
Polizeikontrolle im Rathaus fällt ihm ein, ein bisschen
Wut sprudelt hoch und stachelt die Lust nur noch an.
Metropolis kommt, und das will jetzt gefeiert sein.

2

»Und? Wie fanden Sie die Debatte gestern?«

Der ironische Ton täuscht; Stadträtin Marlen Zollinger will hören, dass sie ihre Sache gut gemacht hat.

»Ich bin vor allem froh, dass sie überhaupt stattgefunden hat. Eine Verschiebung hätte das Projekt unter Zeitdruck gebracht.«

»Ich habe mich beim Ratspräsidenten dafür stark gemacht, dass er die Sitzung etwas straffer leitet als sonst – natürlich habe ich es ihm nicht so gesagt. Sie wissen ja, wie heikel ...«

Wenn sie lacht, gleicht sie ihrem Wahlplakat. Hell, frisch, sieghaft. Vor zwanzig Jahren gewann sie Olympiasilber im Springreiten, »die Amazone vom Zürichberg«, nur ganz knapp hatte sie Gold verpasst. Noch heute wird sie in Interviews nach ihren Pferden gefragt. Man weiss, dass sie gerne im Morgengrauen ausreitet, wann immer ihre Amtspflichten es erlauben. An diesem Morgen nicht, denn es ist halb acht und noch halb dunkel, als sie Bannwart zum Rapport zu sich ins Büro bestellt.

»Die Debatte war konfus, wie meistens«, sagt er.

»Aber ein klares Ergebnis. Mal ganz ehrlich: Hätten Sie es so deutlich erwartet?«

»Nun, die Kommission hatten wir hinter uns, deshalb durften wir mit einer Mehrheit rechnen. Aber Ihr Votum im Rat hat bestimmt noch ein paar Unentschlossene überzeugt.«

Die Chefin nickt. »Dank Ihrer Vorarbeit in der Kommission, Herr Bannwart. Das habe ich gestern auch

Wilk gesagt. Interessanter Mann, dieser Wilk. Wenn der in Metropolis investiert, ist das ein Glücksfall für unsere Stadt. Nächste Woche ist er wieder hier, ich habe ihn zu einem kleinen Stadtrundgang eingeladen, am Dienstag. Er interessiert sich für unsere Entwicklungsgebiete. Ich wäre froh, wenn Sie diese Führung übernähmen.«

»Ich kann Ihnen ein paar Besichtigungen vorbereiten. Aber selbst dabei sein kann ich nicht. Ich muss Ferien abbauen, zwei Wochen. Für den Rundgang könnte ich Kristina Matter fragen, die spricht gerne über Architektur.«

»Frau Matter spricht sicher gerne, nur etwas zu trocken«, sagt die Chefin. »Schade, ich hätte lieber Sie … na, hoffentlich kommen Sie ein bisschen über den Hochnebel hinaus. Dieses Grau kann einen manchmal …«

An der Kadersitzung ist Kristina A. Matter, Bereichsleiterin Architektur, sofort bereit, die Stadtführung zu übernehmen.

»Doch nicht nur die ehemaligen Industriebrachen, oder? Ein Investor sollte auch Innovatives im Wohnungsbau sehen. Vielleicht sucht er ja was für sich.«

Sie will ihr Zweifamilienhaus zeigen, denkt Bannwart. Noch immer ist es ihm ein Rätsel, wie seine Stellvertreterin die Zeit gefunden hat, neben der Arbeit, für die sie sich mehr engagiert als andere im Amt, dieses private Bauprojekt im Villenviertel des Zürichbergs zu entwerfen und seine Realisierung zu überwachen. Ein schönes Haus, das muss der Neid ihr lassen. Der Preis, den es im vergangenen Jahr bekam, war verdient. Eine kantonale Auszeichnung, keine städtische, da hätte Bannwart sein Veto eingelegt. Günstlingswirtschaft gibt es nicht, so lange er hier das Sagen hat.

»Die Chefin hat schon ziemlich konkrete Vorstellungen, was Wilk sehen soll, Kris.«

»Vielleicht will er aber lieber die Altstadt sehen«, sagt Bignia Giacometti und blickt Kris Matter mit ihren grünen Augen gross an. »Neues baut er ja selbst genug.«

»Die Altstadt! Garantiert nicht!« Unwirsch wischt die Matter imaginäre Krümel vom Tisch. »Jeder Investor misst sich am Neuen, darum ist es ganz wichtig, dass wir –«

»Das brauchen wir nicht jetzt zu klären«, unterbricht Bannwart. »Kris, du besprichst das mit der Chefin, okay?«

Matter presst die Lippen aufeinander. Giacomettis rechte Augenbraue hat sich leicht gehoben. Bannwart kennt den Ausdruck. Sie geniesst es. Und die Matter fällt regelmässig auf sie herein.

Nach der Sitzung fragt Bignia, warum er Kris diesen Wilk überlasse.

»Weil ich freinehme. Nora heiratet.«

»Ihren Arzt? Gratuliere, dann wirst du ja bald Grossvater.«

»Glaub ich nicht. Sie ist erst fünfundzwanzig, da will sie kaum schon …« Auch er will noch nicht, mit fünfundfünfzig ist man noch nicht Grossvater.

»Warum heiraten sie dann?«

»Vor allem wegen Samis Familie. Und weil sie zusammen eine Wohnung kaufen wollen. Nora möchte vielleicht noch ein Studium anfangen.«

»Lauter gute Gründe, wenn auch nicht für eine Hochzeit.«

Bignia Giacometti ist geschieden und lebt mit ihrem Sohn, einem Teenager, in einem Haus aus den Gründerjahren, das der Stadt gehört.

»Sami bekam ein Angebot von Frankfurt, auch Onkologie, sehr interessant. Doch die vom Universitätsspital wollten ihn unbedingt behalten. Und die Uni bot
ihm einen Lehrauftrag an. Als klar war, dass er bleibt,
haben sie beschlossen zu heiraten. Er hat sogar bei Carola und mir richtig... wie nennt man das? Um Noras
Hand angehalten?«

»Ja, so nannte man das. Im 19. Jahrhundert.«

»Er ist eben ein höflicher, nein, das trifft es nicht ganz
– ein sehr liebenswürdiger Mensch. Ich glaube, es war
sein... Feingefühl. Er will es auch uns recht machen.«

»Ist das nicht ein bisschen überangepasst?«

»Wir sind auch seine Familie. Ausser einer Schwester in München hat er niemand hier. Viele Freunde,
das schon, er kann es gut mit den Leuten. Darum will
er hier eine Praxis eröffnen. Und wenn sie verheiratet
sind, geht es auch mit der Einbürgerung schneller.«

»Das allerdings ist ein Grund.«

Obwohl Bignia Giacometti es ganz sachlich sagt, hat
Bannwart das Gefühl, Sami in Schutz nehmen zu müssen. »Das ist aber nicht der Grund. Er ist schon jetzt
fast schweizerischer als du und ich. Du solltest ihn mal
hören, wie er unseren Dialekt nachmacht.«

»Nachmacht oder spricht?«

»Bignia, du bist wieder mal fürchterlich negativ. Was
hat der arme Sami dir getan?«

Jetzt lacht sie und ihre Augen blitzen auf wie bei einer Katze in der Nacht. Jung und frech sieht sie aus,
die Hände hinten in die Taschen ihrer Jeans geschoben,
den Busen im schwarzen Rollkragenpullover keck ge-
reckt. »Ich habe nichts gegen deinen Schwiegersohn.
Ich kenne ihn ja gar nicht – und was sein Fach angeht,
so hoffe ich, ihn niemals kennenlernen zu müssen.«

»Du bist bloss gegen das Heiraten?«

»Ich habe es gehabt, ich brauche es nicht mehr«, sagt sie achselzuckend. »Alles Gute im Leben kann man auch ohne haben. Aber im Fall von deiner Tochter«, fügt sie hinzu, »gibt es schon ein paar objektive Gründe…«

»Dafür, meinst du?«

»Sage ich doch.«

»Objektive Gründe könnten auch das Gegenteil bedeuten.«

»Nun bist aber du der Wortklauber. Oder hast du Zweifel? Eifersüchtig auf den Herrn Schwiegersohn?«

»Bestimmt nicht. Sami und Nora haben es gut miteinander. Immerhin leben sie schon ein Jahr zusammen, da ist die Hochzeit mehr eine Formalität. Und trotzdem… es ist eine Entscheidung, dass es ernst gilt.«

»Bis der Tod euch scheidet? So ernst gilt es schon lange nicht mehr. Zum Glück.«

»Wer denkt schon bei der Hochzeit an den Tod. Für mich ist sie ein symbolischer Schritt wie… wie der von der Baubewilligung zum Baubeginn.«

»Sehr konstruktiv«, sagt Bignia. »Warum auch nicht? Hochzeit – der Schritt vom Kulturgut zum Denkmalschutz!«

Bignias Satz fällt ihm wieder ein, als sie im Wartezimmer des Standesamtes sitzen.

»Was lachst du?«, flüstert Carola.

»Ich? Nichts… ich freue mich einfach für unsere beiden«, sagt Bannwart und legt den Arm um Carolas Schulter. Eine Sekunde hält sie still, dann zieht sie die Schultern ein bisschen höher, und er nimmt seinen Arm zurück.

Nora und Sami stehen, damit Noras goldschimmerndes Brautkleid nicht knittert. Er trägt einen schwarzen Anzug. Zu festlich, beide, für diesen nüchternen Vorraum an einem grauen Mittwochvormittag im November. Zwei Königskinder im Exil, denkt Bannwart. Nora rückt Sami die Krawatte zurecht, die sie ihm für die Trauung ausgesucht hat, er hält Nora um die Hüften, sie schauen sich in die Augen und er neigt den Kopf und sie küssen sich.

»He, he«, ruft Samis Schwester Samira, nachdem sie zwei Fotos gemacht hat. »Das kommt erst am Schluss, beim Befehl ‹You may kiss the bride›.«

»Bei uns sagen sie das nicht. Oder doch, Papa?«, ruft Nora quer durch den Raum.

»Keine Ahnung. Mama und ich haben in Berlin geheiratet. Und dort…« Er versucht sich zu erinnern. »Weisst du noch, ob der Beamte so was sagte?«

»Ach…«, Carola hat was im Hals und muss sich räuspern, »das ist doch jetzt nicht wichtig.«

»Aber geküsst haben wir uns, das weiss ich bestimmt«, sagt Bannwart munter, und alle ausser Carola lachen.

Samira macht noch mehr Fotos. Sie ist mit ihrem Mann, einem Zahnarzt, und ihren beiden Kindern aus München gekommen, als Trauzeugin und als einzige Abgeordnete von Samis Familie. »Mutti und Vati wollen doch auch vom ersten Teil des Festes etwas zum Anschauen haben«, sagt sie, während sie die Freundinnen und Freunde von Nora und Sami resolut zu einer Gruppenaufnahme komponiert und nach fünf Fotos den Apparat ihrem Mann weiterreicht und sich selbst in die Mitte stellt.

Dann öffnet sich die Tür, und ein Beamter bittet die Hochzeitsgesellschaft ins Trauzimmer.

Für den Schreck schämte sich Bannwart noch im gleichen Moment, in dem er sich stottern hörte. Er hatte einen Berner erwartet oder einen Basler. Sämi wie Samuel. Nora hatte hin und wieder den Namen erwähnt, am Rande, als Teil einer Clique, mit der sie sich traf. Sämis Promotion zum Hauptfreund erfuhren die Eltern mit der üblichen Verzögerung; Nora lebte in einer Wohngemeinschaft und kam immer seltener zu Besuch. Sämi sei Arzt, sagte sie, Onkologe am Universitätsspital, ein paar Jahre älter als sie. An einem Sonntagabend brachte sie ihn zum Essen mit. Im Moment, als Bannwart die Tür öffnete und der Mann sich verbeugte, war klar, dass Noras Freund keinen europäischen Namen hatte. Obwohl man ihn durchaus für einen Spanier halten könnte, für einen Griechen vielleicht auch, abgesehen von der etwas zu runden Nase. Seine wachen, fröhlichen Augen machten ihn jünger, doch in den Ecken der Stirn war das kurze Haar schon auf dem Rückzug. Er hiess Sami, ausgesprochen wie Sämi, und das war keine Abkürzung. Sami Amir Mahmud mit vollem Namen, bei dem Bannwart ins Stottern geriet und den Gast als Herrn Samir willkommen hiess, worauf Nora dazwischen zischte, er heisse Herr Amir oder einfach Sami.

Mit Sami kippte das Sprachgleichgewicht in der Familie Bannwart. Zurück in die Berliner Jahre, als Bannwart »der junge Schweizer Architekt« im Senat für Bau- und Wohnungswesen war und Carola Hasterok Mathelehrerin an einem Gymnasium in Charlottenburg. Carola ist auch in Zürich beim Hochdeutschen geblieben; reine Anbiederung wäre es, fand sie, eine Zumutung für alle, wenn sie versuchte, als Erwachsene den Zürcher Dialekt anzunehmen. So redet Bannwart mit den Kindern Schweizerdeutsch und mit Carola hochdeutsch. Nora macht es ihm nach. Ihr erstes Schuljahr ist noch in die Berliner Zeit gefallen, seither hüpft sie mühelos zwischen den Sprachen der Eltern hin und her. Wenn Sami dabei ist, redet sie nur hochdeutsch. Er brachte aus Kairo eine keimfrei destillierte und leicht antiquierte Schriftsprache mit, die ihm die Deutsche Evangelische Oberschule beigebracht hatte. Nach vier Jahren Zürich versteht er gut Schweizerdeutsch. Trotzdem ist Björn am Tisch der Einzige, der Sämi gegenüber im Dialekt verharrt und fast provokativ undeutlich munkelt. Sami spreche mit alten Patienten manchmal schon Schweizerdeutsch, sagt Nora, er sei sehr musikalisch und habe ein Ohr dafür. In der Familie Bannwart zeigt er das nie, höchstens aus Versehen rutscht ihm mal etwas in Mundart heraus, und wenn er es merkt, lacht er verlegen, als bitte er dafür um Nachsicht. Vielleicht bei Carola, vielleicht aber auch bei Bannwart. Seine Höflichkeit ist manchmal schwer zu deuten. Carola hat ihn gern zu Gast, sie redet und lacht mit ihm, während Bannwart und Nora sich still darüber freuen und Björn stumm über das Essen herfällt. So heiter ist Carola selten, ausgelassen, beinahe kokett. Wie früher. Den kleinen Stich Eifersucht verschmerzt Bannwart unschwer. Nach fünfundzwanzig Jahren bringt man einander nicht mehr so leicht zum Lachen. Und dass Sami ein heiterer Mensch ist, hat vielleicht auch noch andere Gründe, eine Frage des seelischen Gleichgewichts, angesichts der Lebensschicksale, mit denen er als Onkologe zu tun hat.

»Nun also Kairo. Nochmal Hochzeit.«
Seufzend löst Carola den Sicherheitsgurt, während

rings um sie Passagiere schon aufgesprungen sind und ihre Sachen aus den Gepäckfächern über den Köpfen zerren, bloss um dann in den engen Gängen dicht gestaut zu stehen, mit vollen Händen und leeren Gesichtern, ewiglange Minuten, bis endlich der Abfluss beginnt.

»Jetzt kommt das Fest, ein richtiges, orientalisches Fest«, sagt Bannwart. »Ist doch toll: Unsere Nora heiratet auf zwei Kontinenten.«

Carola will nicht aufgemuntert werden. »Orientalisch? Im amerikanischen Fünfsternhotel? Mir hätte die Feier in Zürich gereicht.«

»Und seine Familie? Die kann sich die Reise nicht leisten. Die wollen auch etwas davon haben.«

»Sami ist ausgewandert und wird bald Schweizer. Unsere Eltern waren in Berlin auch nicht dabei, und sie haben es überlebt.«

Die Härte reizt Bannwart zum Widerspruch. »War vielleicht ein Fehler. Mutter macht mir heute noch Vorwürfe.«

»Das machen alle Mütter, Robert. Muttersein ist ein einziger Vorwurf. Schau mich an: Ich beklage mich, dass ich nach Kairo muss.«

Auch das ist Carola. Bannwart legt den Arm um ihre Schultern.

»Die beste aller Mütter ist in Kairo gelandet.«

»Orientalischer Gigolo.«

Am Ausgang des Flughafens steht hinter einer Abschrankung das übliche Empfangskomitee der Agenten von Firmen und Reisebüros, die Ankommende abholen müssen. Wie müde Demonstranten halten sie Zettel mit Namen vor der Brust. Aus der zweiten Reihe winken Nora und Sami. Zum Spass haben auch sie ein

Schild gemalt, das Sami in die Höhe streckt. »Welcome to Egypt Mr. & Mrs. Robert & Carola Bannwart-Hasterok!«

Draussen ist schon Nacht. Aus dem Taxi ist wenig zu sehen. Autobahn, Ränder von Vorstädten, ein paar erleuchtete Moscheen, eine davon rund wie ein halbierter Fussball – die Moschee der Polizei, erklärt Sami –, und irgendwo links im Dunkeln soll die Totenstadt sein, dann tauchen sie ein in den dichten Verkehr der Innenstadt. Der Taxifahrer hupt dauernd, wie alle anderen Fahrer auch, dabei bleibt sein Gesicht unbewegt, das Hupen ist Lebenszeichen oder Positionsangabe, nicht Aggression.

»Ich habe Glück gehabt, im Nile Hilton überhaupt noch ein Zimmer zu finden«, sagt Nora. »Heute fängt das internationale Filmfestival an. Susan Sarandon ist hier. Und Goldie Hawn.« Sie verzieht das Gesicht.

»Susan Sarandon? In unserem Hotel?«, fragt Carola.

»Kaum. Es gibt bessere Adressen. Aber alles ist voll. Ich habe nur noch ein Zimmer auf der Rückseite bekommen.«

»Und Sami?«

»Er wohnt bei seinen Eltern in Maadi.«

Sami lacht. »Für meine Familie sind wir erst nach der Hochzeit hier Mann und Frau.«

»Zu Hause lebt ihr doch zusammen«, sagt Carola. »Wissen die das nicht?«

»Wissen und wissen, das sind zwei Sachen. Die Ägypter wissen viel, doch so lange man es nicht ausspricht, gibt es keine Probleme. Ein unverheiratetes Paar kann hier nicht zusammen wohnen.«

»Aber ihr seid doch schon verheiratet!«

»Ja, natürlich sind wir das«, sagt Sami und rollt die

Augen. »Doch wie soll ich das den Leuten hier erklären? Für die Verwandten und Bekannten heiraten wir erst übermorgen. Für sie ist Nora ‹il-arûsa› die Braut, die noch mit ihren Eltern im Hotel wohnt.«

»Mama, bitte tu nicht so kompliziert!«

»Kompliziert? Ich …« Sie verstummt, weil Bannwart im Dunkeln ihre Hand leicht drückt und streichelt.

Nach einer knappen Stunde kommen sie im Hotel an. Bannwart hat im Internet gesucht und sich für das Nile Hilton entschieden, aus beruflichem Interesse. Ein Ozeandampfer aus Stahlbeton am Nilufer, die schnörkellose Grosszügigkeit des International Style, das war vor fünfzig Jahren die amerikanische Verheissung und Herausforderung an Ägypten. Alle späteren Luxushotels, deren Türme das Nile Hilton seither klein und alt aussehen lassen, wirken dagegen charakterlos neureich. Teurer sind sie auch. Das Zimmer allerdings, in das Nora sie stolz führt, ist ein harter Kontrast. Amerikanischer Puppenstubengeschmack, eine textile Völlerei aus Satin, Plüsch, Troddeln, Fransen, Zierdecken, Kissen, Polstern und Vorhängen. Und alles ein bisschen abgeschossen und abgewetzt.

»Jetzt schaut mal …« Nora zerrt am schweren Vorhang, der Fenster und Balkontür halb verdeckt.

Sofort lassen die beiden Hotelboys die Koffer fallen und eilen hinzu, um die Vorhänge ganz zu schliessen.

»Nein – no! Please open …«

»Open balcony?«

»Yes«, sagt Nora, »I want to see …«

Sami gibt eine Anweisung; zum ersten Mal hört Bannwart ihn arabisch sprechen, knapp und hart. Die Diener ziehen die Vorhänge zurück und öffnen die Balkontür.

»Thank you, thank you very much...« Nora weist hinaus. »Mama, Papa – voilà: der Nil!«

Sie treten auf den Balkon. Ein warmer Hauch von Algen und Wasser weht ihnen entgegen. Unter ihnen breitet sich eine schwarze Fläche aus, am anderen Ufer stehen einige Hochhäuser und ein schlanker Turm. Von links giessen die orangen Laternen einer grossen Brücke Gold ins wellenlose Wasser. Der uralte Fluss scheint zu schlafen, während über ihn hinweg ein zäher Strom nervös hupender Autos drängt.

Bannwart hat ihn sich monumentaler vorgestellt. Fünftausend Jahre Geschichte, sechstausend Kilometer Länge, das weckt Erwartungen.

»Und das ist nicht einmal der ganze Nil«, sagt Nora. »Das da drüben ist eine Insel. Ein Teil fliesst hinten rum.«

»In welche Richtung fliesst er eigentlich?«, fragt Carola.

Später steht Bannwart mit Nora allein auf der Dachterrasse des Hotels. Alles, was sie miteinander reden können, ist am Abendessen abgegrast worden. Nora raucht, die Arme vor der Brust gekreuzt. Bannwart blickt über den Nil in die Nacht. Gerne würde er sie jetzt fragen, ob sie glücklich sei, aber was kann sie darauf schon antworten als Ja.

»Der Turm da drüben –«, sagt er schliesslich.

»Der Cairo Tower. Höher als die Pyramiden, darauf sind sie wahnsinnig stolz. Auch Sami. Wie findest du ihn?«

»Mhm... leicht, heiter.« Kleine blaue Lichtpunkte sprenkeln die ganze Länge des Towers. Der Netzstrumpf einer Tänzerin. Aber das sagt man nicht seiner Tochter.

»Übrigens...« Nora wendet sich um und zeigt auf ein

Hochhaus in der Nachbarschaft. »Das ist das Semiramis. Dort ist das Fest übermorgen.«

»Freust du dich?«

Sie nimmt einen tiefen Zug, die Zigarette glüht auf wie ein Warnlicht. »Es wird riesig. Über hundertfünfzig Leute ... mit einer tollen Show. Und einer richtigen Zaffa-Parade ... Sei bloss froh, dass ich euch da rausgehalten habe!«

»Aber wir sind doch dabei?«

»Als Zuschauer, ja. Aber die Zaffa machen Sami und ich allein – Einzug des Gladiatorenpaares in Zeitlupe, mit Getrommel und Gepfeife und Getriller.«

»Und was hast du uns da erspart?«

»Dir habe ich was erspart, den Auftritt des Patriarchen.« Ihre Mundwinkel ziehen das Lächeln abwärts. »Das ist nichts für dich.«

»Wieso? Was macht der Patriarch?«

Sie presst die Zigarette in den Aschenbecher. »Willst du es wirklich wissen? Also: An einer traditionellen Zaffa schreitet die Braut am Arm ihres Vaters eine Treppe hinunter und von unten kommt ihnen der Bräutigam entgegen. Wenn sie zusammentreffen, küsst der Vater von oben den Bräutigam links und rechts und übergibt ihm seine Tochter. Dann darf der Bräutigam den Schleier der Braut zurückschlagen und sie küssen und alle Gäste jubeln – so richtig kitschig.«

»Mach ich!«

»Was?«

»Die Treppe mit dir. Die Übergabe.«

»Papa, nein, das passt nicht zu unserer Familie.«

»Aber hier sind wir in Kairo. When in Rome, do as the Romans do. Und wenn eine ägyptische Hochzeit auf einer Treppe beginnt, dann mache ich das. Für die

Rolle des stolzen Vaters muss ich gar nicht Theater spielen.«

»Papa, du bist –«

Sie fällt ihm um den Hals, drückt ihn mit viel Kraft, das Gesicht an seine Schulter gepresst. Und weint still.

»Na, na, meine Grosse…« Ratlos reibt er ihren Rücken, als müsste er sie wärmen. Hat sie etwas, das sie bedrückt, ein Geheimnis, das sie quält, ist etwas mit Sami?

Da löst sie sich wieder aus seinen Armen, schnupft und lacht und wischt sich die Augen. »Bin ich blöd! Heule vor lauter Glück!«

Bannwart wird es leicht ums Herz. »Du musst Sami warnen. Ich werde ihn wie ein ägyptischer Schwiegervater küssen. Nicht dass er dir schon den Brautschleier hebt.«

Noras Augen blitzen auf. »Brautschleier? Mein Kleid hat doch keinen Schleier! Ich will alles sehen.«

Am Morgen, vom Balkon aus, ist Kairo eine Enttäuschung. Eine moderne Grossstadt an einem breiten, leeren Fluss, viel Verkehrslärm, wenig fürs Auge. Ein paar langweilige Hochhäuser planlos den Fluss entlang gepflanzt, das könnte irgendwo sein, in Amerika, in Asien, nicht identifizierbar. Kein Charakter, kein Wahrzeichen, ausser vielleicht diesem schlanken Turm am anderen Ufer, der auch bei Tag einen Netzstrumpf trägt. Aber schönes Wetter, zumindest das.

Bannwart hat schlecht geschlafen. Auch Carola war die Matratze zu hart. Sie sitzt am Bettrand und telefoniert mit Björn in Zürich, als Bannwart ins Zimmer zurückkehrt und die Balkontür schliesst, was den Strassenlärm zum weichen Geräuschteppich abdämpft.

Mit letzten Ermahnungen beendet Carola das Gespräch.

»Grüsse von mir!«, ruft Bannwart noch rasch dazwischen.

Carola steckt das Telefon in die Handtasche. »Einen arabischen Krummsäbel sollen wir ihm mitbringen.« Sie schüttelt den Kopf. »Kindisch.«

»Mit sechzehn hätte ich mir das auch gewünscht.«

»Er wird siebzehn!«

»Wo sollten wir auch einen Säbel finden? Läden für Beduinenbedarf gibt es hier bestimmt nicht.«

Die Geschenke für Samis Familie hätten sie beinahe im Hotel vergessen, als Sami kurz nach dem Frühstück kommt, um sie abzuholen. Schuld ist der kleine Disput beim Aufbruch. Sami will ein Taxi bestellen, Nora meint, die Metro sei doch viel schneller, worauf er sagt, es sei ihren Eltern nicht zuzumuten, in der Metro stehen zu müssen, aber doch, entgegnet sie, lieber eine Viertelstunde stehen, als ewig in einem engen Taxis sitzen, und bevor sich das Ganze zum Zank verschärft, denn beide sind angespannt, die erste Begegnung ihrer Eltern, das grosse Fest, schaltet sich Bannwart ein: »Eine Metro? Die würde ich gerne sehen – es muss nicht unbedingt jetzt sein…« Damit ist es entschieden, und erlöst machen sie sich auf den Weg. Als der Lift sie in die Hotellobby entlässt, fällt Carola die Tasche mit den Geschenken ein. Bannwart fährt noch einmal in den neunten Stock hinauf.

Carola und er haben sich lange überlegt, was sie einem ägyptischen Professor für Wasserbautechnik und seiner Frau mitbringen könnten. Natürlich Schokolade von Sprüngli. Und dazu? Taschenmesser sind möglicherweise zu heikel – wer weiss, ob ein vielteiliges Offiziersmesser in Ägypten, gleich wie in der Schweiz, als intelligentes Werkzeug gilt, oder ob es schon als Waffe angesehen wird. Und darf man in der arabischen Kultur überhaupt Messer verschenken? Auch Swatch-Uhren, sonst das praktische Mitbringsel auf all seinen Auslandreisen, getraut sich Bannwart nicht mitzubringen. Sami trägt eine Tissot mit feingeflochtenem Goldarmband, gleich am ersten Abend ist sie Bannwart aufgefallen, als etwas unpassend für einen jungen Mann, ja hochstaplerisch empfand er es damals, als er noch nichts von Sami und seinem Rang in der Onkologie des Universitätsspitals wusste. Wenn aber nun die reichen Schweizer mit Plastikuhren nach Ägypten kämen, könnte es vielleicht falsch aufgenommen werden, als billige Glasperlen für Afrikaner. Darum haben sie schliesslich zwei Bildbände eingepackt, einen über die Stadt Zürich und einen über die Schweiz und ihre Berge.

Die Metro ist gleich hinter dem Hotel, unter dem Tahrir-Platz, dessen grandiose Weite von chronischen Leiden erstickt wird: gestauten Automassen, verstopften Abflüssen und Abschrankungen einer grossen Baustelle, auf der kein Arbeiter zu sehen ist.

Sami führt sie eine Treppe hinab in den Untergrund. Hinter ihnen verklingen die verzweifelten Hornstösse der Autos, hier hallt das Schaben und Schlurfen eiliger Schuhsohlen im hell gekachelten Tunnel, der sich zu einem unterirdischen Platz weitet. Sami lässt sie kurz warten und kommt mit gelben Tickets zurück, die sie am silbernen Drehkreuz einschieben und nach dem Passieren der Sperre wieder an sich nehmen, wie Sami ihnen eingeschärft hat, weil sie damit am Ende der Fahrt durch ein zweites Drehkreuz die Bahnstation verlassen werden.

Die Metro, das frische Hellblau und der weisse Streifen der Waggons überrascht Bannwart. Das sind doch die Farben des Davidsterns?

Die Frauen finden sogar Sitzplätze. Zwei Schuljungen, die sich in eine der dunkelblauen Sitzschalen gequetscht haben, stehen kichernd und tuschelnd auf und überlassen ihn Nora. Der Zug fährt rasant an, nichts von orientalischer Bummelei, und wie in allen Metros der Welt blicken die meisten Passagiere stumpf vor sich hin. Der alte Mann neben Carola trägt einen hellgrauen Kaftan, vielleicht ein Bauer, den es in die Stadt verschlagen hat. Vor der Türe tratschen vier Schülerinnen oder Studentinnen in bunten Kopftüchern und knallengen Jeans mit Glitzersteinen am Po. Der beleibte Mann im olivbraunen Anzug daneben lässt sich von ihnen nicht ablenken; er hält ein kleines Büchlein in einem grünen Lederetui vor sich und bewegt die Lippen, als lerne er den Text auswendig. Nach zwei Stationen stösst die Metro aus dem Dunkel hinaus in den hellen Tag und wird zum Vorortzug. Bannwart bückt sich, um aus dem Fenster etwas von der Umgebung zu erhaschen, doch der Zug ist zu schnell und die Ausblicke sind zu kurz. An einer Station sagt Sami, hier sei das alte christliche Kairo. Bannwart sieht nur die Bahnhofmauer.

Eine Viertelstunde dauert die Fahrt, dann sind sie in el-Maadi. Vor der Metrostation rufen die Fahrer von Kleinbussen ihre Ziele aus. Auf der höckerigen Fahrbahn bewegen sich mehr Fussgänger als Autos. Kein Taxi. Sami ist unschlüssig, ob sie warten sollen, aber Nora sagt, sie könnten das bisschen Weg doch gut zu Fuss machen. Im Gänsemarsch gehen sie am Strassenrand. Eine Vorstadt mit achtstöckigen Wohnblöcken und Läden im Erdgeschoss, vielleicht vor zwanzig Jah-

ren gebaut, vielleicht auch jünger und bloss früh geal-
tert. Balkone wie halboffene Schubladen, Aircondition-
Kästen hängen dran und Satellitenschüsseln sind ans
Geländer geschraubt. Hin und wieder ein Mehrfami-
lienhaus aus besseren Zeiten, hinter Hecken und Bäu-
men, die oft noch grünes Laub tragen, grau bepudert
mit Staub.

Die Sonne steht hoch am Himmel, fast sommerlich
heiss, und das Ende November. Bannwart fürchtet um
die Sprüngli-Schokolade. Er lockert die Krawatte. Sami
sieht es und sagt, gleich seien sie am Ziel. Und wirklich,
an der nächsten Einmündung einer kleinen Querstrasse
zeigt er auf das Eckhaus und sagt: »Da wohnen wir.«

Ein kompakter Betonbau, drei hohe Geschosse, zwei
kurze, breite Flügel bilden einen Winkel, aus dem sich
wie ein Scharnier oder Gelenk der Treppenhausturm
wölbt. Die Tünche war mal rosa oder ocker. Hinter
der Grundstückmauer streckt eine halbwüchsige Palme
ihre schütteren Wedel zum Himmel.

»Sehr schön«, sagt Bannwart. »Bauhaus mit einem
Touch Art déco, würde ich sagen. Gelungene Synthese.«

Samis Augen leuchten. »Eine ordentliche Renovati-
on braucht es schon«, sagt er, aber es ist ihm anzuse-
hen, wie sehr ihn die Anerkennung freut. Das Urteil
des Schwiegervaters hat Gewicht. »Es gehört der Familie meiner Mutter. Wir wohnen im obersten Stock.
Ahlân wa sahlân – willkommen!« Er stösst das eiserne
Tor zum Vorplatz auf, der mit grauen Fliesen gekachelt
ist, so dicht, dass kein Halm aus den Fugen spriesst.

»Ahlân, welcome, welcome«, sagt auch Samis Vater
immer wieder, »welcome in Egypt, ahlân wa sahlân.«
Lächelnd steht er unter der Wohnungstür und streckt
beide Hände zum Empfang aus, ein kahler, rundlicher

Mann mit freundlichen, etwas müden Augen und einem grauen Schnurrbart. Er küsst seinen Sohn, schüttelt Nora und ihren Eltern die Hand und führt sie in den Salon, wo seine Frau und Samis jüngere Geschwister die Gäste erwarten.

Bannwart ist schon so an die Kopftücher auf der Strasse und in der Metro gewöhnt, dass ihm gleich beim Eintreten auffällt: Hier bedeckt keine der Frauen ihr Haar, weder Samis Mutter Soraya, noch seine beiden Schwestern. Nur das Dienstmädchen trägt ein hellblaues Kopftuch eng um sein pausbäckiges Gesicht gezurrt. Wie ein Beduinenkind, das in die Grossstadt verkauft wurde, sieht es aus, in seinem ockerbraunen, bodenlangen Kleid, unter dem nackte Füsse hervorblinken. Es wagt den Blick vor den Gästen nicht zu heben, während es ihnen auf einem Tablett Mangosaft und tiefroten Karkadeh anbietet.

Im hellen Salon stehen sich zwei Polstergarnituren wie Sportmannschaften gegenüber, die eine mit grün gestreiftem Samt bespannt, die andere weinrot mit grossen, weissen Blütenmustern. Alle Holzteile glänzen golden wie Bändel um bunte Weihnachtspakete; hell und hart strahlen die Goldrahmen der Lehnen, matt abgegriffen schimmern die geschnitzten Armstützen und stossfleckig geschunden sind die kurzen geschwungenen Beine der Möbel. Rokoko-Imitation als Revanche für den Orientalismus? Auch der Orient vergreift sich am Okzident und entstellt ihn zum Kitsch.

Die Familie aber ist nicht so. Nach den umständlichen Höflichkeitsritualen der ersten Stunde, noch ganz im Goldschnörkelstil der Möbel, auf denen sie etwas steif sitzen und Saft trinken, die Bannwarts auf der grünen, Samis Familie auf der roten Seite, bittet Madame

Soraya die Gäste zum Mittagessen in den angrenzenden Raum. Am grossen Tisch wird das Gespräch lebhafter und man lernt sich besser kennen.

Samis Eltern sind Modernisten, wenn auch desillusionierte. Professor Amir hat Wasserbau studiert, aus Idealismus, denn seine Abiturnoten hätten ihm das Medizinstudium ermöglicht. Er aber wollte das Land entwickeln, die Wüste urbar machen. Fortschrittlich sollte Ägypten werden, wie Israel, sagt er, nur ohne Kriege. Doch wer interessiert sich heute noch dafür? Nicht die Regierung und noch weniger seine Studenten, die lieber etwas anderes studieren würden, wenn ihr Notendurchschnitt für die Fächer gereicht hätte, von denen man sich Erfolg und Reichtum verspricht.

»Alles rennt hinter dem Geld her. Die Gier der Reichen und die Wut der Armen werden das Land noch zerreissen. Nur ein neuer Nasser könnte uns retten, aber der ist nicht in Sicht«, sagt resigniert der Professor.

»Nasser!«, schnaubt Madame Soraya. »Hat nicht er genau diese Sorte Menschen an die Macht gebracht? Und sind es nicht die Söhne dieser groben Leute, die heute die Wirtschaft beherrschen und das Land aussaugen?« Samis Mutter stammt aus einer aristokratischen Familie mit osmanischen Wurzeln, die im Königshaus verkehrte. »Und was haben die neuen Herren aus dem Gezirah-Palast gemacht? Ein Hotel für ausländische Geldmenschen – ihr wohnt doch nicht im Marriott?« Besorgt legt sie eine Hand auf Carolas Arm.

»Nein«, sagt Carola, »im Hilton.«

»Nile Hilton – das hat Nasser gebaut«, trumpft Professor Amir auf, »das erste amerikanische Hotel in Kairo.«

Seine Frau verwirft die Hände. »Dein Nasser! Gleich danach hat er uns den Russen ausgeliefert!«

Sie streiten auf Englisch, aus Höflichkeit. Samis Mutter hat an der American University of Cairo studiert und ist Englischlehrerin an einem Mädchengymnasium. Eine schlanke Dame mit energischer Stimme, die sich am Tisch sehr gerade hält, während ihr Mann mit seinem rundem Rücken und Bäuchlein etwas eingesunken wirkt. Auch sein Englisch ist unbeholfener; in seinem Beruf brauche er es leider viel zu wenig, meint er bedauernd. Wenn er nicht weiter weiss, springen Sami oder Samira ein, und bringen den Satz fürsorglich zu Ende, wie man einen älteren Herrn auf einer Treppe stützt. Spricht aber die Mutter, hören sie respektvoll zu, mit einem feinen Lächeln, das ebenso Zustimmung wie höfliche Distanz bedeuten könnte.

»Wie alt schätzt du Samis Mutter?«, fragt Bannwart abends im Hotelzimmer.

»Hat sie nicht gesagt, dass sie mit achtzehn geheiratet hat? Dann kam Sami – rechne selbst. Ich bin zu müde.«

Er rechnet und kommt auf zweiundfünfzig. Der Professor wird achtundfünfzig im nächsten Jahr, wie Carola.

»Rührend, wie sie sich um uns kümmern«, sagt er.

»Ja, schon. Aber anstrengend. Das Essen, der Ausflug zur Zitadelle und in diese Alabastermoschee und danach auch noch das Restaurant… ich dachte, wir kommen nie mehr heim. Und morgen das Fest.« Sie stöhnt. »Arme Nora. Auch Sami ist froh, wenn sie wieder in Zürich sind.«

3

Der Donnerstag, der Morgen des Festes, beginnt un-
festlich gereizt. Carola und Nora warten auf ihre Ballkleider. Eigentlich hätte das Hotelpersonal sie schon
gestern Abend zurückbringen sollen, da sie nicht gerei-
nigt, sondern nur leicht aufgebügelt werden mussten.
Auf Carolas wiederholte Anrufe hin versprechen die
Leute an der Reception höflich und ratlos, sie wollten
sich sofort darum kümmern. Und wieder verstreicht
eine Viertelstunde ohne Nachricht.

Vielleicht ist etwas Schlimmes passiert, und das Ho-
telmanagement wagt nicht es zu beichten. Vielleicht
sind die Kleider verschwunden oder sogar gestohlen
worden, vielleicht haben irgendwelche untergeordnete
Angestellte den Auftrag nicht richtig verstanden und etwas angerichtet, die Kleider beim Bügeln versengt oder
die Seide doch gewaschen, zu heiss natürlich, sodass alles eingegangen oder verfärbt ist, was eine Katastrophe
wäre, besonders für Noras goldgelbes Brautkleid, denn
Carola hätte noch ein Ersatzkleid für sich dabei, weil
sie bis zuletzt unschlüssig war, ob sie hell oder dunkel
tragen soll, neben Bannwarts schwarzem Smoking, der
zwar auch noch nicht zurück ist, doch in Kairo einen
passenden Anzug zu kaufen wäre ein Leichtes, ver-
glichen mit der Unmöglichkeit, Ballroben in den Grös-
sen von Carola und Nora zu finden, denn Ägypterinnen
sind kleiner und oft etwas füllig.

»Nie bekommst du hier eine klare Antwort«, sagt Carola. »Es ist, als rennst du gegen eine freundliche Gum-
miwand. Irre!«

»Die Irren sind wir, die Touristen. Sie sind die Wärter«, sagt Bannwart, aber Carola ist nicht in Stimmung.

»Und ist das jetzt typisch ägyptisch? Sami ist doch ganz anders, ganz normal.«

»Lass Sami aus dem Spiel, Mama!«

»Aber Kind, ich sage doch nur, dass er nicht wie –«

»Trotzdem, ich will es nicht. Nicht wenn du wütend bist.«

»Wütend? Ich bin vielleicht ein bisschen nervös, aber doch nicht wütend. Doch nicht heute, Nora-Schatz, an deinem Tag…«

»Mein Tag! Der fängt erst morgen an, wenn Sami und ich allein durch die Wüste zu den Oasen fahren. Heute ist der Tag seiner Familie.«

Als hätte sie auf dieses Stichwort gewartet, ruft Samira von der Reception aus an. Samis Münchner Schwester ist als Botschafterin geschickt worden, weil sie deutsch spricht, um die Bannwarts zu fragen, ob sie Madame Soraya bei der Inspektion des Ballsaals ins Semiramis Intercontinental begleiten wollen. Obwohl Samira dabei auch Robert Bannwart anschaut, ist ihm klar, dass sich die Einladung an die Damen richtet.

»Geht nur. Ich kann mich gut alleine unterhalten. Vielleicht gehe ich auf ein Stündchen ins Museum.«

»Da will ich aber auch noch hin«, klagt Carola im Dilemma zweier Versuchungen.

»Ich mach nur mal eine erste Inspektion. Damit ich dir morgen alles zeigen kann.«

Samira tippt in ihr Telefon. »Ich rufe meinen Mann an. Der kann Herrn Robert ins Museum begleiten.«

»Nein, bitte… Das ist nicht nötig – das Museum ist doch gleich nebenan.«

»Sie sind Gäste in Kairo, und Gäste lässt man bei uns nicht alleine.«

Diese erstickende Betreuung!

»Aber ich gehe immer allein durch fremde Städte«, sagt Bannwart stachlig. »Das muss ich. Das gehört zu meinem Beruf.«

Samira, das Telefon am Ohr, schüttelt nur entnervt den Kopf, entweder über ihn oder weil die Verbindung nicht zustande kommt. Die gleiche steile Stirnfalte wie ihre Mutter. Energisch tippt sie eine neue Nummer.

»Wirklich, Samira…«, setzt Bannwart erneut an.

»Mr. and Mrs. Banuard?« Ein Hotelangestellter steht hinter ihnen.

»Yes?«, sagt Bannwart.

»The robes for the ladies«, sagt der Angestellte und weist lächelnd auf zwei uniformierte Diener, die die beiden Ballkleider und den Smoking wie Reliquien durch die Hotellobby tragen.

»Oh, wundervoll«, ruft Carola. »Sie sollen sie raufbringen – wait, wait – I come with you!«

Das ist der Moment, in dem sich Bannwart aus dem Staub macht.

»Sag Carola, ich bin um zwölf zurück«, flüstert er Nora ins Ohr, gibt ihr einen Kuss auf die Backe, winkt Samira, die laut »Allo? Ahmad? Allo?« ins Telefon ruft, kurz zu und eilt mit langen Schritten dem Ausgang zu.

Das Ägyptische Museum glänzt lachsrot in der Morgensonne. Bunte Fassaden scheinen hier selten zu sein; von der Zitadelle oben sah die ganze Stadt gestern gleichförmig braungrau aus. Das Museum ist ein Prunkbau aus der Zeit der britischen Herrschaft. Zwischen seinem Eisenzaun und der Baustelle auf dem Tahrir-Platz drücken sich Autobusse eng aneinander vorbei, entlassen ihre Passagiere und kümmern sich nicht um die wirren Trillerpfiffe der Polizisten. Reiseleiter kommandieren ihre Herden in den schmalen Park vor dem Museum und holen die Tickets am Schalter. Bannwart muss nicht lange anstehen.

»No camera«, sagt der Beamte hinter dem Schalter, und Bannwart antwortet: »Yes, no camera.«

»Yes camera or no camera?«, fragt der Beamte stirnrunzelnd. »If camera, you must deposit it.«

»I have no camera«, sagt Bannwart.

Am Portal des Museums muss er durch eine Sicherheitsschleuse wie am Flughafen und alle Taschen leeren. Überall diese Metalldetektoren, auch an den Eingängen des Nile Hilton sitzen rund um die Uhr zwei schwarz uniformierte Polizisten, die freundlich grüssen und sich nicht darum kümmern, dass es pfeift, wenn Touristen die Schleuse passieren. Offenbar sollen sie die Hotelgäste nicht unnötig behelligen. Hier im Museum nehmen es die Sicherheitsleute genauer. Eine junge Italienerin hat versucht, einen winzigen Fotoapparat einzuschmuggeln, und trotz ihres kindlichen Bettelns wird sie zurückgeschickt. Bannwart ist erleichtert, seine Minox heute Morgen, entgegen seiner Gewohnheit, nicht in die Jackentasche gesteckt zu haben.

Er lässt sich treiben von der Strömung der Besucher, nach links, in den hohen dämmrigen Flügel, in dem die ägyptische Pharaonengeschichte beginnt. Die vielen Menschen stören ihn nicht, wo das Gedränge zu dicht wird, geht er aussen herum. Niemand kennt ihn hier, niemand will etwas von ihm, niemand kümmert sich um ihn, er ist frei und glücklich. Er muss keinem Führer folgen, kann stehen bleiben, wo er will. Vor diesem steinernen Priesterpaar aus der vierten Dynastie,

das lebensgross nebeneinander sitzt und ihn starr an-
blickt; er nur mit einem Lendenschurz bekleidet, sie
trägt ein weisses Schleiergewand, durch das dunkel die
Brustspitzen schimmern. Und viele Säle weiter hinten
die Reliefs mit Echnaton, Nofretete und ihren Töchtern
unter dem Schutz einer Sonne, deren Strahlen in liebe-
vollen Händchen enden. Eine universale Kunst, denkt
Bannwart, auch nach drei-, vier-, fünftausend Jahren
noch kann jeder etwas aus ihr lesen, selbst wenn er
nicht das Geringste weiss, was die Menschen damals
dachten und glaubten. Er steigt die Treppe hinauf ins
Obergeschoss. An den Funden aus dem Grab von Tu-
tanchamun muss er wenigstens vorbeistreifen, Carola
wird ihn bestimmt danach fragen. Kein Fluch, ein Zau-
ber liegt über diesem Schatz, dem sich Bannwart nicht
entziehen kann. Entgegen seiner Absicht drängt auch
er in die abgedunkelte Kammer mit der Goldmaske.
Im Pilgerstrom umkreist er das leuchtende Antlitz des
jungen Pharaos wie ein Heiligtum und zieht an den
Goldsärgen und den Schmuckvitrinen vorbei. Vom
grössten Sarkophag bis zur kleinsten Schmucknadel,
alles was der König berührt haben könnte, ist massives
Gold oder mit Gold überzogen. Ist das der geheime Ur-
sprung der ägyptischen Salons? Den Möbelstil mögen
sie den Europäern abgeschaut haben, die Goldfarbe
aber ist pharaonisch.

In der Buchhandlung am Ausgang wählt Bannwart
ein paar Ansichtskarten aus; das Priesterpaar nimmt er
zweimal. Das Gesicht der Frau erinnert ihn an Bignia
Giacometti. »bist du sicher, dass deine vorfahren aus
dem bergell kommen?«, schreibt er in der Cafeteria des
Museums. Da er ihre Adresse nicht genau weiss, muss
er ihr die Karte ins Büro schicken. Nicht offen. Am

Empfangsdesk des Nile Hilton verlangt er ein Couvert, schreibt gleich auf dem Tresen die Adresse darauf und gibt den Brief ab.

Carola und Nora sind noch nicht zurück. Am dunklen Holzgitter, das Bad und Wandschränke vom Schlafzimmer trennt, hängen ihre gebügelten Kleider und sein Smoking. Bannwart streicht über die goldgelbe Seide, nur mit den Fingerspitzen, zärtlich und etwas gehemmt.

Nora, die Braut.

Seltsam, wie verblasst die Jahre zwischen ihrer Kindheit und dem Heute sind. Wenn Bannwart an Nora denkt, dann an das stürmische Mädchen, explosiv in seiner Wut und seiner Liebe, dessen Umarmungen die Lust auf einen Ringkampf spüren liessen. Später verlor sie diese Intensität, zog sich in sich selbst zurück, wurde eine stille, ernsthafte Gymnasiastin und bestand mühelos die Matura. Dann wollte sie nicht an die Universität. Das hatte er nicht erwartet, diesen Mangel an Ehrgeiz. Ihre Talente an eine Buchhändlerlehre zu verschenken, hatte etwas Hochmütiges, das ihn ärgerte.

Er hatte darum kämpfen müssen, dass er an die ETH durfte; seiner Tochter standen alle Türen offen, doch sie beschloss draussen zu bleiben. Bannwarts Vater, der alte Musiklehrer am Lehrerseminar Küsnacht, wollte aus seinem Sohn einen Handwerker machen, einen Schreiner, allenfalls einen Geigen- oder Orgelbauer. Schon Lehrer war zu viel, denn der Vater hasste seinen Beruf, wäre lieber Komponist und Orchesterleiter geworden, doch er hatte eine Klavierschülerin geschwängert und musste sie heiraten. Darum hasste er auch seine Familie, die ihn zwang, Musiklehrer am Seminar und Organist der reformierten Kirche zu bleiben. Bannwarts Mutter war zwanzig Jahre jünger als ihr Mann und hätte Kinderärztin werden wollen. Aber mit einem Kind war das damals nicht möglich. Ihr Sohn jedoch sollte studieren, auch wenn sein Vater keinen Rappen daran zahlte. Sie konnte ihre Eltern dazu bewegen, die Hypothek auf ihre Konditorei und das Café zu erhöhen, als Erbvorbezug, den sie sich aber nicht auszahlen liess, weil das Geld sonst vor ihrem Mann nicht sicher gewesen wäre. So finanzierten die Grosseltern Bannwarts Studium.

Um den Vater nicht zu reizen, zog der Sohn zu seinen Grosseltern in eine Dachkammer und half an den Wochenenden als Kellner im Café aus. Mutter hätte ihn lieber als Arzt gesehen. Zwar galten ihr auch Architekten etwas, doch erst seit er Direktor des Amtes für Städtebau ist, freut sie sich richtig über seinen Beruf. Vater hat das nicht mehr erlebt, er starb, als Bannwart in Berlin war. Was hätte er dazu gesagt, dass Nora einen Ägypter heiratet? Für Mutter ist Sami der Arzt in der Familie, der Krebsspezialist am Universitätsspital, den sie bewundert. Und er spreche ein so schönes Deutsch, stundenlang könnte sie ihm zuhören. Ausserdem werde er ja bald Schweizer, mit Nora als Frau. Kein Wort, dass sie zu jung zum Heiraten sein könnte; Mutter hatte in diesem Alter schon ihren fünfjährigen Sohn.

Endlich wird es Abend. Rot sinkt die Sonne neben dem Cairo Tower zu Boden. Dort am Horizont sollen die Pyramiden sein, die Professor Amir ihnen zeigen will. Bannwart steht im Smoking auf dem Balkon, das Skizzenbuch in der Hand und sucht nach einer Inspiration für seine Tischrede. Es fällt ihm nichts ein. Die Sprache ist nicht das Problem, sein Englisch ist gut, an internationalen Konferenzen hält er seine Referate beinahe frei, braucht nur gerade ein paar Karteikarten mit Stichworten. Doch jetzt fehlen ihm die Ideen. Carola und Nora kann er damit nicht behelligen. Sie stehen wie Monarchinnen im Galakostüm im Zimmer, umtänzelt von zwei Coiffeusen, die ihren Frisuren den letzten Halt geben.

Er klappt das Notizbuch zusammen. Es muss ohne gehen. Auf die spontane Eingebung vertrauen, aus dem Moment heraus die richtigen Worte finden, das ist doch eine seiner Stärken. Sie wird ihn auch diesmal nicht im Stich lassen.

Punkt acht meldet das Empfangsdesk, die Limousine sei bereit. Zum Semiramis Intercontinental wäre es ein Spaziergang von fünf Minuten. Aber eine Braut und ihre Eltern kommen nicht zu Fuss zur Hochzeit. Also steigen sie in einen schwarzen Chevrolet. Der uniformierte Chauffeur hält ihnen die Türen auf und verbeugt sich dreimal. »Congratulation, Sir. Congratulation, Mylady. Congratulation, Miss Arusa.«

Gehört er zum Hilton oder zum Intercontinental oder zum Fest? Zahlen wir ihn oder Sami? Auch das wird sich klären, denkt Bannwart und setzt sich auf den Beifahrersitz, denn die Kleider der Damen brauchen Platz.

Langsam rollt der Chevrolet die Hotelausfahrt hinab, taucht wie ein schwarzes Krokodil in den Strudel des Tahrir-Platzes ein und gleitet in einen der Boulevards, die sternförmig vom Nil wegführen. Das Kanalsystem von verstopften Einbahnstrassen verlängert den Weg und verleiht der Limousine Sinn und Würde. Die Passagiere aber geniessen die Fahrt nicht, angespannt und schweigsam sind sie. Wieder steht der Wagen vor einer dieser Ampeln, die rückwärts die Sekunden zählen und den Autofahrern zeigen, wie lange ihre Geduld noch zu währen hat. Das könnte Zürich von Kairo lernen. Das und die Geduld. Bannwart sieht auf die Uhr. Der Chauffeur biegt rechts ab, der Rückweg zum Nil beginnt.

Vor dem Semiramis warten Musiker in weissen Pluderhosen und roten Westen. Als der Chevrolet anhält, fangen sie an zu spielen. Schellen-Tamburine, Bongo-Trommeln und eine lange Trichterflöte, die der Virtuose wie eine Jazzklarinette schwenkt. Die Trommler singen ein Lied, wohl ein Willkommensgruss. Im Eingang steht ein junger Mann und richtet seine Videokamera auf die drei Bannwarts, die etwas unsicher einen Augenblick zögern. Da taucht hinter den Musikern Samira auf, lachend, winkend und auf hohen Absätzen balancierend, in einer leuchtendroten Robe, die ihren weichen Körper straff verpackt und nur winzige Schrittchen erlaubt. Sie überreicht dem Fahrer einen Umschlag und flüstert Bannwart zu, er müsse vorangehen, mit Nora, quer durch die Halle, nach hinten zum Lift.

Bannwart winkelt seinen rechten Arm an, Nora schiebt ihre Hand hinein, mit der anderen hält sie den eng gebundenen Strauss weisser Rosen vor die Brust, und in gemessenem Gleichschritt schreiten sie auf die Folkloreband zu, die sich teilt wie die Wasser des Meeres beim Auszug aus Ägypten, auch die Türen des Hotels schwingen zur Seite, und hell schlagen Bannwarts und Noras Absätze auf den polierten Rosengranit der Halle, in der viele Menschen, Gäste des Hotels oder Gäste der Hochzeit, eine Gasse bilden, klatschend und Glückwünsche rufend, es blitzen Handykameras, und aus den Augenwinkeln sieht Bannwart den Videofilmer vorbeihasten, nach vorne zu den Lifts, wo er sich umdreht und mit der Kamera vor dem Gesicht sie erwartet, die Braut und ihren Vater und die Musiker in ihrem Gefolge.

»Wir fahren in den vierten Stock«, sagt Samira. In der Kabine sind sie nur zu viert, plus der Liftboy. Carola legt ihren Arm um Noras nackte Schultern. Bleich und durchsichtig sieht Nora aus, das ist nur das Licht.

»Der grosse Auftritt kommt ja erst«, sagt Bannwart, um die Stille zu durchbrechen. »Was genau muss ich tun?«

»Wenn die Musik spielt, kommen Sie mit Nora die Treppe hinunter. Nur eine Etage. Dort ist das Fest«, sagt Samira.

»Und was mache ich?«, fragt Carola.

»Wir bringen die beiden an die richtige Treppe. Dann fahren wir runter in die dritte Etage und trillern, wenn sie kommen.«

»Trillern?«

»... oder jubeln oder klatschen – was Sie wollen.«

Diese Treppe ist nicht für grosse Auftritte gedacht. Sie knickt um zwei Ecken in die untere Etage und ist so schmal, dass zwei Personen nebeneinander knapp Platz haben. Links und rechts dicke Stahlrohre als Handläufe, cremefarbene Travertinplatten verkleiden die Wand, und auf den hellen Kunststeinstufen warnen zwei schwarze Rillen vor der Kante. Gegen diese moderne Kälte ist jede Dekoration machtlos. Weisse Tüllbänder umwinden die Handlaufrohre wie ein Notverband und alle zwei Meter ist ein Blumensträusschen in eine grosse Schleife gesteckt. Sieht eher nach der Einweihung einer Klinik als nach einer Hochzeit aus. Wenn die Musik nicht wäre. Von unten rasseln schon die Tamburine, schlagen die Trommeln, und jetzt beginnt die Flöte zu quäken. Am Fuss der Treppe steht Sami bereit und neben ihm zielt der Videofilmer mit der Kamera nach oben.

»Ich glaube, das ist unser Stichwort«, sagt Bannwart und bietet Nora seinen Arm an. Ihre fünf dünnen Goldreife, das symbolische Brautgeschenk von Sami, klirren leise, als sie sich bei ihrem Vater einhängt. Sie sehen einander in die Augen, jedes lächelt dem anderen Mut zu, dann nehmen sie die erste Stufe.

Bannwart kennt die Zeremonie nicht, jeden Schritt musste er sich vorsagen lassen, aber jetzt sieht es für alle so aus, als führe er Nora hinab in ihre Zukunft, als gebe er die väterliche Verantwortung und Aufsicht ab und lege sie in die Hände des Bräutigams, der unten auf die Frau wartet, mit der er in Zürich schon seit einem Jahr das Leben und die Wohnung teilt. Das ist das einzige Geheimnis, das Bannwart von Nora weiss, und ein Geheimnis ist es nur hier am Nil, wo der Bräutigam seine Verwandten im Glauben lässt, sein gemeinsames Leben mit Nora beginne an diesem Abend auf dieser Treppe, auf die er jetzt von unten seinen Fuss setzt, während die Trommelwirbel anschwellen und eine Trompete über die Flöte hinweg schmettert. So abgemessen wie Bannwart und Nora hinabschreiten, so andächtig steigt Sami ihnen entgegen, denn die Treppe ist nicht lang. Als sie einander begegnen, legt Bannwart seine Hände auf Samis Schultern und beugt sich nieder, um ihn zu küssen. Er spürt, wie Sami leicht zurückschreckt, offenbar überrascht, was Bannwart freut, dann aber strahlt Sami auf und bietet beide Wangen dar und umarmt Bannwart mit viel Kraft. Zart ist der Kuss, den Sami Nora gibt. Gellende Jubeltriller der Frauen durchstossen den Strudel von Trommeln, Schellen, Flöte und Trompete, und mit seiner Frau am Arm geht Sami die wenigen verbleibenden Stufen hinunter, verfolgt von der Videokamera, die unablässig auf die beiden Gesichter gerichtet ist.

Bannwart bleibt zurück, ein Schauspieler ohne Rolle, unschlüssig, wie lange er warten muss, bevor auch er die letzten Stufen hinter sich lassen darf, um seiner Tochter und ihrem Mann im richtigen Abstand zu folgen.

Samira winkt ihn herab, und Carola nimmt ihn in Empfang.

»Toll habt ihr das gemacht! Und am Schluss du allein auf der Treppe, der verwaiste Patriarch. Hundert Jahre Einsamkeit.«

Macht sie sich lustig über ihn? Sie lacht, aber links hängt noch eine verwischte Träne. Er legt einen Arm um ihre Hüfte.

»Komm, Mutter. Hoffentlich gibt's bald was zu essen. Heiraten macht Hunger.«

Ein Aufkreischen vorne, ein Hasten, Haschen, Lachen – Nora hat ihren Brautstrauss unter die Mädchen geworfen, und eines erkämpft ihn sich und hüpft mit Siegesgeheul auf und ab, die Trophäe hoch über sein blau schillerndes Kopftuch gestemmt.

Im Teeba Ballroom stehen etwa zwanzig runde Tische, jeder für acht Personen gedeckt. Die weissen Tischtücher reichen beinahe bis auf den grünen Teppich hinab, auch die Stühle sind mit bodenlangen Überzügen verhüllt, als trügen sie eine helle Galabiya mit gelber Tüllschleife im Rücken. Durch drei Türen drängen sich die Gäste in den Saal, ganze Sippen sind es, Väter, Mütter, Grosseltern, und viele Kinder, vom Baby bis zum Teenager. Laut rufen sie über die Tische hinweg, winken einander zu und lachen und suchen sich ihre Plätze. Wer an den Bannwarts vorbeizieht, grüsst mit

»Welcome« oder »Happy day« oder einer Freundlichkeit auf Arabisch. Etwa die Hälfte der Frauen trägt ein festlich buntes Kopftuch.

»Wir sind die einzigen Ausländer hier«, sagt Carola und sieht sich etwas verloren um.

In diesem Moment taucht aus der Menge Samira auf und führt sie durch das Gewühl an den Ehrentisch zu Professor Amir, Madame Soraya und einer vornehmen alten Dame mit Brillantcollier und grossen Ringen an beiden Händen. Die Begrüssung ist noch herzlicher als am Vortag in Maadi, vielleicht weil die Bannwarts jetzt zur Familie gehören. Madame Soraya stellt ihnen Madame Fawziya et-Turki vor, ihre Mutter.

»Ah, les Suisses et les langues! Vous parlez français, sans doute?«, wendet sich Madame Fawziya an Carola, die hilfesuchend zu Bannwart blickt.

»Ma femme est née Allemande, elle parle anglais.«

»Ah! L'amour… L'amour ne connaît pas de frontières! Ma mère était grecque, et mon grand-père paternel était turc – un général turc dans l'armée royale, vous vous rendez compte?«

Die zierliche Aristokratin ist die Königin an diesem Tisch. Ehrerbietig, beinahe unterwürfig hört Professor Amir neben ihr zu und nickt bei jedem Satz, obwohl er kaum Französisch verstehen dürfte.

»Wo bleibt denn unser Brautpaar?«, fragt Carola.

»Das hat seinen Platz auf der Kosha.«

Samira zeigt hinter Carola zur Stirnseite des Saals. Auf einer kleinen Empore steht ein weisses Zweiersofa, flankiert von Blumengebinden mit gelben Rosen; dahinter ergiesst sich in kunstvollen Wellen ein weisser Gazeschleier, auf dem unzählige Pailletten glitzern. Und auf diesem Sofa sitzen Nora und Sami, so gerade

und steif wie das altägyptische Priesterpaar, das Bannwart am Morgen im Museum gesehen hat.

»Sind sie nicht wunderschön?«, sagt Samira schmachtend zu Carola.

»Ja, sehr schön. Aber müssen sie den ganzen Abend
dort oben sitzen und dürfen nichts essen?«

»Das Essen wird ihnen vom Buffet draussen gebracht«, sagt Samira. »Und aufstehen dürfen sie auch,
später, wenn sie tanzen wollen.«

Viele der Gäste defilieren am Sofa vorbei, reden ein
paar Worte mit Sami, während Nora lächelnd neben
ihm sitzt und dankt, wenn wieder ein Geschenkpäck-
chen überreicht wird, das Sami auf einem Gabentisch
ablegt.

Kellner bringen die Vorspeisen an den Tisch, orientalische Mezzehs, die den ärgsten Hunger dämpfen. Auch
Nora und Sami bekommen einen Teller gereicht, den
sie auf ihrem Thron in einer Hand balancieren müssen.
Die Musik hat gewechselt, aus den Lautsprechern fliessen nun arabische Schlager und Instrumentalmusik in
den Saal, gemixt von einem DJ.

Nach dem ersten Gang steht Professor Amir umständlich auf, fordert vom DJ ein Mikrofon an, lässt es sich
erklären und muss doch dreimal ansetzen, bevor man
ihn überall hört. Die ersten Worte sind Englisch, eine
Begrüssung von »Mister Robert and Madame Carola«,
dann redet er ägyptisch weiter, ohne Manuskript und
mit anschwellender Begeisterung. Seine schöne, tiefe
Stimme ist beinahe zu stark für das Mikrofon, an den
Höhepunkten scherbelt und bricht der Ton, was weder
den Professor noch sein Publikum zu stören scheint.
Seine sonst so müden Augen strahlen und in weiten Bögen fährt seine freie Hand durch die Luft. Eine witzige

Rede muss es sein, immer wieder lachen die Leute, ihre Zwischenrufe feuern den Professor an, und als er endet, klatschen und jubeln sie alle.

Diesem Auftritt kann Bannwart nichts Ebenbürtiges entgegensetzen. Er spürt, während er spricht, wie trocken seine Worte sind, so trocken wie sein Hals, er erreicht die Gäste nicht, weiss nicht, ob sie sein Englisch verstehen, so regungslos wie sie an ihren Tischen sitzen und wie Schüler zu ihm herblicken. Aus reiner Höflichkeit sitzen sie so still, denkt er, während er zum Abschluss noch einmal einen Glückwunsch auf das Brautpaar ausspricht. Bevor er ganz fertig ist, springt Carola auf und streckt die Hand nach dem Mikrofon aus, das er ihr überrumpelt und erlöst weiterreicht.

»Three cheers for Sami and Nora: Hip hip hurrah!«, schreit Carola viel zu laut hinein und stemmt dreimal die Faust in die Luft.

Aber die Leute freuen sich und rufen zurück.

»Three cheers for big and beautiful Egypt: Hip hip hurrah!«

Ein grosser Chor antwortet ihr mit Begeisterung.

»… aaand three cheers for little Switzerland: Hip hip hurrah!«

Das Publikum lacht und klatscht und die Frauen trillern, als Carola sich wieder setzt.

»Elle a du cœur, votre femme«, raunt die alte Dame Bannwart zu.

Lob oder Tadel? Bannwart spürt es nicht heraus.

Wieder erhebt sich der Professor, und diesmal stehen auch Madame Soraya und Samira und ihr Mann Ahmad, der Zahnarzt, vom Tisch auf.

»Kommen Sie mit«, sagt Samira, »wir eröffnen das Buffet.«

Draussen vor dem Saal stehen weiss gekleidete Köche oder Kellner hinter grossen rechteckigen Wannen mit spiegelnden Metallhauben. Die Menüs sind auf Arabisch und Englisch angeschrieben: Veal Piccata with Mushroom Sauce, Fried Beef with Bamboo Shoots, Grilled Marinated Chicken, Fish Fillet with Lemon Butter Sauce, Lasagna with Vegetables & Meat, Gratin Potatoes, Hot Dolma, Shawerma (Chicken). Die Köche heben die Metalldeckel und schöpfen reichlich auf die Teller.

Das Essen dauert ewig. Viermal pilgern der Professor und sein Schwiegersohn Ahmad zum Buffet und kehren mit neu gefüllten Tellern zurück. Die Damen und Bannwart begnügen sich mit zwei Gängen, was Doktor Ahmad besorgt fragen lässt, ob ihm das Essen nicht schmecke. Nein, nein, alles sei wunderbar, beteuert Bannwart und verschweigt, dass ihm der Wein fehlt. Es gibt nur Mineralwasser, Limonaden, Cola und Fruchtsäfte, was dem Hochzeitsbankett den Charakter eines überdimensionierten Kindergeburtstagsfestes verleiht. Doch scheinen die Erwachsenen hier keinen Alkohol zu brauchen, um sich zu amüsieren. Die Stimmung ist laut und fröhlich, obwohl die Aircondition den Saal so kühl hält, dass Carola die Jacke anzieht und auch Nora sich von Sami eine Stola um die Schultern legen lässt. Bannwart sieht, wie Nora auf ihrem Sofathron sich an ihren Mann schmiegt, um sich zu wärmen.

Und was bleibt einem Vater von seiner verheirateten Tochter? Wann war er das letzte Mal zwei, drei Stunden allein mit ihr zusammen, nur sie zwei, und was hat sein Gedächtnis von den Gesprächen mit ihr aufbewahrt? Ein Gefühl der Leere weitet sich in ihm, eine Traurigkeit ohne Schmerz. Er wendet den Kopf zu den grossen

Fenstern, sieht die erleuchtete Brücke über den Nil und dahinter den schlanken Cairo Tower, die blauen Lichtpunkte und die rote Laterne an der Spitze.

»Tomorrow I show you the pyramids and the tower«, sagt der Professor mit vollem Mund. Er ist Bannwarts Blick gefolgt, ein achtsamer Gastgeber noch in der seligen Hingabe an die Völlerei.

Am Morgen kommen Nora und Sami kurz ins Nile Hilton, um sich zu verabschieden. Sie haben in einer Suite des Semiramis geschlafen, knappe fünf Stunden und sind etwas bleich. Trotzdem wollen sie mit ihrem gemieteten Toyota-Geländewagen rasch aufbrechen, um vor der Abenddämmerung in der Oase Bahariya anzukommen. Und um endlich wieder einmal allein zu sein, aber das sagen sie nicht. Flucht in die Westliche Wüste.

Kaum sind sie losgefahren, treffen auch schon die Verfolger ein. Samira und Ahmad holen Carola und Robert Bannwart zur Besichtigung der Pyramiden ab. Vor dem Hotel wartet Professor Amir in einem alten Peugeot. Es dauert lange, bis sie nur schon über die Nilbrücke sind, an deren Enden monumentale Bronzelöwen griesgrämig auf die drängelnden Autos herabschauen.

Der Professor ist kein guter Fahrer, verkrampft und verschwitzt hält er das Steuer in seinen Fäusten, und der Peugeot ruckt sich vorwärts. Früher habe er einen Chauffeur gehabt, sagt er entschuldigend, aber seit das Leben so teuer geworden sei, müsse man alles selbst machen. Nur ein Dienstmädchen aus dem Dorf hätten sie noch. Seine Frau gebe jeden Nachmittag im Salon ihrer Wohnung Privatunterricht in Englisch, denn vom Staatsgehalt, das er an der Universität und sie im Gymnasium verdienten, könnten sie in Maadi nicht leben. Früher, als Nasser noch war, sei es besser gewesen, darum wanderten die Jungen heute alle aus, wenn sie nur können, sagt er mit einem Blick in den Rückspiegel zu Samira und Ahmad. Warum er dann sie zu den deutschen Borromäerinnen und Sami in die Deutsche Evangelische Oberschule geschickt habe, fragt Samira listig.

»For better chance and better life«, ruft der Vater aus und verwirft die Hände.

Und da sind die Pyramiden. Cheops, hoch und steil, ein Berg aus graugelben Quaderklötzen, die einfachste Form zur Perfektion gebracht, ein Monument der Macht, das jeden Menschen klein macht. Bannwart hätte nicht gedacht, dass ihn der Anblick derart ergreifen könnte. Etwas, das er seit seiner Kindheit kennt, etwas, das er auf ungezählten Bildern gesehen hat und darum gar nicht erst besuchen wollte. Etwas, dessen Dimensionen sich leicht abschreiten lassen: Basis 227,5 Meter, Höhe 137,2 Meter und 1,1 Meter die Kantenlänge der Kalksteinblöcke. Doch da steht er nun am Fuss dieser Pyramide und ist überwältigt. Am Freitag, sagt Ahmad, kommen auch die Ägypter. Es klingt, als wolle er sich entschuldigen. Aber die vielen Menschen stören Bannwart nicht. Er legt den Kopf in den Nacken und lässt sich vom Anblick erschlagen. Nur wenige Meter hinter ihm ist die harte Grenze, wo die Stadt aufhört und die Wüste beginnt. Und hier steht er vor der Ewigkeit. Vor einem Weltwunder.

Der Professor fährt sie zu einer kleinen Anhöhe, von der sie alle drei sehen können: Chephren, Cheops, Mykerinos, und dahinter versinkt die Grossstadt im Dunst.

An der Kante des Plateaus fotografieren Ägypter und Touristen sich selbst vor den Pyramiden. Bannwart wendet sich nach Westen, blickt über die flachen Wellen der Wüste, deren Kuppen dunkler und deren Täler heller sind. Irgendwo dort hinten fahren jetzt Nora und Sami ihrer Oase entgegen; eine moderne Autobahn sei es. Der Himmel ist gelb verschleiert, am Boden verschwimmen die Schatten und ein heisser Wind zieht über den Sand. Aus der Senke nähert sich ein Kamelreiter, an der Leine führt er ein zweites, kleineres Tier. Ein biblisches Bild, auch Carola macht ein Foto. Zwischen den Steinen des Pfades liegen grün und weiss leere PET-Flaschen. Der Reiter bringt die Tiere zum Aussichtspunkt, wo ein Dutzend Dromedare kauend und röhrend am Boden kauern. Bannwart und Carola widerstehen den barschen Aufforderungen der Kameltreiber zum Ausritt, Carola wegen der grossen Zähne der Tiere, Bannwart wegen des Geruchs.

Nach einem langen Mittagessen unter den Augen der Sphinx fahren sie in die Stadt zurück, zum Cairo Tower. Tatsächlich ein Netzstrumpf, ist Bannwarts erster Gedanke, ein Stützstrumpf aus einem rhombisch durchbrochenen Betongitter, in dem ein enger Liftschacht nach oben führt. Unheimlich leicht wirkt diese transparente Turmröhre für ihre 187 Meter.

»Nasser hat ihn gebaut, mit dem Geld, mit dem die CIA ihn bestechen wollte.« Professor Amirs Augen leuchten. »1961, da war ich zehn Jahre alt, und der Turm war der höchste von ganz Afrika und dem Nahen Osten.«

Seine Freude erlischt, als er auf den blitzblanken Eingang weist: »An die Saudis haben sie ihn verkauft, gerade erst vor einem Jahr, und die haben ihn teuer renoviert, um uns zu demütigen. Wenn das Nasser wüsste – sein Erbe in den Händen dieser heuchlerischen Geldsäcke! Eine nationale Schande!«

Vor dem Lift müssen sie ein paar Minuten Schlange stehen. Es passen nur acht Passagiere und der rot uniformierte Liftboy in die enge Kabine. Bannwart spürt den weichen Bauch des Professors an seiner Hüfte. Als sie oben ankommen und die Lifttür sich öffnet, entlässt Amir einen Seufzer, als hätte er auf der ganzen Fahrt die Luft angehalten.

Sie gehen rund um die windige Plattform. Selbst von hier oben lassen sich die Dimensionen von Kairo nur erahnen. Dunst, Wüstenstaub oder Abgase trüben die Sicht bereits nach wenigen Kilometern, wie auf einer alten Fotografie, deren Sepiabraun gegen die Ränder hin schwindet. Noch knapp auszumachen sind die Zitadelle und die Moschee auf ihrem Hügel gegenüber. Der Höhenzug dahinter ist die einzige erkennbare Grenze dieser flachen Stadt. Sonst kaum etwas, an dem der Blick hängen bleibt. Das Nile Hilton am anderen Flussufer und das rosafarbene Semiramis, aber auch diese nur, weil sie nun zur Familiengeschichte gehören. Der Nil ist seltsam leer, keine Schiffe, ausser einigen Ausflugsdampfern, die am Ufer vertäut liegen. Ein wenig weiter aufwärts gabelt sich der Fluss, ein schmaler Arm, ein Kanal fast, führt auf der anderen Seite des Turms vorbei. Dort drüben sei Samis deutsche Oberschule, Samira und ihr Vater zeigen in leicht verschiedene Richtungen und können sich nicht einigen. Auf der länglichen Insel des Turms dehnen sich Sportanlagen und Freizeitparks aus. Braun abgetretene Fussballfelder, aber auch dichter Rasen dort, wo es teurer aussieht, daneben rote Tennisplätze, türkisblaue Pools und dunkelgrüne Baumkronen, die mit hellem Staub bepudert sind.

Eine Errungenschaft der Stadtplanung, denkt Bannwart. Sonst wäre diese grüne Insel längst von der ringsum wuchernden Metropole erobert, besetzt und aufgefressen worden.

»Und wem gehört diese reiche Palastanlage da unten am Tower?«

»Das ist das Klubhaus der Polizei«, sagt der Professor.

Beim Abendessen in Maadi erinnert sich Bannwart an Björns Arabersäbel. Ob man so etwas im Basar finde? Professor Amir reibt sich am Kinn und wiegt den Kopf. Einen Säbel? Das habe er dort noch nie gesehen. Spazierstöcke mit einem verborgenem Degen im Schaft, das schon, aber Säbel, nein, das nicht.

»But wait … I have a better idea«, sagt er und erhebt sich schwerfällig vom Tisch.

Müde sieht er aus. Und morgen will er ihnen zuerst das Museum zeigen, danach die islamische Altstadt und den Basar. Bannwart fühlt sich schuldig, obwohl er alles versucht hat, um diesen letzten Tag mit Carola allein verbringen zu können. Wenigstens den Vormittag im Museum. Vergeblich. Gegen die Gesetze der Gastfreundschaft ist der Gast so machtlos wie der Gastgeber.

Der Professor kommt zurück mit einer Art Doppelkreuz in einem dunklen Futteral, an dem ein Lederring hängt. Er steckt die linke Hand durch den Ring und schiebt ihn bis zum Oberarm hoch. Dann zieht er am Kreuz einen Dolch heraus und hält ihn knurrend vor sein Gesicht. Die ganze Familie lacht hell über die finstere Maskerade mit der Dolchscheide am geknautschten Ärmel seines gelben Hemdes. Aber die fleckige Klinge sieht gefährlich aus, beidseits geschliffen und spitz. Diesen Dolch habe sein Vater aus dem Sudan mitgebracht, mit der Armee sei er dort gewesen, in einem der ewigen Kriege des Südens. Professor Amir streift das Futteral wieder ab, versenkt die Klinge darin und übergibt die Waffe Bannwart.

Nein, nein, das könne er unmöglich annehmen, wehrt Bannwart ab, ein Familienerbstück müsse in der Familie bleiben.

»But this is family – you are now part of it«, sagt der Professor.

Auch Madame Soraya redet Bannwart zu, und Samira gibt ihm mit den Augen ein stummes Zeichen, dass er das Geschenk annehmen soll. Also legt er beide Hände auf die runden Schultern des Professors und hätte ihn beinahe geküsst, so bewegt es ihn, dass Amir ihm dieses Erinnerungsstück schenken will.

Der Dolch wird am Flughafen zum Problem. Als ihre beiden Koffer an der ersten Sicherheitskontrolle durch den Röntgentunnel fahren, hält die korpulente Beamtin das Förderband an und ruft einen Polizisten zu sich, der zwischen den Kontrollposten auf und ab paradiert. Er macht auf dem Absatz kehrt und beugt sich hinter ihr herab. Sie zeigt auf ihren Bildschirm. Was im grossen Koffer sei, fragt der Polizist barsch. Kleider, Toilettensachen und Geschenke, sagt Bannwart und lächelt freundlich, was den Beamten nicht umgänglicher werden lässt.

»Take it away and open«, befiehlt er und deutet in eine ungefähre Richtung.

Bannwart hebt den Koffer vom Band und spürt wie ihm Blut ins Gesicht steigt. Die Menschen in der Schlange schauen interessiert in seine Richtung. Carola nimmt erschreckt auch ihren Koffer auf und zerrt alles Handgepäck vom Förderband, das surrend wieder anläuft. Am Boden in der Hocke muss Bannwart den Koffer aufschliessen, während Passagiere hinter ihm vorbeidrängen, froh dass nicht sie den Argwohn dieses Beamten erregt haben. Er trägt zwar die gleiche schwarze Uniform wie die Polizisten, die am Eingang zum Nile Hilton sassen. Dort begrüsst man einander immer etwas übertrieben höflich, die reichen Touristen, weil sie Mitleid mit den armen Kerlen in ihren zerknautschten Uniformen haben, und die Polizisten verdienen sich vielleicht ein Trinkgeld vom Hotel dafür, dass sie die ausländischen Gäste schonen und nicht verärgern. Doch dieser Wächter hier beschützt die Landesgrenze zum Luftraum; er lässt den Fremden spüren, wie leicht er zum Feind werden könnte. Bannwart schwitzt, als er den Koffer aufklappt und sein ordentlich zusammengefaltetes Pyjama allen Blicken darbietet.

Der Polizist wedelt von oben mit der Hand. »Show me!«

Wieder muss sich Bannwart bücken. Lage um Lage schlägt er die Wäsche zurück, bis zwischen zwei Hemden der alte Dolch zum Vorschein kommt.

»Give me!«

Mit beiden Händen reicht Bannwart langsam, damit es nicht als Angriff gedeutet werden kann, den Dolch nach oben. Der Polizist zieht ihn hervor, prüft mit dem Daumen Schneide und Spitze.

»Dangerous weapon.«

Hastig flüstert Carola hinter dem Beamten hervor: »Sag ihm, dass er ihn behalten kann. Sag ihm, dass wir ihn nicht wollen.«

Auch Bannwart hat Angst, doch darf er dieses Geschenk jetzt nicht im Stich lassen. Es wäre ein Verrat an Professor Amir und an der Freundschaft, die zwischen ihren Familien entstanden ist.

»This is a present for my son.«

»Björn weiss doch nichts davon«, zischt Carola panisch. »Überlass es dem Polizisten! Ich will nicht noch mehr Scherereien.«

Der Beamte schiebt den Dolch in die Scheide und wiegt ihn in einer Hand. »May be antique?«

»No, no, from the bazaar – just for old tourists like me.«

»You must be very careful with this knife«, sagt der Polizist ernst und gibt den Dolch zurück. Bannwart dankt mit einer Verbeugung, für die er sich später schämt. Er wickelt den Dolch in ein Handtuch und schliesst den Koffer. Der Polizist steht noch immer neben ihm.

»This was a special control«, raunt er. »You were taking my time.«

»Oh… yes… I'm sorry.« Bannwart greift in die Hosentasche und zieht einen Geldschein hervor. »Thank you for your good control.«

Unter halb geschlossenen Augenlidern blickt der Polizist in die Runde, während seine Linke das Geld beiläufig einstreicht und verschwinden lässt. Ohne ein Wort geht er weiter.

Carola redet erst wieder, als sie ihre Koffer eingecheckt haben.

»Einen Polizisten bestechen! Du hättest uns beide ins Gefängnis bringen können«, sagt sie erbittert. »Ich hasse diesen Dolch!«

Wenn sie so geladen ist, hat es keinen Sinn, mit ihr zu streiten.

4

Ein Fehler ist es, noch am Sonntagabend, kaum sind die Koffer ausgepackt und der sudanesische Dolch übergeben, in die Mailbox seines Amtes zu schauen. In seiner Abwesenheit haben die Gegner des Metropolis Media Centers den politischen Kampf eröffnet. Sie sammeln Unterschriften für eine Volksabstimmung. Den ersten Schritt hat eine Gruppe linker Utopisten gemacht, die Nationalkonservativen schlossen sich dem Referendum an, wenn auch aus ganz anderen Gründen. Dies erfährt Bannwart aus einem Schwall aufgeregter E-Mails, deren Ton und Tippfehler getrieben sind von Emotionen, die nun, zwei, drei Tage später, seltsam konserviert wirken, in ihrer Bewegung erstarrt und versteinert wie Fossilien. Aber sie drücken auf die Stimmung, mit der Bannwart am Montagmorgen ins Amt zurückkehrt.

»Todsicher kriegen die ihre zweitausend Unterschriften zusammen«, sagt Kris Matter an der Kadersitzung. »Und was machen wir? Wir können denen doch nicht das Feld überlassen.«

»Die Chefin hat ja schon reagiert«, entgegnet Bignia Giacometti. »In allen Interviews sagt sie, dass der Stadtrat für dieses Projekt kämpfen will.«

»Politikergerede«, sagt die Chefarchitektin. »Wir, die Experten, müssen den Bürgern klar machen, warum dieser Bau das Richtige ist für diesen Ort der Stadt.«

»Filmbusiness – damit könnte man etwas anfangen«, sagt Planungschef Karl-Heinz Schollmann. »Das lässt sich doch verkaufen, so als Cinecittà für Games und Trickfilme. Oder als Ufa-Palast.«

»Ufo-Palast?«, fragt Finanzchef Derungs. »Weil er astronomisch teuer wird?«

»Ufa«, wiederholt Schollmann. »War mal die grosse Filmgesellschaft meiner alten Heimat.«

»Film ist gut und recht, aber das ist nur der Inhalt«, sagt Kris Matter. »Was das Volk sieht, ist der Entwurf für den Gebäudekomplex. Daran reibt es sich. Und da sind wir als Experten gefragt. Wir müssen diese architektonische ‹landmark› verteidigen, mit allen Kräften.«

»Ja, aber nicht alle einzeln«, sagt Milena Roskovic, die Leiterin der Assistenzdienste. »Da muss der Boss ran.«

Alle fünf blicken sie zu Bannwart. Boss nennen sie ihn, auch Berliner, das jedoch nur hinter seinem Rücken. Im übrigen Hochbaudepartement ist er »der Preusse«. Noch immer gibt es solche, die es der Stadtregierung übel nehmen, dass sie Bannwart, der von aussen kam, zum Direktor des Amtes für Städtebau gemacht hat. Elf Jahre ist das her, aber die Verwaltung hat ein langes Gedächtnis.

»Wir müssen zeigen, was Metropolis der Stadt bringt«, sagt Bannwart. »Innovation, Arbeitsplätze, Prestige. Immerhin haben wir schon das Filmfestival, nun kommt die modernste Filmtechnologie dazu. Das zieht verwandte Branchen an, ist ein Motor für Wachstum, kreativ wie finanziell. Und damit das klappt, braucht Metropolis auch als Bauwerk eine gewisse kritische Grösse – das stimmt zwar so nicht unbedingt, aber als Argument leuchtet es ein.«

»Und wie willst du das an den Mann bringen?«, fragt die Matter.

»Mit öffentlichen Auftritten. Zum Beispiel ein Streitgespräch. Wir brauchen einen prominenten Namen vom Film – Schauspielerin oder Regisseur –, dann beisst das Lokalfernsehen an. Dazu jemanden von der Stadt, der das Projekt versteht und auch erklären kann. Auf der anderen Seite die Gegner, je einer von den Linken und den Nationalisten.«

Kris verzieht das Gesicht. »So viel Ehre für diese Spinner? Einer von denen ist schon zu viel.«

»Beide. Wir lassen sie aufeinander los. Sollen die sich gegenseitig demontieren, und wir konzentrieren uns auf die Vorteile von Metropolis.«

»Wer ist wir – ausser dem Filmpromi?«, fragt Matter.

»Das sehen wir dann, wenn es so weit ist.«

»Teuflisch gut«, sagt Schollmann nach der Sitzung. »Aber du weisst, dass du das machen musst. Kris kommt nicht an bei den Leuten. Zu spitz und elitär. Das schreckt ab.«

Bannwart schmunzelt. »Du kennst unser Publikum, bevor wir es haben.«

˙»Als Fremder kriegt man ein Gespür dafür, oder man geht vor die Hunde. Als Deutscher sowieso.«

»Das sagt Carola auch. Bereust du, dass ich dich geholt habe?«

»Wär ich sonst noch hier? Nee, mir passt det hier. Und meine Kinder sprechen schon astreinen Dialekt. Sogar Margot fängt damit an.«

»Das würde Carola nie. Geht irgendwie gegen ihren Stolz. Aber Margot ist jünger... Ach ja, ich hab noch was für dich – hier. Aus der Buchhandlung des Nile Hilton.«

»Hassan Fathy – Architecture for the Poor«, liest Schollmann. »Seit wann wirbt denn das Hilton um die Armen?«

»He, nimm's und sag Danke oder gib's zurück. Kris würde sich freuen…«

»Nein, nein, ich bin nur überrascht, dass du in deinen Ferien an mich denkst. Danke, das lese ich gern.« Er blättert den Band durch, bleibt bei den Fotos hängen. »Architecture for the Poor. Macht bescheiden, hier im Herzen der Bankenwelt.«

»Metropolis könnte man so nicht bauen. Alles aus Lehm.«

»Du kennst es?«

»Habs mir auch gekauft und im Flugzeug drin gelesen.«

»Und was hast du sonst noch mitgebracht? Datteln? Teppiche?«

»Einen sudanesischen Dolch.«

»Sammelst du jetzt Waffen?«

»Nein, Björn wollte einen arabischen Säbel… War ziemlich enttäuscht, dass es bloss ein Dolch ist – dabei sieht er ganz schön wild aus. Aber zu kurz, um ihn übers Bett zu hängen. Erst als er hörte, dass ich deswegen bei der Ausreise beinahe verhaftet wurde, stieg der Dolch im Wert. Jetzt hängt er am Büchergestell.«

»Verhaftet – echt?«

»Ach wo, nur ein Polizist, der sich wichtig machen wollte bei der Gepäckkontrolle. Es ging ihm ums Bakschisch. Aber für Björn habe ich alles ein bisschen dramatisiert.«

Schollmann grinst. »Tja, Kinder wollen Helden als Väter. Verdammt schwer zu erfüllen, wenn man in so geordneten Verhältnissen lebt wie wir.«

Jeden Dienstagnachmittag hat Bannwart die Wochenbesprechung mit der Chefin. Audienz nennt er diese

Stunde. Sie sei doch keine Königin, sagte die Stadträtin geschmeichelt, als sie das Wort zum ersten Mal hörte. Eine Audienz, antwortete Bannwart geschmeidig, brauche keine Krone, sondern Ohren. Er ist es, der redet, und die Chefin hört zu. Er rapportiert den Stand der wichtigsten Geschäfte, sie stellt ab und zu eine Frage, und am Ende ist sie meistens zufrieden. Dann plaudern sie noch ein paar Minuten; sie erkundigt sich nach dem einen oder anderen seiner Mitarbeiter oder ganz allgemein nach der Stimmung in seinem Amt.

An diesem Dienstag aber ist Marlen Zollinger angespannt.

»Gut, dass sie zurück sind. Wir müssen eine klare Strategie für Metropolis ausarbeiten. Sie rechnen doch auch damit, dass das Referendum zustande kommt?«

»Die Unterschriften bestimmt – aber die Volksabstimmung gewinnen die Gegner nur, wenn wir einen Fehler machen.«

»Welchen Fehler?«

»Sie nicht ernst zu nehmen.«

Die Stadträtin zieht die Brauen zusammen. »Und? Meinen Sie, ich nehme das nicht ernst?«

»Auf keinen Fall.«

»Ich nehme die Sache sehr ernst… Sobald die ihre Unterschriften haben, setzen wir den Termin für die Abstimmung. Wir dürfen keine Zeit verlieren. Wir bestimmen das Tempo, und mit dem Schwung gehen wir in die Abstimmung. Bevor es den anderen gelingt, Metropolis in den Dreck zu ziehen.«

Bannwart nickt.

»Irgendwelche Bedenken?«

Die Chefin ist überwach, aus jedem Schweigen hört sie schon eine Antwort heraus.

»Nein, im Gegenteil. Wenn wir die Diskussion auf das Thema Film, Technologie und Arbeitsplätze lenken, haben die Gegner wenig Argumente. Nur nicht zu viel über die Architektur reden, das führt in eine Endlosschlaufe wie beim Kongresshaus – tut mir leid, wenn ich hier gegen unser Amt zu sprechen scheine.«

»Gut, gut. Haben Sie schon ein Konzept?«

»Konzept wäre ein zu grosses Wort. Aber eine Idee für den Anfang.«

Er schildert ihr seine Vorstellungen von der Podiumsdiskussion mit Beteiligung des Fernsehens. Etwas überrascht ist er allerdings, dass Marlen Zollinger dort nicht auftreten will.

»Eine Debatte über die Bedeutung der Filmkultur und Filmwirtschaft für unsere Stadt? Ausgezeichnet! Dafür ist das Präsidialdepartement zuständig. Ich werde mit dem Stadtpräsidenten sprechen, er macht das bestimmt.«

Das sagt sie, die so gerne im Mittelpunkt steht und nur darauf wartet, bis der Stadtpräsident endlich zurücktritt, damit sie für seine Nachfolge kandidieren kann.

»Es wäre aber gut, wenn auf diesem Podium auch eine kompetente Frau sässe«, sagt Bannwart.

»Unbedingt. Aber dann nehmen wir halt eine Regisseurin statt Ihrem Marc Forster. Oder eine Schauspielerin.«

»Offen gestanden ist das nur die zweitbeste Lösung. Der Stadtpräsident und eine Schauspielerin, das ist ein schwächeres Doppel als Marc Forster und Sie.«

Zwar etwas dick aufgetragen, aber nicht gelogen. Und es wirkt. Die Stadträtin scheint unschlüssig. Sie sieht Bannwart an, als lese sie aus seinem Gesicht das Für und Wider seines Vorschlags, dann gibt sie sich einen Ruck. »Nein, der Stadtpräsident. Das geht die ganze Stadt an und nicht nur mein Departement.«

»Wir haben ja noch Zeit und müssen uns jetzt nicht festlegen.«

»Nein, das lege ich jetzt fest. Und das gilt auch in ein paar Monaten noch. Das wissen Sie, Herr Bannwart.«

Warum plötzlich dieser scharfe Ton? Sie hat doch keinen Grund, mit ihm unzufrieden zu sein.

»Klare Verhältnisse. Gut.«

Als später Gion Derungs mit einer Kostenberechnung in sein Büro kommt, fragt Bannwart: »Sag mal, hatte die Chefin Ärger mit uns, als ich weg war? Sie war heute so komisch. Will für Metropolis kämpfen, aber nicht auf dem Podium. Und als ich meinte, sie soll es sich nochmals überlegen, wurde sie fast unhöflich.«

»Metropolis macht ihr schon ein bisschen Bauchweh.«

»Wieso? Dass der Gestaltungsplan vors Volk kommt, war doch schon im Gemeinderat spürbar.«

»Ja, aber sie ist nervös… mehr aus privaten Gründen, glaube ich.«

»Was weisst du? Sag schon. Ich muss es auch wissen.«

»Ich weiss nichts Genaues«, beginnt Derungs vorsichtig. »Aber ich habe gehört, dass ihr Mann…«

»Oscar Zollinger? Was ist mit ihm? Eine Affäre?«

»Vielleicht – aber nicht so wie du denkst«, sagt Derungs. »Ich habe gehört, dass seine PR-Agentur ein Mandat von Wilk hatte.«

»Hatte oder hat?«

»Hatte. Darum ist die Chefin so gereizt. Stell dir vor, die Medien bekommen Wind davon: Der Mann der Hochbauvorsteherin auf der Honorarliste eines ausländischen Immobilieninvestors. Riecht nach Korruption, auch wenn nichts Verbotenes passiert ist. Zollinger soll inzwischen seine Verbindung zu Wilk gelöst haben. Ihr zuliebe.«

»Woher weisst du das alles?«, fragt Bannwart verblüfft.

Derungs verzieht das Gesicht. »Wissen wäre zu viel gesagt… es sind Sachen, die ich gehört habe, von verschiedenen Seiten. Vertraulich. Trotzdem – es sind nicht bloss Gerüchte.«

»Du und dein Bankgeheimnis. Bestimmt deine alten Connections?«

Derungs schüttelt den Kopf. »Mit Banken habe ich keine Connections mehr, ausser durch mein Konto. Das sind private Informationen von Bekannten.«

Bannwart fährt zum Flughafen, um Nora und Sami abzuholen. Eine Überraschung soll es sein, hat sich Carola ausgedacht. Sie wäre gerne mitgekommen, doch den Lehrerkonvent kann sie als Mitglied der Schulleitung nicht schwänzen. Bannwart hat es leichter, zwei Treffen mit Architekten und Bauherren zu verschieben. In seiner Position braucht es keine grossen Erklärungen. Bedauerlicherweise etwas Dringendes dazwischen gekommen – das genügt.

Trotzdem ist ihm nicht ganz wohl dabei. Privates gehört nicht in die Arbeitszeit. Obwohl er viele Abende im Jahr beruflich unterwegs ist. Allein schon die Überstunden dieser Woche wiegen den Abstecher zum Flughafen mehrfach auf.

Das sagt er sich am Freitagnachmittag im Auto, und im gleichen Moment ärgert er sich, dass er nach Ausreden sucht wie ein kleiner Angestellter. Und dass die

Rechtfertigungen sein Gefühl, etwas Unstatthaftes zu tun, noch bestärken.

Herrgott, wenn die Pflicht ihn dermassen gefangen hält, ist es Zeit, sich davon zu befreien. Die Stelle wechseln? Elf Jahre Amtsdirektor sind eine schöne Spanne. Andere setzen sich danach zur Ruhe. Er aber, der jung in dieses Amt berufen wurde, kann noch etwas Neues beginnen. Mit fünfundfünfzig hat man die Kraft und die Erfahrung dazu. Als selbstständiger Architekt und Berater? Um Aufträge konkurrieren, auf der gleichen Stufe mit den Berufskollegen, die ihm heute den Hof machen und hinter seinem Rücken lästern? Bestimmt würden sie ihn spüren lassen, dass er keine Macht mehr hat. Macht! Als ob ihn das je interessiert hätte. Gestaltungskraft, ja, das ist es, was ihn reizt. Die Stadt erkennen, wie sie ist, und daraus ihr Potenzial ablesen. Zukunft aus den Strukturen der Vergangenheit wachsen lassen, das ist die Gegenwart, in der er sich bewegt. Da könnten Architekten und Planer einiges von ihm lernen. Auch Studenten und Studentinnen. Dozent an der ETH, darauf kann man nur hoffen. Aber es wäre sein Traum: den Jungen die Entwicklungsmöglichkeiten einer historisch gewachsenen Stadt aufzeigen. Oft sind es nur kleine Entwürfe, die aber eine erstaunliche Wirkung haben können, im Guten wie im Schlechten. Selten bietet sich die Chance für einen grossen Wurf wie Metropolis. Bald einmal wird jeder, der vom Flughafen kommt, sofort erkennen: Hier beginnt die Stadt. Keiner der Pendler auf dieser Ausfallstrasse, denen es wie Bannwart gelungen ist, die City knapp vor der Rushhour zu verlassen, hat eine Ahnung, wie es hier in zwei, drei Jahren aussehen wird. Er aber weiss es. Das will er zu Ende bringen. Danach ist er immer noch jung genug für eine neue Aufgabe. Und vielleicht wird Metropolis sogar seine Eintrittskarte für die ETH.

Es dunkelt und feiner Nebelregen beschlägt die Scheibe. In Kairo war auch Nacht, als sie ankamen. Die Tage aber waren hell und warm. Wird ein kleiner Schock für Nora und Sami, diese graue Kälte. Darum müsste der Empfang etwas Farbe bekommen, ein Plakat hätte er malen sollen, wie Nora und Sami in Kairo. »Welcome to Zurich, Mr. Sami Amir-Bannwart & Mrs. Nora Bannwart Amir.« Oder so.

In einem Blumengeschäft des Flughafens kauft Bannwart elf rosa Rosen mit faustdicken Köpfen, Espérance heissen sie, sagt die Verkäuferin, und sie halten eine Woche. Den Strauss lässt er noch im Laden in einer Vase zurück; er ist eine gute Stunde zu früh, der Preis des Pendlers für eine glatte Fahrt. Ohne Ziel und Absicht schlendert er an den Ladenauslagen vorbei, blättert ein bisschen in Büchern und Zeitschriften und trinkt in einer Bar einen doppelten Espresso. Endlich kann er die Rosen abholen. Die Verkäuferin hat gewechselt, und es dauert eine Weile, bis die Ablösung begreift, dass der Strauss bereits bezahlt ist.

Nora und Sami kommen als Letzte aus der Zollschleuse.

»Ahlân wa sahlân«, ruft Bannwart etwas gar fröhlich.

Sami schaut leicht verärgert und lächelt erst, als er die Blumen sieht.

Glaubt er, ich will mich über ihn lustig machen, denkt Bannwart. Die Empfindlichkeit des Fremden, der die feinen Nuancen nicht versteht. Man fühle sich hier nie ganz sicher, auch nach Jahren noch. Sagt Carola.

»Der Zoll hat seinen Koffer durchwühlt. Das machen die immer bei ihm.« Nora streift ihr Kopftuch zurück, und schüttelt die Haare frei. Dann gibt sie ihrem Vater einen Kuss.

Im Auto sagt Bannwart: »Als ich dich gesehen habe, dachte ich: Ist sie fromm geworden? Das Kopftuch, im ersten Moment…«

»Ach das, nein, der Regen beim Aussteigen… Im Flugzeug hatte ich leichte Ohrenschmerzen… Fromm? Nein, das werde ich nie sein. Aber Muslimin – wenn du das meinst? – bin ich eigentlich seit einem halben Jahr.«

»Aha?«, ist alles, was Bannwart einfällt.

»Seit ich weiss, dass Sami und ich heiraten.«

»Mir hast du es auch erst hinterher gesagt«, meldet sich Sami von hinten.

»Weil es allein meine Entscheidung war.«

Bannwart wirft einen raschen Blick auf den Beifahrersitz. »Wo hast du dich denn taufen lassen?«

Nora lacht auf. »Taufen! Das braucht's zum Glück nicht. Ich habe es nur mit mir selbst gemacht. Überhaupt – mir ist egal, ob es einen Gott gibt oder nicht. Aber für Kinder ist es später einmal einfacher, wenn beide Eltern das Gleiche sind.«

»Wäre aber nicht nötig«, sagt Sami. »Ich jedenfalls liebe dich auch ohne Religion.«

Nora schickt einen Luftkuss nach hinten. »Schatz, das weiss ich. Das ist mir auch wichtig… Aber nur schon in deiner Familie kann man nicht nichts sein. Und immer behaupten, ich sei Christin, obwohl ich nicht mal getauft bin… da ist es einfacher, nicht zu lügen.«

»So lange du mich nicht zum Beten zwingst. Oh, wie ich das gehasst habe, dieses Massenbeten. Mein Vater auch. Er ist, glaube ich, schon seit Jahren nicht mehr in einer Moschee gewesen.«

»Doch!«, ruft Bannwart munter dazwischen. »Mit uns. In der Alabastermoschee.«

»Ja, als Touristenführer! Das zählt nicht.«

»Das zählt so viel, wie wenn ich ihm das Grossmünster zeige«, entgegnet Bannwart. »Deine Eltern werden hoffentlich bald mal nach Zürich kommen.«

»Das Stadion würde ihn mehr interessieren.«

»Nein, die Kläranlagen«, sagt Nora. »Das sind die Pyramiden von Zürich.«

»Dann muss er weinen«, meint Sami fröhlich. »Weil er weiss, dass wir in Ägypten das nie haben werden. ‹Aber wenn Nasser noch wäre, ja dann …›« Er ahmt die Stimme seines Vaters nach.

Alle drei lachen, leicht übermütig wie nach einem Besuch beim Zahnarzt. Heiter und kurz ist der Abschied vor dem Haus. Bannwarts Angebot, mit dem Gepäck zu helfen, ist unnötig, das sieht er selbst. Er schliesst den Kofferraum, winkt über das Wagendach den beiden ein letztes Mal zu und setzt sich wieder hinters Steuer.

Auf der Heimfahrt überlegt er sich, was er Carola erzählen soll. Und ob überhaupt. Vielleicht weiss sie es ja schon. Möglich, dass Nora es ihr gesagt hat und ihm nicht. Vielleicht durfte Carola es nicht weitersagen, weil sie Nora versprechen musste – nein, das täten beide nicht, Nora würde so etwas nicht verlangen, und Carola es nicht versprechen. Und wenn sie es weiss und nur vergessen hat, ihm zu erzählen, weil sie es nicht so wichtig nimmt? Dann müsste auch er nicht davon sprechen. Quatsch! Natürlich ist es wichtig, sonst würde er sich nicht so viele Gedanken machen, dieses ganze Hin und Her, als hätte er Carola etwas zu beichten. Dabei kann doch er nichts dafür, er hat nichts falsch gemacht, niemand hat etwas falsch gemacht, auch Nora nicht und Sami nicht.

»Da wird deine Mutter aber keine Freude haben.«

Mehr sagt Carola nicht, als Bannwart in der Küche einen Teller vom warmgestellten Safran-Risotto schöpft und zwischen zwei Gabeln weichgebackenem Reis fragt, ob sie gewusst habe, dass Nora Muslimin sei, schon seit einem halben Jahr oder so?

Carola lehnt am Herd, die Arme vor der Brust gekreuzt, und schiebt das Problem kühl auf seine Mutter ab.

»Und wir? Haben wir denn Freude daran?«, fragt er gereizt.

Sie zuckt die linke Schulter. »Solange es nur auf dem Papier steht.«

»Nicht mal das, wenn ich es recht verstanden habe. Sie hat nur zu sich gesagt, dass sie es jetzt ist. Ohne daran zu glauben. Wegen der Kinder später.«

»Vielleicht ist es einfacher, wenn beide das Gleiche sind. Wie bei uns.«

»Du warst ja nie in einer Kirche.«

»Und du bist ausgetreten.«

»Nicht wegen dir. Das wollte ich selbst.«

»Und Nora? Wollte sie das nicht selbst? Ich glaube kaum, dass Sami sie dazu gedrängt hat.«

»Nein, sie hat es ihm erst hinterher erzählt. Sagte er im Auto.«

»Sie ist doch nicht schon schwanger?«

»Schwanger? Niemals! Jedenfalls glaube ich es nicht… Nein, nein, sie sprach eindeutig von später einmal Kinder haben.«

»Wäre auch dumm, so früh.«

Beiläufig sagt sie es, mehr zu sich selbst, und doch klingt es hart. Bannwarts Mutter war zwanzig, als sie schwanger wurde. Eine Abtreibung wäre für sie und ihre Eltern nicht in Frage gekommen. Also musste sie heiraten. Musste? Sie liebte ihren Mann, auch später noch, als sie seine Launen fürchtete und sich und das Kind vor seinem Wüten schützen musste. Jeden Sonntag ging sie in die Kirche, nicht für Gott oder den Pfarrer, sondern für ihn, der die Orgel spielte und der sie geheiratet hatte, weil er nicht die besoldete Sicherheit des Klavierlehrers am Küsnachter Seminar und das Ehrenamt des Kirchenorganisten verlieren wollte. Für das Kind hätte er auf jeden Fall zahlen müssen. Er hatte die Vaterschaft gestanden, mit seiner Unterschrift, die ihm der Schwiegervater abverlangt hatte, ohne Rechtsanwalt, aber in Begleitung eines kräftigen Bäckergesellen, der gut zwanzig Jahre später, als Bannwart Student war und bei seinen Grosseltern wohnte, in schadenfreudiger Erinnerung das Gesicht seines Vater beschrieb und vormachte, wie die Zungenspitze zwischen den Lippen hin und her flitzte, als Konditor Thomann ihm den Kugelschreiber und das Blatt Papier über den Tisch zuschob. Wäre er danach geflüchtet, sagte der Bäckergeselle, dann hätten wir ihn schon gefunden und ihm den neuen Ort mit einem saftigen Skandal verleidet. So heiratete Karl Bannwart die junge Verena Thomann, neben der er welk aussah, und blieb in Küsnacht, wo er langsam versauerte und verbitterte. Verena aber liess keinen Gottesdienst aus, in dem er an der Orgel sass. Auch als er krank wurde und nicht mehr spielen konnte, hielt sie der Kirche die gleiche Treue wie ihrer Ehe. Aus Pflichtgefühl und nicht aus Glaube.

Advent ist eine ruhige Zeit im Amt. Die Chefin ist mit dem Gemeinderat beschäftigt, der immer im Dezember an drei Abendsitzungen bis Mitternacht das Budget der Stadt für das nächste Jahr beschliesst. Das Hochbaudepartement hat dieses Mal keine Kürzungen zu befürchten. Der Planungskredit für Metropolis ist zu klein, um grosse Debatten auszulösen, und die Gegnerschaft aus Nationalkonservativen und Linksalternativen zu schwach, um diesen symbolischen Beitrag aus dem Budget zu kippen.

Aber ausserhalb des Parlaments sammeln sie eifrig Unterschriften gegen den Gestaltungsplan. An einem Samstagnachmittag entdeckt Bannwart am Rande des Paradeplatzes einen grünen Marktstand mit einem gelben Spruchband »Stoppt Mega-Metropolis! Nein zum deutschen Protzklotz!«. Eine junge Frau und zwei ältere Männer zirkulieren mit Unterschriftenbogen und Flugblättern zwischen den Menschen, die mit ihren Weihnachtseinkäufen an den Haltestellen des Platzes stehen und auf ihre Trams warten. Ab und zu stellt doch einer der Angesprochenen seine Taschen ab und unterschreibt das Referendum.

Im steten Strom der Passanten durch die Bahnhofstrasse treibt Bannwart dem Stand entgegen. Will er nur spionieren, oder will er mit ihnen diskutieren? Er weiss es nicht, entscheidet nichts, er lässt es darauf ankommen. Als er dann am Tisch vorbeizieht, hält er nicht an, sondern wirft nur einen Blick auf den Stapel Flugblätter, der von einem Stein beschwert ist.

»Sind Sie in der Stadt stimmberechtigt?«

Vor ihm steht die junge Frau, eher noch ein Mädchen, auf jeden Fall jünger als Nora. Ihre graue Inkamütze mit offenen Ohrenklappen und Zipfel lässt sie kindlich erscheinen. Sie lächelt ihn an, ihre Augen warten auf seine Antwort, und gerade als sie ihre Frage wiederholen will, sagt Bannwart: »Ja.«

Die Augen leuchten auf. »Dann sind Sie bestimmt auch gegen den Protzklotz!«

»Gegen was?« Sie weiss nicht, wen sie vor sich hat, warum also nicht ein bisschen spielen.

»Gegen Mega-Metropolis, den Riesenbau am Stadtrand. Davon haben Sie doch schon gehört?«

»Tut mir leid. Ich weiss nicht, was Sie meinen.«

»Also. Dann erkläre ich es Ihnen.« Das Mädchen redet wie eine Krankenschwester, aber es nimmt sich Zeit, und das gefällt Bannwart. »Die Deutschen planen diesen hässlichen Klotz – sehen Sie…« Sie öffnet ein Faltblatt, auf dem Metropolis als schwarzer Gewichtsstein gezeichnet ist, der kleine Häuser zertrümmert, aus denen Menschen gerade noch flüchten können. »So wollen die das bauen… viel zu gross für das Quartier. Und das ist nur der Anfang. Zuerst kommt das deutsche Geld, dann der deutsche Klotz und dann kommen die Deutschen, die Masseneinwanderung…«

»Passen Sie auf! Meine Frau ist Deutsche«, unterbricht Bannwart.

»Aber das ist doch etwas ganz anderes«, sagt das Mädchen sanft, als wolle es ihn trösten. »Gegen das Heiraten hat niemand was. Mit Ihnen ist Ihre Frau sicher eine gute Schweizerin geworden. Aber die anderen, die nur wegen dem Geld hier sind und sich breitmachen – die nehmen uns die Stellen und die Wohnungen weg und machen alles noch teurer. Am Schluss können wir Schweizer die Mieten nicht mehr zahlen und müssen auswandern. Auswandern aus unserem eigenen Land!«

»Auch ich bin einmal ausgewandert – sogar nach Deutschland.« Es sollte ironisch klingen, klirrt aber etwas spitz.

Doch die junge Frau lacht nur. »Und? Warum sind Sie wieder zurückgekommen? Weil es doch bei uns am schönsten ist! Habe ich nicht recht?«

Diese fröhlichen Augen, der kecke Stolz auf ihr Argument entwaffnen ihn. »Ja, da haben Sie vielleicht recht.«

»Dann unterschreiben Sie also?« Sie hält ihm ihr Klemmbrett mit dem halbvollen Referendumsbogen und einen Kugelschreiber hin.

»Nein.« Bannwart macht einen Schritt zurück. Verständnislos blickt die junge Frau auf. Er ist aus der Rolle gefallen, er muss sich erklären. »Ich unterschreibe nie beim ersten Mal. Ich will mir das noch überlegen.«

»Dann gebe ich Ihnen diesen Prospekt mit«, sagt sie etwas kühler. »Da steht alles drin.«

Bannwart nimmt das grüne Faltblatt. »Eine Frage hätte ich noch: Warum sind Sie dagegen?« Er zeigt auf das Titelblatt mit dem schwarzen Gewichtsstein. »Sie persönlich, meine ich.«

Den Kopf zur Seite geneigt, dass eine Klappe ihrer Mütze wie ein Dackelohr herunterhängt, schaut sie ihm in die Augen, als schätze sie ab, ob ihm zu trauen sei, nachdem er doch nicht hat unterschreiben wollen.

»Weil meine Eltern dort wohnen«, sagt sie dann. »Sie haben Angst, dass sie wegmüssen, wenn alles neu wird. Der Mann da hinten, das ist mein Vater. Er kann Ihnen erzählen, wie schlimm es wird. Soll ich ihn rufen?«

»Nein, danke«, sagt Bannwart schnell. »Ich habe ja Ihren Prospekt. Da steht alles drin, sagen Sie.«

»Ja, und sehen Sie…« Sie nimmt ihm das Blatt aus der Hand und dreht es um. »… hier auf der letzten

Seite sind drei Linien für das Referendum. Vielleicht unterschreibt sogar Ihre Frau.«

Wieder diese warme Fürsorge, als rede sie zu einem Kind. Oder zu einem Greis.

»Ja, vielleicht. Danke.«

Rasch schiebt Bannwart das Blatt in seine Manteltasche und wendet sich ab. Er will weiter, schon zu lange ist er hier aufgehalten worden, er muss weg, bevor ihn jemand erkennt.

»Schöne Weihnachten!«, ruft ihm die junge Frau nach.

Bannwart hebt die Hand zum Gruss nach hinten, dreht sich aber nicht mehr um. Ein ungutes Gefühl von Verrat treibt ihn fort.

Am Montag reicht er das Flugblatt in der Kaderrunde herum.

»Das sind die Parolen, auf die wir uns vorbereiten müssen.«

Die Kollegen nehmen das Papier mit einer Mischung aus Ekel und Ehrfurcht in die Hand. Feindpropaganda. Als sie hören, wie Bannwart dazu gekommen ist, sagt Kris Matter: »Direkt in die Höhle des Löwen. Das braucht Mut. Ich hätte mir das nicht angetan. Mit diesen Typen hätte ich sofort Streit bekommen. Deutsche Masseneinwanderung! Was hat das mit dem Gestaltungsplan zu tun?«

Sie schaut Schollmann an, der aber zuckt nur mit der Schulter. Aus solchen Diskussionen hält er sich heraus. Alles werde nur unnötig kompliziert, sagte er einmal zu Bannwart, wenn Schweizer meinten, sie müssten ihre Gefühle gegenüber den Deutschen erklären. Am Ende kämen oft seltsam verkorkste Rechtfertigungen heraus, die beleidigender seien als irgendein gedankenloser Ausspruch.

»Reiner Fremdenhass«, sagt Milena Roskovic. »Gestern die Jugoslawen, heute die Deutschen – und morgen?«

Sie blickt in die Runde, als erwarte sie eine Antwort. Alle, ausser Bignia, lieben die Leiterin der Assistenzdienste für ihre mediterrane Theatralik, und sie weiss das.

»Milena«, sagt Derungs behutsam, »ich glaube nicht, dass diese Leute die Deutschen wirklich hassen. Sie nehmen bloss die alten Schlagworte, weil das Volk sich darunter etwas vorstellen kann. Alles nur Marketing.«

»Umso schlimmer!« Milenas Brauen werden zu einem geraden schwarzen Strich. »Wenn die selbst nicht glauben, was sie schreiben, dann belügen sie das Volk.«

Kris Matter macht eine wegwerfende Geste. »That's politics.«

»Genau. Und darum müssen wir uns darauf vorbereiten«, schliesst Bannwart.

»Auf solche Hirngespinste? Wie kann man darauf antworten?«, fragt Matter.

»Mit einem Gegengespinst – dem Mythos von der Filmstadt Zürich. Alle die kleinen Leute, die jetzt das Referendum unterschreiben, die gehen am Samstagabend ins Kino. Nicht die Oper, nicht das Schauspielhaus, nein, das Kino ist ihr Kulturvergnügen –«

»Zuerst das Fernsehen«, wirft Bignia Giacometti ein.

»Stimmt, aber auch im Fernsehen schauen sie vor allem Spielfilme. Und hier müssen wir sie packen. Bei ihrem Stolz. Sie sollen stolz sein, dass ihre Stadt ein Ort auf der Weltkarte des Kinos ist.«

»Klingt das nicht allzu aufgemotzt – Weltstadt des Kinos?«, fragt Schollmann.

Bannwart hebt den Zeigefinger. »Weltkarte – nicht Weltstadt. Zürich will keine Weltstadt sein, aber eine Stadt auf der Weltkarte. Kleiner und feiner als die anderen. Doch genau so berühmt. Diesen Nerv müssen wir treffen. Metropolis wird kein deutscher Mega-Klotz, wie die Gegner behaupten, sondern ein schweizerisches Qualitätszentrum für die Filmbranche. Eine ETH des Films, sozusagen.«

»Mann, als Werber hättest du reich werden können«, sagt Derungs.

Die Bewunderung des Jüngeren ist echt, und dass sie von einem ehemaligen Banker kommt, der als einziger der Runde in der Privatwirtschaft gearbeitet hat, freut Bannwart besonders.

Nach der Sitzung, als alle Bannwarts Büro verlassen, sagt Bignia Giacometti unter der Tür: »Übrigens: Danke für die Karte.«

»Ach, ist sie endlich angekommen? Die habe ich vor…«, er rechnet nach, »…vor über drei Wochen geschrieben.«

»Und du findest, die Frau gleicht mir?«

»Nun, ja…« Er versucht sich an die Statue zu erinnern. »Doch, die Augen schon.«

»Sie macht aber kein sehr glückliches Gesicht. Und wer ist der Mann neben ihr?«

»Ein Priester, so viel ich weiss.«

»Er sieht jünger aus als sie.«

»Vielleicht dein Sohn?«

Bignia lacht auf. »Luca? Der würde sich bedanken, in Badehosen neben seiner Mutter sitzen zu müssen. Ist schon etwas mollig, deine Ägypterin.«

»Bignia, so genau habe ich doch nicht hingeschaut. Nur auf die Augen, und die haben mich an dich erinnert. Ein bisschen jedenfalls. Über die Figur oder den Mann habe ich mir gar keine Gedanken gemacht.«

»Immerhin hat sie einen schönen Busen.«

Du auch, könnte er jetzt sagen. Aber nicht als Chef.

»Ist es nicht toll, wie lebendig die beiden aussehen – nach mehr als viertausend Jahren? Ich dachte, das könnte dir als Archäologin gefallen.«

»Doch, das gefällt mir. Die Karte, und dass du sie geschrieben hast.«

5

Bannwart steht mit der Chefin in der Eingangshalle des Rathauses und wartet. Es ist zehn vor fünf. Immer wieder schwingt das Portal auf und Gemeinderäte kommen herein, grüssen im Vorbeigehen die Stadträtin, manche beinahe untertänig, andere leicht mokant, und streben die Treppe hinauf zum Saal, gerüstet für eine lange Nacht, denn heute beginnt die Budgetdebatte.

»Ich müsste ja nicht«, sagt Marlen Zollinger. »Aber aus Respekt vor der Demokratie … und den Medien.«

Bannwart schweigt. Träge ruht sein Blick auf den beiden Weibeln in ihren dunklen Anzügen, die mit stummem Nicken, das Kontrolle und Begrüssung in einem ist, die Parlamentarier an sich vorbeiziehen lassen. Und zwischen ihnen, einen Kopf grösser, ragt die Bronzebüste von Gottfried Keller heraus; der war hier Staatsschreiber, vor hundertfünfzig Jahren oder so. An der Wand steht noch ein Satz von ihm: »Lass unser Vaterland niemals im Streit um das Brot, geschweige denn im Streit um Vorteil und Überfluss untergehen.« Hohle Phrase. Wann wurde in diesem Rathaus je um Brot oder Vaterland gestritten?

»Vielleicht wollen sie ein Interview«, sagt die Stadträtin. »Man weiss nie, was die Medien wollen.«

Bannwart schweigt. Dass die Chefin das Referendum persönlich in Empfang nimmt, ist in Ordnung. Aber dass er dazu wie ein Kammerdiener neben ihr stehen muss, ist völlig unnötig.

»Sie werden immer unberechenbarer, besonders die

elektronischen«, sagt die Stadträtin. »Finden Sie nicht auch?«

Bannwart zuckt mit einer Schulter. »Kann ich nicht beurteilen. Habe keine schlechten Erfahrungen.«

»Ich auch nicht«, sagt die Stadträtin eilig. »Aber man muss immer wachsam und bereit sein, rund um die Uhr.«

»Ich nicht.«

»Sie sind auch kein Politiker, sondern Beamter. Das ist der Unterschied.«

Beamter! Schon das Wort ist eine Beleidigung. Architekt und Stadtplaner ist er. Seine Arbeit wird man noch auf dem Stadtplan lesen können, wenn Marlen Zollinger tot und vergessen ist. Das ist der Unterschied.

Monika Gubler, Pressesprecherin des Hochbaudepartements, streckt den Kopf von draussen herein und winkt die Chefin heraus. Bannwart folgt ihnen widerstrebend.

Als die Stadträtin unter dem Rathausportal erscheint, wird gerade ein Gemeinderat im Rollstuhl die Aussentreppe heraufgetragen.

»Warten Sie …« Marlen Zollinger eilt zwei Stufen hinab, beugt sich vor, legt eine Hand auf das Metallgestell und macht mit dem Transport ein paar Schritte rückwärts. Sie schüttelt dem Rollstuhlfahrer die Hand, dann richtet sie sich wieder auf, kerzengerade, und schaut vom Treppenabsatz auf die zwei Grüppchen herab, die sich um zwei Transparente scharen. »Nein zum deutschen Protzklotz«, die Parole der Nationalen kennt Bannwart schon. »Kein Landverkauf für Traumfabrik der Spekulanten«, das müssen die Alternativen sein.

Ein Mann und eine Frau kommen die Treppe herauf. Der Mann dreht sich halb zum Publikum und halb zur

Stadträtin und sagt, dass sie in nur vier Wochen 4721 Unterschriften gegen Metropolis gesammelt hätten – mehr als doppelt so viele wie das Referendum brauche. Sein Komitee wehre sich im Namen der Stadtbürger gegen die Überfremdung mit Geld und Einwanderern aus dem Norden. Die junge Frau sagt, das Kapital der Spekulanten vertreibe nun auch am Stadtrand die kleinen Leute, dagegen helfe nur der entschlossene Widerstand aller Quartierbewohner, egal, welchen Pass sie hätten.

»Ich danke Ihnen für Ihr Engagement, auch wenn ich Ihre Meinungen nicht teile«, sagt Marlen Zollinger und schaut hinunter in die Kamera des Stadtsenders. »Es ist wichtig, dass die Bürgerinnen und Bürger mitdenken und mitreden, wenn es darum geht, wie wir gemeinsam unsere Stadt weiterentwickeln wollen. Darum freue ich mich auf diese Abstimmung – und ich bin sicher, dass wir allfällige Befürchtungen gegenüber Metropolis mit guten Argumenten abbauen können. Ich habe grosses Vertrauen in unsere Demokratie. Und darum sage ich Ihnen Danke.«

Selbst 4721 Unterschriften füllen nicht so viele Pakete, wie das Publikum der Tagesschau zu sehen gewohnt ist, wenn in der Bundeshauptstadt eidgenössische Volksinitiativen eingereicht werden. Deshalb haben sich die beiden Komitees eine optische Aufwertung ausgedacht. In einer kleinen Menschenkette lassen sie die Unterschriftenbogen in zehn gross nummerierten gelben Couverts zur Stadträtin hinaufwandern. Nach dem dritten Couvert gibt Marlen Zollinger den Stapel an Bannwart weiter.

Wieder und wieder lädt die Chefin ihm ein Couvert auf, das Gewicht wird langsam spürbar, und er schaut sich um, wem er die Last überbürden könnte. Da sieht er unten das Mädchen vom Paradeplatz. Es hält eine Stange des Transparents gegen den »deutschen Protzklotz« und schaut ungläubig zu ihm hoch. Er ist erkannt. Beschämt senkt Bannwart den Blick.

Nach dem zehnten Couvert dankt Marlen Zollinger, als hätte sie ein Geschenk bekommen, und schreitet langsam die paar Stufen hinab zum Reporter des Lokalfernsehens. Die Gemeinderäte, die am Fuss der Treppe ungeduldig das Ende des Zeremoniells abgewartet haben, drängen nun herauf. Rückwärts weicht Bannwart ins Rathaus aus, die zehn gelben Couverts im Arm, alle Unterschriftenbögen in seinen Händen.

– aus dem Fenster werfen, in die Limmat, das ganze Referendum im Fluss versenken –

Ein Gedankenfunke, schon verglüht. Zurück bleibt das Gewicht der Unterschriftenbögen.

In einer Ecke der Halle steht die Mediensprecherin, an einem Ohr das Handy, das andere Ohr hält sie sich zu. Bannwart durchquert den Raum und klatscht den Stapel Briefumschläge vor ihr auf den Boden. Monika Gubler schrickt zusammen, bedeckt ihr Telefon mit einer Hand und flüstert:

»Was ist damit?«

»Die sollen Sie der Chefin ins Büro bringen«, sagt Bannwart und wendet sich ab.

»Moment, Herr Bannwart… Bist du noch da? Du, ich muss jetzt Schluss machen…«

Und er muss jetzt raus. Raus aus dem Rathaus, raus aus diesem Theater, raus an die frische Luft. An der Tür fällt ihm das Mädchen vom Paradeplatz ein. Ihm will er nicht mehr begegnen. Doch das verdammte Rathaus steht im Fluss und hat keinen Hinterausgang. Nur dieses eine Portal. Bannwart schlägt den Mantelkragen hoch, senkt den Kopf, stürmt hinaus und strampelt die Stufen hinab. Er schaut nicht links und nicht rechts, überquert mit grossen Schritten das Limmatquai und verschwindet in der Marktgasse zum Niederdorf. Niemand hält ihn auf und niemand ruft ihm hinterher.

Das Weihnachtsfest der Familie Bannwart hat seit dem letzten Jahr etwas die Orientierung verloren. Vorher war alles klar und einfach gewesen: Heiligabend feiern sie mit den Kindern zu Hause und am Weihnachtsabend essen sie bei Bannwarts Mutter in Küsnacht. An beiden Orten stand ein Christbaum im Wohnzimmer. Kinder brauchen nun einmal diese verzauberte Stimmung von Tannenduft, Kerzenlicht, Kugelglanz und Päckchen unter dem Baum. Das ging auch ohne Religion, fanden Carola und Robert, galten doch die Lichter einst dem heidnischen Kult der Wintersonnenwende. Natürlich dachte Grossmutter Bannwart anders. Unter ihrer Rottanne, aus der schon am zweiten Tag die ersten Nadeln zu rieseln begannen, arrangierte sie jedes Jahr mit der gleichen Hingabe die Krippe, die sie von ihren Eltern geerbt hatte. Dramatisch bunte Tonfiguren aus Italien, Maria und Josef und das Jesuskind, mit Ochs und Esel im Hintergrund, davor knieten die drei Könige aus dem Morgenland, und in einem weiteren Umkreis lagerten die Hirten im Felde mit ihren vielen weisswolligen Schafen, die auf dem welligen grünen Tuch unter dem Baum immer wieder umkippten. Als Bannwart mit seiner Familie von Berlin nach Zürich gezogen war, sah Nora die heilige Familie zum ersten Mal. Damals war sie neun und hatte nur Mitleid mit dem Esel, weil er nicht mehr an seine Futterkrippe durfte, die jetzt ein Kinderbettchen war. In einem der folgenden Jahre wollte der kleine Björn nicht einsehen, warum er nicht mit dem Esel, dem Ochsen und den Schafen spielen durfte. Deshalb schenkten ihm die Eltern einen Bauernhof mit vielen Holztieren; und von da an stand der Hof an Weihnachten unter der Nordmanntanne in Zürich, auch als Björn längst nicht mehr mit Tieren spielte. Sie hatten sich alle so daran gewöhnt, dass ihnen der Baum alleine mit den Geschenkpaketen würdelos vorgekommen wäre.

Auch nachdem Nora in eine Wohngemeinschaft im Kreis 4 gezogen war, kam sie am Heiligabend nach Hause. Ihren Freund brachte sie nie mit, was Bannwart freute. Nora fehlte ihm mehr als er gedacht hätte. Ihr Auszug hatte die Familie etwas durcheinandergebracht. Der Umgangston war lauter geworden, seit sich die elterliche Verantwortung auf einen pubertierenden Sohn beschränkte. Noras Besuche, besonders die zu Weihnachten, waren ein Zeichen, dass die Wohnung für sie eine Art Heimat geblieben war. Vielleicht auch eine kleine Auszeichnung für ihn und Carola, dachte Bannwart, dafür dass sie in der Kindererziehung das richtige Mass gefunden hatten, eine Bestätigung, die seine Ratlosigkeit angesichts Björns Schulschwierigkeiten etwas milderte.

Dann zog Nora im Oktober vor einem Jahr mit Sami zusammen. Die Wohnung hatte Bannwart ihnen durch einen Bekannten vermittelt. Darum lief der Vertrag auch über Nora, mit ihrem Namen war alles etwas einfacher. Erst vor Weihnachten merkten Carola und Robert, dass sich etwas Grundlegendes verändert hatte. Nun, da Nora und Sami als Paar zusammenlebten, wäre es unnatürlich gewesen, wenn Nora alleine zum Weihnachtsessen käme. Selbstverständlich war Sami im

Haus willkommen, er kam ja hin und wieder mit Nora zu Besuch, und mit dem Essen gab es keine Probleme.

Beim ersten Mal hatten sie aus Rücksicht nur Orangensaft und Mineralwasser aufgetischt, bis Sami in einer Nebenbemerkung die Leichtigkeit der Ostschweizer Rotweine lobte. Darauf holte Bannwart einen Blauburgunder der Bündner Herrschaft aus dem Keller und stiess mit Sami an. Nur Schweinefleisch gab es nicht, wenn Sami am Tisch sass; die einzige Speisevorschrift, die er befolgte. Ohnehin war Nora strenger als er, sie ass gar kein Fleisch, seit sie mit zwölf im Fernsehen eine Reportage über den Transport von Schlachtvieh durch Europa gesehen hatte. Gnädigerweise duldete sie es auf den Tellern der übrigen Familie, sofern es einheimisches Fleisch aus artgerechter Tierhaltung war.

Das Essen war also kein Hindernis. Trotzdem blieb Nora lange unschlüssig, ob sie Heiligabend mit Sami alleine verbringen wolle, ohne Feier, aber mit Geschenken, das schon. Oder ob sie beide zu ihren Eltern kommen sollten. Aus diesem Dilemma erlöste Bannwart sie mit dem Vorschlag, sich zu fünft in einem guten Restaurant zu treffen und anschliessend zum Dessert mit Bescherung nach Hause zu gehen.

Das Weihnachtsessen vom letzten Jahr ist allen in guter Erinnerung geblieben. Bloss der Christbaum, meint Carola, habe ein bisschen seinen Sinn verloren, wenn man die Kerzen erst zur Geschenkverteilung am späteren Abend anzündet. Sie hat diesmal eine kleinere Tanne gekauft, eher einen runden Nadelbusch, unter dem Björns Bauernhof keinen Platz mehr hat.

Eigentlich wollte Bannwart seine Familie in ein libanesisches Restaurant einladen, nur fand er keines, das ihm festlich genug erschien, deshalb ist es wieder das

Zunfthaus. Auch so wird es ein orientalischer Abend mit Fotos und Geschichten von der Hochzeit in Kairo und der Reise durch die Oasen.

Nach dem Essen spazieren sie durch die frische und friedliche Nacht zum Haus der Bannwarts. Nora und Sami haben die DVD mit dem Hochzeitsfilm mitgebracht. Gemeinsam schauen sie ihn im Wohnzimmer an. Wie damals im Semiramis sitzt das Brautpaar auf dem Sofa.

Der Kameramann hat seine Aufnahmen zu einer kleinen Symphonie aus Bildern und arabischer Popmusik komponiert. Jede Szene beginnt in träumerischer Unschärfe, als verschwommene Farbpalette, die langsam Gestalt annimmt, um alsbald von vielen Zooms und Schnitten auf das Brautpaar, die Gäste und die Musiker zerhackt zu werden, bis die Sequenz schliesslich wieder im bunten Nebel zerfliesst und von der folgenden überblendet wird.

Björn lacht laut, als er seinen Vater und Nora die Treppe herabschreiten sieht. »Wie ein Mafiaboss!«

»Nein, der beste Vater von Kairo bis Zürich«, ruft Nora.

Björn hat recht, denkt Bannwart. Stolz und stark sieht er aus in seinem schwarzen Anzug, nur die Nase etwas rot, die Novembersonne von Kairo. Nora dagegen lächelt angestrengt und schaut immer wieder hinunter auf die Füsse, als fürchte sie zu stolpern, dabei hält doch sein Arm sie. Etwas peinlich erscheint ihm jetzt, wie er sich hinabbeugt und Sami umarmt.

Vielleicht geht es Sami ähnlich. »Hilfe, Nora, ich werde alt!«, ruft er. »Siehst du die Glatze hinten?«

Doch da ist schon der Kuss des Brautpaars im Getöse der Zaffa-Musik. Jetzt erst sieht Nora glücklich aus. Wie hier auf dem Wohnzimmersofa, wo sie Sami schnell umarmt und auf die Backe küsst. Björn steht auf und geht in sein Zimmer.

»Nachher gibt's noch Mousse«, ruft Carola ihm nach.

»Ihr könnt mich ja holen. Muss noch was am Computer machen.«

Beim Kaffee sagt Sami: »Übrigens – das Nile Hilton ist verkauft worden.«

»Nicht möglich!«, sagt Bannwart. »Wann denn?«

»Wahrscheinlich genau, als ihr dort wart. Es gehört jetzt Ritz-Carlton und heisst The Nile Hotel. Im Sommer wollen sie es für zwei Jahre schliessen und zum Luxushotel umbauen.«

»Das hat der alte Kasten auch bitter nötig«, sagt Carola.

»Als Ritz werden wir es uns nicht mehr leisten können. Schade«, sagt Bannwart. Ihm ist, als hätte er etwas verloren, das gar nicht ihm gehörte. Und er war dabei, als es passierte und hat von allem nichts gemerkt.

Nach Küsnacht kommt Sami nicht mit. Verena Bannwart hat ihn zwar ausdrücklich eingeladen, und sie bedauert sehr, dass er nicht dabei sein kann.

»Er hat leider Dienst«, sagt Nora. »Er hat sich doch bei dir abgemeldet?«

»Ja, hat er, der Gute. Er hat Dienst. Das Universitätsspital braucht ihn. So wertvoll, seine Arbeit. Und diese schweren Schicksale.«

Hinter der Ehrfurcht hört Bannwart auch Erleichterung. Wenn Sami dabei ist, gibt sich seine Mutter grosse Mühe, ein gepflegtes Hochdeutsch zu sprechen. Bestimmt hat sie den ganzen Tag geputzt, geschmückt und gekocht. Wie immer nach solchen Anstrengungen, ist sie am Anfang abgekämpft und braucht viel Lob für ihre schöne Rottanne und das Krippenarrangement, um sich wieder zu erholen. Erst als sie alle »O du fröhliche« gesungen haben, Carola sogar die zweite Stimme, ist Verena mit sich und dem Abend versöhnt.

Nach dem Essen spielen sie ihr auf Bannwarts Laptop das Hochzeitsvideo vor. Als der Film mit den Trommeln und Flöten der Zaffa einsetzt, fährt seine Mutter zusammen und hält sich die Hände vor die Ohren. Bannwart stellt den Ton leiser.

»Solche Katzenmusik an einer Hochzeit? Arme Nora. Keine feierliche Orgel wie bei uns?«

»Das ist Volksmusik, Mutter«, sagt Bannwart rasch, als er sieht, wie Noras Augen sich verengen. »Laut und fröhlich, für das Fest, nicht für die Kirche.«

»Ja, das hört man – oh, Nora, wie schön du bist, das goldene Kleid, wie eine Prinzessin im Morgenland. Und die vielen Leute… das sind alles eure Gäste?«

Ein Blick zu Nora zeigt Bannwart, dass sie nicht antworten will, also macht er weiter.

»Das ist erst die Eingangshalle, hier sind viele Hotelgäste, die nur zuschauen… da gehen wir zum Lift – und das ist Samis Schwester Samira aus München… wir fahren in den vierten Stock, damit wir für den Auftritt eine Treppe herunter können – da, schau, jetzt komme ich mit Nora – na, Mutter, wenn das nicht feierlich ist…«

Er redet, damit seine Mutter schweigt. Im Alter verfestigt sich ihre Neigung, alles, was sie sieht, mit Worten zu begleiten, als müsse sie sich selbst erzählen, was sich vor ihren Augen abspielt, um sicher zu sein, dass sie es auch wirklich erlebt. Vielleicht will sie das Schauen durch das Hören bestärken. Spricht ein anderer, fällt sie ihm wenigstens nicht ins Wort, noch nicht, denkt Bannwart manchmal, wenn er sich vorstellt, wie das weitergeht mit seiner Mutter, und wie lange, da sie ja nur zwanzig Jahre älter ist als er.

Sie folgt seinen Kommentaren zum Hochzeitsfest nickend, den Blick auf den Bildschirm geheftet, ab und zu kneift sie die Augen zusammen und beugt sich vor, um genauer hinzusehen, und sobald sie den Mund öffnen will, kommt Bannwart mit seiner Erklärung ihrer Frage zuvor. Ihr bleibt nur Raum für kurze Zwischenrufe. »Sami, süss, er lacht!« oder »Oh, sie tanzen!«

Carola sitzt rechts von ihrer Schwiegermutter und schiebt Bannwarts Worten kleine Ausschmückungen nach. Nora hat sich auf die andere Tischseite zurückgezogen; sie wickelt die Weihnachtsbändel auf, die ihre Grossmutter wiederverwenden will. Björn fühlt sich unbeobachtet und schaufelt eine dritte Portion der schmelzenden Schwarzwäldertorte auf seinen Teller.

»Pass auf, Lieber«, ruft die Grossmutter, ohne aufzublicken, »das Tischtuch …«

Der Film endet mit einem Kuss auf dem weissen Sofa, wahrscheinlich vom Kameramann so verlangt, kein Hollywoodkuss, eine trockene Version, keusch beinahe, aus Rücksicht auf das Sittlichkeitsempfinden der Hochzeitsgäste, die nicht wissen durften, dass Sami und Nora in Zürich schon seit einem Jahr wie Mann und Frau lebten. Und doch muss Bannwart wegschauen. Die Lippen so gross und nahe. Seine Mutter stösst einen kleinen Jauchzer aus.

»Das Glück! Wie schön!«

Und sie seufzt, als Bannwart den Laptop zusammenklappt und vom Esstisch nimmt.

»Nora und Sami … so ein schönes Paar. Und so ein

guter Doktor. Ich wünschte mir, er wäre mein Arzt – nicht als Onkologe, Gott bewahre, nein. Aber bestimmt wäre er auch ein lieber Hausarzt. Wisst ihr schon, wann er seine eigene Praxis eröffnet, Nora?«

Nora nimmt die Hand, hinter der sie gegähnt hat, herunter.

»Nein, Grossmama, nicht genau. Sicher bleibt er noch drei Jahre an der Klinik. Bevor er eine Praxis übernimmt, will er sich einbürgern.«

»Ach, das wird problemlos gehen, und schnell. Er ist ja schon fast wie wir. Schweizerdeutsch kann er sogar besser als Carola.«

Sie lacht zu Carola hinüber, zum Zeichen, dass es nicht so vorwurfsvoll gemeint ist wie es klingt.

Carola zieht einen Mundwinkel zu einem halben Lächeln. »Oh, wir verstehen uns bestens. Und wenn er mit mir Dialekt sprechen will, verstehe ich ihn auch. So gut wie dich, Verena.«

»Ja, die Sprache … für Sami brauchte es noch viel mehr. Er kommt von weiter her.«

»Dreieinhalb Stunden mit dem Flugzeug. So weit wie ins Engadin mit dem Zug«, sagt Bannwart locker, um die Unterhaltung auf eine weniger abschüssige Bahn zu leiten. »Bist du im Winter wieder in Sent?«

»Was hat das mit Sent zu tun?« Unwillig fuchtelt sie mit den Händen. »Du weisst genau, was ich meine. Er ist nicht wie andere Araber … nicht so orientalisch, so mohammedanisch –«

»Muslimisch, willst du sagen«, unterbricht Nora ruhig und klar.

»Sag ich ja.« Die Grossmutter stutzt einen Moment. »Muslimisch – mohammedanisch … ist doch das Gleiche, oder?«

»Nicht ganz«, sagt Nora. »Mohammed ist zwar der Prophet, aber nur ein Mensch und kein Halbgott wie Jesus für die Christen. Darum beten wir Mohammed auch nicht an.«

»Natürlich nicht… warum sollten wir auch.«

»Du nicht. Aber ich. Weil ich Muslimin bin.«

Noras Stimme federt wie ein dünner Degen, und die Grossmutter macht ihr den Gefallen und lässt sich treffen.

»Du? Jesses, Kind!« Verena Bannwart schlägt eine Hand vor den Mund. Das Entsetzen in ihren Augen ist so echt wie der Zorn von Nora, der sich nun über sie entlädt.

»Ja, ich! Schau mich nur an: So sieht eine Muslimin aus! Hättest du nicht gedacht? Weil ich nicht anders aussehe als eine normale Schweizerin. Genau wie die Mehrheit der Musliminnen hier. Kein Kopftuch, keine Burka – aber vielleicht ist gerade das der Fehler! Vielleicht müssten Leute wie du einmal sehen, dass die Muslime ganz normale Menschen sind. Vielleicht müssten wir alle ein Kopftuch anziehen, damit Leute wie du endlich kapieren, dass Musliminnen nicht alles kleine dicke Türkinnen sind, die nicht lesen und nicht schreiben können und die sich von ihren Männern verprügeln lassen!«

»Das habe ich nicht gesagt!«, ruft Verena Bannwart verzweifelt. »Robert, Carola, das habe ich doch nicht gesagt!« Tränen laufen ihr die schlaffen Wangen herunter.

So sehr Bannwart sich über ihre Borniertheit geärgert hat, so leid tut sie ihm jetzt in ihrer Wehrlosigkeit.

»Kommt, beruhigen wir uns alle. Nora, das hat Grossmama weder gesagt noch gemeint. Und Mutter, du musst dir keine Sorgen machen, Nora wird keine fromme Kopftuchfrau werden.«

»Doch. Vielleicht braucht es das Kopftuch wirklich.« Finster starrt Nora auf das weisse Tischtuch.

»Nora, hör auf«, sagt Carola mit ihrer Schulzimmerstimme. »Das Thema ist abgeschlossen. Schliesslich ist Weihnachten, und wir sind hier zu Gast.«

Nora schweigt düster. Björn wirft einen scheuen Seitenblick auf seine Schwester, befremdet und bewundernd. Carola und Robert lächeln Verena Bannwart zu, als bäten sie um Verständnis für den Trotzanfall eines kleinen Kindes. Die Grossmutter erhebt sich vom Tisch und fragt zittrig: »Will noch jemand einen Kaffee?«

Doch alle wollen nur noch nach Hause.

Am nächsten Morgen ruft Sami an; Bannwart hört es, als Carola draussen das Telefon abnimmt. Er sitzt am abgegessenen Frühstückstisch und liest einen Artikel. Die Zeitung ist ein paar Tage alt, der Stephanstag bringt keine neue, aber genau das ist ja das Schöne zwischen Weihnachten und Neujahr, diese träumerische Leere der Tage, in denen er Versäumtes nachholen kann, ohne deswegen etwas Neues zu verpassen. Ein Geschenk, in diesem Jahr auch für jene, die nicht in der Verwaltung oder im Schuldienst arbeiten. Heiligabend und Silvester sind Mittwoche, das macht zweimal eine knappe Woche Ferien für alle. Fast alle. Die Stadt leistet sich das jedes Jahr, in hoheitlicher Manier schliesst sie ihre Büros über Weihnachten und Neujahr hinaus, was Bannwart stets etwas peinlich ist. Er geht zwischen den Jahren gerne für ein paar Stunden ins Amt, nicht mit voller Kraft, ganz leger, bloss um ein bisschen aufzuräumen, ein paar Dinge zu ordnen und vorauszudenken, ungestört von Sitzungen und Telefonanrufen. Vielleicht auch am heutigen Freitag, er ist noch unentschieden, auch das gehört zur schwebenden Stimmung dieser Tage.

»Unsere Tochter spinnt leider«, sagt Carola, als sie wieder zurückkommt. »Weisst du, was Sami mir erzählt? Dass Nora ein Kopftuch angezogen hat, als sie heute joggen ging.«

»Ist ja auch Winter…«

»Keine Mütze – ein Kopftuch! Begreifst du nicht? Sami macht sich Sorgen und wollte wissen, ob das gestern wirklich so schlimm war. Eigentlich nicht, habe ich ihm gesagt… er kennt ja Noras Rappelkopf. Wieder mal ein Anfall von Jähzorn.«

»Jähzorn? Warum gleich so übertreiben. Nicht eine einzige Tasse ging kaputt.«

»Ausgeflippt ist sie, wie ein Teenager. Du willst es bloss nicht sehen. Für dich ist sie noch immer das kleine Mädchen mit dem grossen Temperament. Sie ist fünfundzwanzig und eine verheiratete Frau. Höchste Zeit zum Erwachsenwerden, Herr Bannwart!«

»Ich weiss, Frau Hasterok. Nora ist in einem Alter, in dem die elterliche Gewalt keine Macht mehr hat. Was wir in der Erziehung verpasst haben, ist verloren… rettungslos.« Er macht eine tragische Gebärde.

»Ach, du mit deinen Sprüchen. Das ist nicht komisch. Sami sieht das auch so. Er meint, ich soll mal mit Nora reden. Ich fahre hin.«

»Und dann redet ihr beide Nora ins Gewissen?«

»Nein, nur ich. Sami ist nicht dort. Er hat aus dem Spital angerufen.«

»Willst du, dass ich mitkomme?«

»Nein, nicht zwei sollen auf Nora einreden. Sagst du ja selbst.«

Bannwart ist erleichtert. Carola managt solche Situationen besser. Nicht dass er konfliktscheu wäre, er kann für eine Sache kämpfen, auch gegen Vorgesetzte. Diese geduckte Art von Opposition, auf die er in der Verwaltung immer wieder stösst, ist ihm von Anfang an zuwider gewesen. Wenn er von etwas überzeugt ist, dann setzt er sich unerschrocken dafür ein, egal, wie die Chancen stehen. Mehr als einmal ist es ihm auf diese Weise gelungen, scheinbar unvermeidliche Entwicklungen abzuwenden und einer besseren Lösung, die andere in seinem Amt bereits verlorengegeben hatten, zum Durchbruch zu verhelfen. Auch deshalb nennen sie ihn im Hochbaudepartement »den Preussen«, weil er nicht kuscht. Dabei hat er in Berlin selbst erlebt, wie obrigkeitshörig die Beamten dort sind. Kein Vergleich. Trotzdem haben viele Schweizer diesen Knick im Selbstbewusstsein, wenn sie einen Deutschen hören. Die Sprache. Sprechen kann er, das hat er in Berlin gelernt. Er fürchtet keine Debatte. Wo es um Projekte geht, gibt es klare Verhältnisse, exakte Pläne mit allen Massen und Daten, sachliche Kriterien und meistens gute Argumente – auch auf der anderen Seite. Der Kick in diesen Duellen ist, sich in die Denkweise des Gegners zu versetzen und ihn zu widerlegen, ohne ihn persönlich anzugreifen. Sobald die Auseinandersetzung auf eine persönliche Ebene runterrutscht, wird das Terrain unsicher und der Ausgang ungewiss. Da hält sich Bannwart heraus. Feigheit könnte man es nennen; er nennt es Einsicht, denn Gefühlsausbrüche machen ihn sprachlos. Und wo die Sprache fehlt, ist auch keine Debatte mehr möglich. Mit den Fäusten zu kämpfen, ist ihm nicht gegeben.

Nur einmal. Aber das war die grosse Ausnahme, er

hat gehandelt, ohne zu denken. Vor vier Jahren, als er spät am Abend noch arbeitete und plötzlich eine Frau gellend schreien hörte, dass es schauerlich durch die leeren Gewölbe des Amtshauses hallte. Er stürmte aus seinem Büro, wusste nicht wohin, raste instinktiv die Treppe hinunter, und als er um den Pfeiler bog, sah er vor sich einen Mann, der eine Frau an den Haaren gepackt hielt und sie mit der anderen Hand ohrfeigte. Im Schreck erkannte Bannwart keinen, schaute gar nicht richtig hin, als er mit vollem Schwung auf den Schläger prallte, der rückwärts die Steinstufen hinabstürzte und sich einen Arm brach. Er hätte auch tot sein können, der Mann von Bignia Giacometti, aber das erfasste Bannwart erst später. Bignia hatte ihn verlassen und die Scheidung eingereicht. Der Zwischenfall im Amt war ihr so peinlich, dass sie auf der Stelle kündigen wollte. Bannwart brauchte viel Überredungskraft, um sie zu halten. Und seither haben sie nie mehr davon gesprochen.

Eigentlich müsste er endlich abräumen. Die Butter ist schon weichgeschwitzt, der Vacherin fliesst bald vom Olivenbrett. Und er ist satt. Sein Zeigefinger fährt dem Rand der Käsecrème entlang. Er steckt ihn in den Mund. Ein weicher Moment der Balance. Jetzt kann es auf beide Seiten kippen, aufstehen und anfangen oder zurücklehnen und fertiglesen. Er nimmt die Zeitung wieder auf. Dafür nachher vielleicht ins Büro, Metropolis, erste Notizen für die Podiumsdiskussion. Der Stadtpräsident wird das Briefing nötig haben.

Gerade hat er wieder Anschluss an den Artikel gefunden, als das Telefon schellt. Seufzend klatscht er die Zeitung zusammen, nimmt die Butterschale und schiebt sie im Vorbeiweg in den Eisschrank.

»Ich bins… Ich wollte nur fragen, ob ihr gestern alle gut nach Hause gekommen seid…«

»Danke, Mutter. Von Küsnacht wären wir auch zu Fuss gut nach Hause gekommen. Aber dein Essen war wunderbar. Die Gans, aussen knusprig und innen saftig, das kannst nur du.«

»Ach nein, du Lieber, nicht der Rede… Carola ist ja auch… und Nora – tut mir leid, wenn ich sie verletzt habe, aber es hat mich einfach schockiert…«

»Ja, das merkte man. Doch mach dir keine Sorgen, Nora ist nicht fromm geworden. Es sind mehr praktische Gründe, die dafür sprechen.«

»Aber freiwillig – zu so einer grausamen Religion? Wenn sie nun unter falschen Einfluss kommt?«

»Mutter, du kennst Sami. Ist er ein falscher Einfluss? Oder grausam?«

»Behüte, nein, doch nicht er! Er wird sie doch nicht zum Übertritt gezwungen haben?«

»Nein, er wollte es gar nicht. Und ein Übertritt ist es auch nicht. Ein Eintritt vielleicht.«

»Wieso? Ach so…« Sie schweigt einen Moment. »Ihr hättet sie eben taufen müssen. Das wäre ein Schutz gewesen.«

»Jetzt hat sie ja eine Religion, jedenfalls auf dem Papier. Wenn das ein Schutz ist.« Bannwart spürt, wie er kribblig wird. Er will nicht mit seiner Mutter über Glaubensfragen streiten.

»Nein, das ist kein Schutz.« Dieser Klageton, die bohrende Hartnäckigkeit der Schwachen. »Diese Bomben, diese Fanatiker jeden Tag im Fernsehen… Wie findet sie da allein wieder heraus? Ich habe gehört, es gibt so Spezialisten, die können Leute umschulen, nachdem sie aus einer Sekte gerettet –«

»Herrschaft! Das ist doch keine Sekte. Das ist eine Weltreligion, und bei uns leben Hunderttausende davon, ganz unauffällig. Nicht anders als du und wir.«

»Aber warum Nora? Ich habe Angst um sie.«

Bannwart holt tief Atem und lässt die Luft langsam durch die Nase ausströmen, bevor er antwortet. »Ehrlich, Mutter, ich glaube, du solltest Nora damit in Ruhe lassen. Wenn du kein Vertrauen in sie hast, dann tut es mir leid. Aber damit musst du selbst fertigwerden.«

»Ja, ich weiss ... Ich bete für sie.« Und weint jetzt auch noch.

»Mach das, wenn es ein Schutz ist für dich. Aber versuch nicht zu missionieren. Das macht alles nur noch schlimmer.«

»Siehst du?«, wimmert sie triumphierend. »Jetzt sagst du es sogar selbst.«

»Was?«

»Dass es schlimm ist.«

»Für dich, Mutter! Für dich machst du alles nur noch schlimmer, wenn du Nora nicht in Ruhe lässt. Das versuche ich dir die ganze Zeit klarzumachen. Willst du mich absichtlich nicht verstehen?«

»Ich verstehe dich schon, Lieber – nur ... ich glaube ...«

»Glauben oder nicht«, fällt er ihr ins Wort, »darf jeder, was er will. Du, ich, Nora, und alle anderen auch – das ist die Freiheit. Aber ich will jetzt nicht mit dir philosophieren. Ich habe noch zu arbeiten. Also – nochmals danke für den Gänsebraten. War wirklich wunderbar.« Etwas weniger resolut fügt er hinzu. »Und noch schöne Festtage ... ich melde mich dann zum Neujahr wieder. Wie immer.«

Zurück bleibt eine Art Kater, eine gereizte Unruhe,

in der das Lesen keinen Spass mehr macht. Vielleicht wäre Arbeit ein Mittel dagegen, aber auch darauf ist die Lust abgestorben. Es reicht nur zu mechanischen Verrichtungen. Also räumt er den Tisch ab.

Carola kommt am Mittag zurück, aufgebracht.

»Ein Zeichen setzen will sie! Was stellt die sich vor?«, platzt sie heraus, kaum hat sie die Haustür hinter sich zugeschlagen.

»Zeichen sind manchmal wichtig«, sagt Bannwart vorsichtig.

»Komm, komm, keine Theorien bitte – ich habe mir schon von Nora genug anhören müssen. Drei Monate Kopftuch!« Sie reisst beinahe die Knöpfe ihres Mantels ab. »Das soll ein Zeichen sein? Für wen denn? Für ihre Grossmutter, die das gar nicht sieht? Für Sami, der das gar nicht will? Für uns? Für die Welt? Ein Kopftuch! Einfach ein Kopftuch mehr auf der Strasse. Na und? Eine Demonstration ins Leere. Ein Blödsinn, so was!«

Bannwart nimmt ihr den Mantel ab. »Habt ihr euch gestritten?«

»Habe mich beherrscht. Aber innerlich hat es gekocht. Typisch Nora, wenn sie sich etwas in den Kopf setzt… dabei glaubt sie nicht einmal daran. Sie macht es nur nach aussen. Eben: Zeichen setzen. Damit die Leute sehen, dass es auch Schweizerinnen gibt, die muslimisch sind. Als ob das die Leute interessiert!«

»Also müssen auch wir uns nicht – drei Monate sind schnell vorbei.« Er streckt Daumen, Zeigefinger, Mittelfinger. »Januar – Februar – März… da fällt es nicht gross auf. Und je weniger Theater wir machen, desto einfacher für Nora, wieder damit aufzuhören.«

»Und wenn sie sich daran gewöhnt? Sich plötzlich schick findet, mit diesem Kopftuchtick?«

»Jetzt redest du schon wie meine Mutter. Sie hat angerufen, als du weg warst. Um zu sagen, wir hätten Nora halt taufen müssen – als Schutz.« Abschätzig lacht er auf.

Müde sieht Carola ihn an. »Da hat sie vielleicht sogar recht. Mit der Taufe.«

»Und das sagst du im Ernst?« Bannwart runzelt die Stirn. »Du, unsere naturwissenschaftliche Atheistin? Die immer so stolz ist, dass schon ihre Eltern in der DDR in keiner Kirche waren?«

»Ach, komm.« Carola winkt ab. »Lass mich in Ruhe. Das waren andere Zeiten.«

»Aha. Und jetzt sind plötzlich wieder christliche Zeiten? Nur weil Weihnachten ist oder weil ein paar Muslime aufgetaucht sind, graben wir den alten lieben Gott aus und lassen uns taufen. Als Schutzimpfung. Meine Mutter wird dir dafür ein Extra-Gebet widmen.«

Carolas Abscheu ist echt, obwohl ihre Stimme leise bleibt. »Manchmal bist du ein richtiges Ekel.«

Es hat keinen Sinn, jetzt die Versöhnung zu suchen. Und in dieser bitteren Wolke auszuharren auch nicht. Also bleibt nur das Büro.

6

Sie zieht es wirklich durch, denkt Bannwart kopfschüttelnd, ob ungehalten oder stolz, weiss er selbst nicht, in dieser Gefühlsmelange nach den drei Telefongesprächen. Als ob er nichts Besseres zu tun hätte, als sich um seine erwachsene Tochter zu kümmern.

Zuerst Sami. Noch nie, so weit sich Bannwart erinnern kann, hat sein Schwiegersohn ihn im Büro angerufen. Die Geschäftsführerin der Buchhandlung habe Nora nach Hause geschickt. Sie solle das mit dem Kopftuch noch einmal überdenken. Bei der Arbeit komme »so etwas« nicht in Frage. Sonst wäre es vielleicht besser, wenn Nora ihre Stelle kündigen würde.

»Nora denkt nicht daran«, sagt Sami, »sie will kämpfen. Das Kopftuch ist ihr Recht, sagt sie. Sie hat einen harten Kopf. Nicht einmal auf mich hört sie.«

»Du hast abgeraten...«

»Ja, wie sieht denn das aus? Kaum verheiratet, und schon trägt sie ein Kopftuch. Da denkt doch jeder: wegen dem Mann. Dabei – ich will das nicht. Es macht uns nur das Leben schwer.«

»Drei Monate, hat sie gesagt.«

»In drei Monaten kann viel passieren. Sie kann ihren Job verlieren. Im Treppenhaus werden wir schief angeschaut, und bei der Einbürgerung heisst es dann...«

»Halt, halt. Da mach dir mal keine Sorgen. Bei der Einbürgerung spielt die Religion keine Rolle. Das garantiere ich dir.«

»Wer weiss, ob das in ein paar Jahren noch gilt. Dinge können sich ändern.«

»Aber doch nicht so. Nicht hier. Und wegen Noras Job – zufällig kenne ich den Besitzer der Buchhandlung.«

Ein Zufall war es nicht, es war ein Amtsgeschäft. Hans Conrad Gessner wollte vor einiger Zeit seine Buchhandlung um zwei Etagen erweitern, und da das Gebäude in der Altstadt lag, musste die Denkmalpflege einverstanden sein. Aus Bannwarts Sicht war das Vorhaben unbedingt zu unterstützen; die Buchhandlung setzte einen kulturellen Markstein mitten in eine Fussgängerzone, die von der Monokultur der Modeboutiquen zu veröden drohte. Er konnte Gessner bei der Projektierung beraten und eine Lösung finden, die auch Bignias Fachleute von der Denkmalpflege schluckten.

Gessners Privatnummer hat er noch. Seit seinem Amtsantritt führt Bannwart ein separates Register, in dem er alle Kontakte, die er über den Tag hinaus aufbewahren will, mit den Daten und Themen speichert, die ihn mit dieser Person in Verbindung gebracht haben. Mit den Jahren ist diese elektronische Kartei zu einem Netz von Adressen angewachsen; engmaschig durchwebt es die Stadt und ihre Agglomeration, spannt aber auch starke Fäden bis weit über die Landesgrenzen hinaus. Und in der Mitte des Netzes sitzt wie eine Spinne er, Bannwart. Es ist sein persönliches Arbeitsarchiv, in dem er neben beruflichen Beziehungen auch private Adressen aufbewahrt, denn in einer Stadt wie Zürich lässt sich das eine vom anderen nicht immer trennen.

Gessner weiss schon Bescheid. »Frau Moosbrugger hat mir den Vorfall gemeldet.«

Hans Conrad Gessner ist Wirtschaftsanwalt; die Buchhandlung ist seine Liebhaberei, die er mit der gleichen Hingabe pflegen lässt wie andere seiner Berufskollegen ein Weingut in der Toskana oder ihren Pferdestall im Thurgau.

»Vorfall? Klingt das nicht etwas stark für ein … ja, wahrscheinlich ein Missverständnis? Eines, das sich gewiss aufklären lässt.«

»Bestimmt ist es nicht der Rede wert, habe ich auch Frau Moosbrugger gesagt. Sie ist eben auf ihre kultivierte Weise konservativ und war vielleicht etwas gar schockiert.«

»Wissen Sie, das Kopftuch bedeutet …«

»Was es bedeutet, geht mich nichts an.« Gessner hat die atemlose Sprechweise eines Anwalts, der jede Lücke für ein Gegenargument zu vermeiden sucht. »Es ist das höchstpersönliche Recht Ihrer Tochter – das sieht auch Frau Moosbrugger ein. Nur sorgt sie sich um das Geschäft. Und da kann ich sie auch ein bisschen verstehen. Sehen Sie, Herr Bannwart, wir haben eine sehr urbane Kundschaft, die bei uns auch erotische Kunst- und Fotobände kauft, im obersten Stock haben wir sogar eine Abteilung mit schwullesbischer Literatur. Unsere Kunden sind moderne Menschen, weltoffen, multikulturell interessiert und alles, was Sie wollen. Aber von einer Frau im Kopftuch bedient zu werden, das wäre irgendwie das falsche Signal. Das verstehen Sie bestimmt.«

»Das wollte ich eben sagen: Das Kopftuch bedeutet nicht das, was Sie meinen …«

»Es kommt nicht darauf an, was ich meine, sondern was die Kundschaft meint, und das –«

»– ist in drei Monaten vorbei«, unterbricht Bannwart. »Nora will das Kopftuch nur drei Monate tragen. Es ist eine Art … eine Wette. Sie will zeigen, dass es in dieser Stadt möglich ist.«

»Ein Test?«

»Wenn Sie so wollen… ein temporärer Selbstversuch.«

»Aber sie glaubt daran? Allah und so …«

»Nicht wirklich. Es geht ihr um Gerechtigkeit – daran glaubt sie. An eine Aufklärung ohne Diskriminierung. Darum will sie das Kopftuch drei Monate lang tragen. Und deshalb wäre es äusserst schade, wenn sie deswegen die Stelle verlieren würde, die sie gerne und, so viel ich weiss, auch gut …«

»Aber warum in meiner Buchhandlung, diese Demonstration? Gerechtigkeit, Aufklärung, kulturelle Vielfalt – unser ganzes Sortiment zeugt davon. Uns muss sie doch nicht bekehren.«

»Sie will auch niemanden bekehren. Sie trägt nur ein Kopftuch, und das nur drei Monate lang.«

»Drei Monate? Bekomme ich das schriftlich? – Nein, nicht ernst, kleiner Scherz… Mal sehen… ich könnte Frau Moosbrugger fragen, ob sie für Ihre Tochter im Backoffice… Sonst gewöhnen sich noch einige Kunden daran, und nach drei Monaten trägt sie es plötzlich nicht mehr. Die Fragen, stellen Sie sich vor – unweigerlich. Das wäre Ihrer Tochter bestimmt unangenehm.«

Das dritte Gespräch wird das kürzeste. Nora will nicht darüber reden. Trotzdem scheint sie die Intervention ihres Vaters zu billigen. Seine Rechtfertigungen, die er sich bereitgelegt hatte, schiebt sie beiseite, »schon gut, ich weiss ja, wie du es meinst«, doch am Schluss sagt sie Danke.

Nachdem er aufgelegt hat, bleibt Bannwart einen Moment betäubt sitzen, dann steht er auf, geht aus seinem Büro auf den Korridor hinaus, ziellos. Wenn er noch rauchen würde, wäre jetzt eine fällig, aber so bleibt es bei ein paar unbestimmten Schritten. Zwischen zwei dorischen Säulen des Arkadengangs stützt er beide Hände auf das schmiedeeiserne Geländer und blickt in den Lichthof, der etwas zu schmal ist für die drei Etagen von Säulen und Bögen, die ihn erdrücken. Kein Mensch unten. Gerne hätte er jetzt etwas Ablenkung, ein Fachgespräch, ein Detailproblem oder auch nur ein bisschen Geplauder. Schräg übers Eck sieht er die Tür von Derungs einen Spalt offenstehen. Die Hände in den Hosentaschen schlendert er den Gang entlang, ein Grund wird sich schon finden, sonst bleibt es halt beim Hineinschauen und Grüssen. Er klopft leicht an und stösst mit der gleichen Hand die Tür weiter auf. »Hallo, Gion …«

Er sieht Derungs Rücken, zwei Hände halten seine Schultern, ein erstickter Aufschrecklaut – Milena – und sie zucken auseinander.

»Pardon …«

Bannwart zieht den Kopf zurück, noch bevor Derungs sich umgedreht hat. Rasch schliesst er die Tür und eilt, in zittriger Erregung wie ein Dieb auf der Flucht, in sein Büro, Milena Roskovics feinen Aufschrei im Ohr. Sie hat ihn über Derungs ausgefragt, im Herbst einmal, ganz nebenbei und spielerisch wollte sie wissen, was Derungs eigentlich früher so alles gemacht habe. Bannwart konnte ihr nicht viel mehr sagen, als dass er selbstständiger Treuhänder war und vorher bei einer Bank. Jetzt kann sie ihn selbst fragen, was sie will. Bannwart spürt einen leisen Neid auf die beiden, auf die Nähe, deren Zeuge er geworden ist. Wie viele hier wissen schon davon? Der Chef ist meistens der Letzte. Auch dieser Gedanke trägt nicht dazu bei, Bannwarts Stimmung zu heben.

Eine halbe Stunde später ruft Derungs an, schiebt eine Frage vor, die Kris Matter besser als Bannwart beantworten könnte, und fügt dann an: »Und noch wegen vorhin... nicht dass du denkst... Milena und ich sind – na ja, wir sind befreundet.«

»Okay?«, macht Bannwart, unsicher, ob er nun eine Erklärung oder ein Dementi gehört hat.

»Es ist alles noch ziemlich neu.«

Eine Erklärung also. »Ist doch prima – und eure Privatsache.«

»Eben drum... nicht dass du meinst, meine Arbeit oder die von Milena – wir trennen da scharf.«

»Kein Problem.«

»Danke, Robert.« Bannwart hört die Erleichterung in der Stimme. »Wir haben es darum auch noch niemandem gesagt. Wir wollen kein Gerede im Amt.«

»Von mir erfährt es keiner. Und entschuldige noch die Störung – ich habe zwar angeklopft, aber vielleicht nicht deutlich genug.«

Ein gedämpftes Lachen. »Wird uns eine Lehre sein... Und wegen dem anderen frage ich bei Kris nach.«

Die kurze Medienmitteilung nach der Stadtratssitzung macht bekannt, was intern schon alle wissen: »Das Referendum gegen die Beschlüsse des Gemeinderates zum privaten Gestaltungsplan Metropolis Media Center und zum Landverkauf der Stadt ist zu Stande gekommen. Es wurden 4601 gültige Unterschriften eingereicht. Am 19. April werden die Vorlagen den Stimmberechtigten der Stadt Zürich zur Abstimmung vorgelegt.«

Am Nachmittag ruft Wilk aus Hamburg an, will wissen, wann endlich die Fernsehdiskussion stattfindet und wer der Promi-Gast sein soll. »Ich kann Ihnen die Vermeulen liefern, oder falls Sie es lieber jünger hätten, Mara Morlov, die Kleine aus ‹Russenmafia›. Oder auch einen Mann, wenn Sie wollen – jeden ‹Tatort›-Kommissar können Sie von mir haben. Auch die ehemaligen.«

»Danke, sehr liebenswürdig«, sagt Bannwart, »aber wir sind schon mit ein paar Kandidaten im Gespräch. Wir müssen ja keine Oscar-Jury gewinnen, sondern die Bewohner dieser Stadt. Darum brauchen wir jemanden, den die Leute hier gut kennen.«

»Na, den Schimanski kennt man ja wohl auch in der Schweiz. Wie wärs mit dem?«

Zu penetrant deutsch. »Das ist kein Fall für Schimanski, der kennt sich hier zu wenig aus. Unser Mann darf kein Fremder sein, er muss mit der Stadt vertraut sein, auch mit dem Quartier, in dem Metropolis gebaut wird.«

»Heimatkunde, verstehe«, sagt Wilk trocken.

»Nein, Taktik«, entgegnet Bannwart scharf. »Schimanski wäre genau das, was die Gegner behaupten – der deutsche Protzklotz.«

»Hoppla. Höre ich da das gesunde Volksempfinden?«

»Hören Sie, was Sie wollen. Wir stellen uns nur der Realität. Mit dem einzigen Ziel, dass Metropolis gebaut werden kann.«

Das ist der Schatten, die mühsame Seite seines Amtes. Der Preis dafür, dass er dabei ist und mitbestimmt, wenn es um die Zukunft der Stadt geht. Bauen ist teuer, und manche Bauherren sind gewohnt, für Geld alles zu bekommen. Reiche Flegel. Wilk ist nicht der Schlimmste. Aber für seine Respektlosigkeit wird er noch bezahlen. Wann und wo, weiss Bannwart nicht. Nur dass. Und das genügt ihm vorderhand.

Genau einen Monat. So lange haben sie sich nicht mehr gesehen. Etwas kribblig ist er schon, im Foyer des Schauspielhauses, ein bisschen wie vor einem ersten Date. Ist es auch in gewisser Weise. Mit Kopftuch kennt er sie noch nicht und weiss nicht, wie es sie verändert. Am Telefon merkt man keinen Unterschied, aufmerksam und liebenswürdig ist sie, und immer mit diesem leichten Heben der Stimme, dieser kleinen Distanz, die ihre Freundlichkeit bisweilen zur Höflichkeit herunterkühlt. Auch das nichts Neues, es kam mit dem Erwachsenwerden, als sie anfing, ihre Zimmertür abzuschliessen, wenn sie die Wohnung verliess. Carola duldete es, unter der Bedingung, dass Nora selbst die ganze Verantwortung für das Zimmer übernahm und es einmal in der Woche staubsaugte. Die Putzfrau aber war zutiefst beleidigt, dass sie keinen Zutritt mehr hatte; sie habe doch dort nie etwas kaputt gemacht oder, Gott bewahre, weggenommen. Carola versuchte ihr zu erklären, dass die verschlossene Tür kein Misstrauen gegen sie bedeute. Ohne Erfolg. Von da an behandelte Frau Suarez Nora wie eine Fremde. Nora jedoch liess sich nichts anmerken und blieb höflich, wie eine Fremde.

Bannwart hätte sie gerne schon zum Essen in einem Restaurant getroffen. Aber Nora sagte, sie könne erst zur Vorstellung kommen, vorher müsse sie noch arbeiten. An einem Samstagabend? Vielleicht fürchtet sie sich vor dieser Begegnung. Dabei will er gar nicht mit ihr darüber reden, hat er auch Carola gesagt, die ihm noch unter der Tür auftragen wollte, Nora auszuforschen und ihr ins Gewissen zu reden. Nein, das mache er nicht, er gehe nur mit ihr ins Theater, einfach Vater und Tochter, ganz normal.

Die Idee, Nora anzurufen, kam ihm, weil Carola zu

Hause bleiben wollte. Das Stück interessiere sie nicht. Ein Kant, der gar nicht Kant sei und immer nur quassle. Das hatte sie aus den Kritiken, die sie jeweils gleich liest, während Bannwart diese Seiten aus der Zeitung reisst und aufbewahrt, bis er ein Stück oder eine Ausstellung gesehen und sich sein eigenes Urteil gebildet hat.

Den gleichen freien, unbefangenen Blick versucht er sich in der täglichen Arbeit zu erhalten, allen Sachzwängen zum Trotz. Das Denken nicht schon von Anfang an mit Regeln und Gesetzen beschweren, fliegen muss es können, über alles hinweg, sogar über die Schwerkraft. Carola denkt ganz anders, naturwissenschaftlich. Niemals würde sie die Schwerkraft in Frage stellen. Sie trägt die Schwerkraft in sich. Genau diese ruhige Selbstgewissheit hat ihn beeindruckt, vom ersten Moment an, oder vom zweiten; im ersten Moment war es nur das Gesicht, ihre hageren, fast ausgehungerten Züge, sie lief damals Marathon, und die wachen, etwas spöttischen grauen Augen. Er war damals seit anderthalb Jahren in Berlin und an einem Punkt angelangt, wo er sich entscheiden musste, ob er bleiben oder in die Schweiz zurückkehren sollte. Seine Arbeit im Bausenat, Abteilung Stadtentwicklung und Umweltschutz, hatte ihren anfänglichen Reiz verloren, er war neunundzwanzig und wollte mehr bewegen. Ein Studienfreund hatte in Zürich ein Planungsbüro eröffnet und bot ihm die Partnerschaft an. Eigentlich hatte sich Bannwart schon entschieden, Berlin zu verlassen, als er Carola kennen lernte. Ihretwegen schob er seine Kündigung noch auf, erst einen Monat, dann zwei, und als er nach einem Gespräch mit Staatssekretär Wittwer, zu dem ihn Carola ermutigt hatte, zwischen zwei interessanteren Stellen wählen konnte, war klar, dass er in Berlin bleiben würde.

Er hat nur rasch auf die Uhr geschaut, und sie hat es gerade noch gesehen, als sie die Glastür aufstösst, und schon ist alles beim Alten: er ewig zuverlässig und sie zu spät, abgehetzt und aufgeladen, um alle Vorwürfe abzuwehren, noch bevor sie ausgesprochen sind.

»Es ist erst zehn vor. Wir haben nicht –«

»Alles bestens, kein Problem. Es hat noch nicht einmal geläutet. Schön, dich zu sehen.«

»Ja, gleichfalls.« Noch immer angespannt, hält sie den Kopf zum Kuss hin.

Leicht berührt er ihre winterkühle Wange. Das Kopftuch ist nicht im Weg. Kein dunkler Tschador, Gott sei Dank, auch keiner dieser engen Madonnenschleier, die das Gesicht als nacktes Oval freistellen. Dennoch deckt das flaschengrüne Baumwolltuch ihr Haar ganz ab, von der Stirn bis zum Nacken, wo es zu einem lockeren Knoten geschlungen ist. Darunter eine schwarze Bluse, ein schwarzes Kleid und schwarze Stiefel. Eine kosakische Erntehelferin im Sonntagsstaat.

»Gut schaust du aus«, sagt er.

»Danke.«

Es klingelt. Bannwart sieht auf die Karten. »Parkett rechts – diese Garderobe.«

Sie geben die Mäntel ab und Bannwart seinen Hut, und als die Garderobenfrau fragend auf das Kopftuch sieht und Nora so tut, als bemerke sie den Blick nicht, weiss Bannwart, dass sie das nicht zum ersten Mal erlebt und schon geübt ist, über solche Unebenheiten hinwegzugehen. Nachzufragen getraut er sich nicht; er will keinen Damm brechen oder, was wahrscheinlicher wäre, ihren Schutzpanzer noch verstärken.

126

Zu den tiefen Stössen einer Schiffssirene legt das Stück ab, eine verborgene Maschinerie wiegt das Deck eines Ozeandampfers auf und nieder, Passagiere in Liegestühlen und Matrosen trompeten stossweise wie das Schiffshorn ihre Sätze aneinander vorbei, plattes Blech ohne Schneid und Glanz. Auch das Holzgestell des Liegestuhls von Herrn Professor Kant will nicht halten und klappt immer wieder zusammen. Schon nach wenigen Minuten ist Bannwart abgehängt und kämpft mit dem Gähnen, das er nur unterdrückt, um Nora nicht das Gefühl zu geben, er langweile sich mit ihr. Schief ist sie im roten Plüschsessel versunken, den rechten Ellbogen auf der Armlehne, die Hand stützt das Kinn, als sei der Kopf mit dem grünen Tuch schwer zu halten. Regungslos bleibt sie auch dann, wenn nach einem Gag eine Minderheit im Publikum etwas forciert lacht, als wolle sie sich und die Mehrheit mitreissen.

Als das Pausenlicht aufglimmt, erheben sie sich beide rasch, schlüpfen aus der siebten Reihe und schlängeln sich um ältere Menschen, die mitten im engen Seitengang plötzlich bockstill stehenbleiben und warten, bis ihre zurückgebliebene Begleitung aufgeschlossen hat.

»Ich hole uns was zum Trinken«, sagt Bannwart im Foyer. »Bier? Prosecco?«

»Für mich nur ein Wasser.«

Um die Theke ist schon einiges Gedränge und es dauert eine Weile, bis Bannwart zurückkommt. Nora hat das rote Programmheft auf einen runden Stehtisch gelegt und blättert es durch.

»Interessant?« Bannwart stellt die Getränke ab.

»Nichts über das Stück drin.«

»Gibt ja auch nicht viel darüber zu sagen, oder? Prost.«

Jetzt lächelt Nora zum ersten Mal. Sie hebt ihr Glas mit den Kohlesäurebläschen. »Prost.«

»Kein Bier heute? Sonst hast du doch immer...«

Das Lächeln erlischt. »Ich trinke Alkohol, wenn du das meinst. Nur habe ich heute leicht Kopfweh.«

»Oh, tut mir leid.« Betroffen ist er, dass sie ihn durchschaut hat. Und dass sie so empfindlich geworden ist. »Na ja, Wasser passt auch besser zum Stück. Nicht gerade berauschend. Hätte ich mir schärfer vorgestellt. Böser und witziger. Immerhin Bernhard. Und Kant.«

»Da ist ihm nicht viel eingefallen... Aber sonst – den ‹Untergeher› mag ich sehr. Der könnte auch dir gefallen. Und gerade vor ein paar Tagen haben wir Texte aus dem Nachlass bekommen, ‹Meine Preise›, und die sind wirklich wütend – und rührend.«

»Du kennst das schon? Toll.«

»Ich bin Buchhändlerin.«

»Ja, und wie geht's da... mit Frau Moosbrugger?«

Nora hebt eine Augenbraue. »Geht so. Sie hat mich im Backoffice verlocht. Man kann eben Simone de Beauvoir und Bukowski anbeten und trotzdem eine Spiesserin sein.«

»Genau wie die Leute, die Metropolis am liebsten von Gehry bauen liessen, nur ohne das Geld der Deutschen.«

Das war vielleicht ein bisschen vorlaut, Bannwart schaut sich um, ob ihn jemand gehört hat. Scheint nicht so. Um die anderen Stehtische haben sich Klumpen von Menschen angesammelt, nur hier bei ihnen stellt niemand sein Glas oder seine Flasche ab. Als ob man sie nicht stören wolle. Dabei sind Nora und er gar nicht in Debatten vertieft, die andere abschrecken könnten.

Im Gegenteil, es kostet ihn einige Mühe, das Gespräch nicht einschlafen zu lassen.

Nun aber nähert sich ihnen ein kleiner weisshaariger Mann. Mit spitzen Fingern hält er zwei Champagner-Flûtes wie Blumen an den Stielen. Ganz konzentriert darauf, keinen Tropfen zu verschütten, hebt er erst kurz vor dem Tisch den Blick, schon rückt Bannwart einen Schritt zur Seite, da sieht der Mann Nora an und biegt ab, um einen anderen Tisch anzusteuern. Nora hat es nicht bemerkt, sie nippt an ihrem Wasserglas und schaut vor sich auf den Tisch.

Ist das der Preis, den sie zahlt? Sich blind zu stellen, um nicht sehen zu müssen, wie ihr Kopftuch eine unsichtbare Mauer um sie zieht? Eine Mauer, die jetzt auch ihn umschliesst und abtrennt von den anderen im Foyer.

Er und Nora sind allein unter all diesen Leuten, die auch er nicht mehr anschauen mag. Er hat Nora hierher eingeladen, er als Gastgeber trägt die Verantwortung für diesen Abend und für seine Tochter, die von sich aus nicht redet und die er auch nicht alles fragen kann, sonst verschliesst sie sich wie eine Muschel.

»Und was macht Sami heute?«

»Er bereitet mit seinem Professor die Referate vor. Für einen Kongress im Februar.«

»Er arbeitet viel.«

»Wie du.«

»Ich? Ach, das geht so. Fürs Theater bleibt immer noch Zeit.«

»Mhm.«

Bannwart sehnt das Klingelzeichen herbei. Da hört er hinter sich eine Männerstimme: »Herr Bannwart? Nur kurz –«

Er dreht sich um, dankbar für die Unterbrechung, auch wenn es Vinz Kellenberger, der Chefredaktor des Lokalfernsehens, ist.

»Wegen unserer Metropolis-Sause...« Kellenbergers näselnde Stimme hat etwas Bohrendes, vielleicht auch, weil er zu den Menschen ohne Distanzgefühl gehört und einem so nahe auf den Leib rückt, dass Bannwart unwillkürlich den Oberkörper zurückbiegt, um wieder etwas Zwischenraum zu gewinnen. »Dieser deutsche Investor hat mich angerufen, Rainer Wilk. Er will an einem Sonntag in meine Talkshow kommen – natürlich erst nach dem Podium. Und er könnte einen Promi mitbringen...«

»Ach, Schimanski?«

Kellenberger federt rückwärts. »Woher wissen Sie das? Das ist noch topsecret.«

»Wir haben eben auch so unsere Connections.«

»Natürlich, verstehe, verstehe.« Kellenbergers Blick gleitet an Bannwart vorbei und tastet wie ein Radar das Foyer und die Besucher ab, von denen einige ihn erkannt haben und verstohlen herüberschauen. »Aber Sie müssen zugeben: Schimanski ist schon ein besonderes Kaliber. Der kommt auch bei jungen Frauen noch an.«

Das ist an Nora gerichtet, die nur stumm mit einer Schulter zuckt, was den Fernsehmann nicht abhält, sich mit breitem Lächeln an ihr festzusaugen. So lange, bis Bannwart sich genötigt fühlt, sie vorzustellen: »Nora Bannwart, meine Tochter.«

»Ich weiss«, sagt Kellenberger. »Verheiratet mit dem Onkologen Sami Amir.«

»Sie kennen meinen Mann?«

Kellenberger deutet eine Verbeugung an. »Kennen

wäre zu viel gesagt. Aber wissen, wer wer ist – das Geheimnis unseres Erfolges.«

Solche Typen, denkt Bannwart, darf man nicht unterschätzen, nur weil sie unerträglich eitel sind.

Eine Klingel schrillt. Kellenberger horcht auf. »Ich muss. Ich habe noch einen weiten Weg – Direktorenloge. Alles ausverkauft, aber glücklicherweise kennt man ja… Die Herrschaften entschuldigen mich?« Kellenberger segelt durchs Foyer zur Treppe.

»Und wir?«, fragt Bannwart. »Müssen wir auch?«

»Kein Mensch muss müssen, und ein Derwisch müsste?«, deklamiert Nora lächelnd.

»Welcher Derwisch?«

»Das war Lessing, aus dem ‹Nathan›.«

»Was du alles weisst!«

Seine Bewunderung belebt Noras Augen. »Wissen, wer wer ist – das Geheimnis unseres Erfolges«, näselt sie.

Ein Moment der Komplizenschaft. Bannwart legt den Arm um ihre Schulter. »Komm wir holen die Mäntel. Ich begleite dich heim.«

Ein paar Tage später hat er ein Kartoncouvert von Noras Buchhandlung in der Post. Ein himmelblaues Taschenbuch, Thomas Bernhard, »Der Untergeher«, auf dem Umschlag ein Foto des Autors als mitteljunger Mann mit halber Glatze und Schmollmund. Im Buch steckt eine ägyptische Ansichtskarte mit der Sphinx: »Kleine Entschädigung für den Schiffbruch im Schauspielhaus! Kuss von Nora«.

Vielleicht in den Skiferien, jetzt hat er keine Zeit dafür. Zu viel um die Ohren, und dann auch noch die Sache mit Björn.

Am Dienstagmorgen um halb sieben klingelt es und zwei Männer in Reportermänteln stehen vor der Tür.

Sie wollen Björn Bannwart sprechen, keine grosse Sache, nur eine kurze Abklärung.

»Björn schläft noch«, sagt Carola und ruft nach hinten: »Robert, bitte komm mal.«

Bannwart steht vom Frühstück auf.

Stadtpolizei, Jugenddienst. Als Bannwart die Ausweise sieht, jagt sein Herz ihm das Blut heiss und dünn ins Gesicht. Nichts kann er gegen diese Krankheit, die er sich Weihnachten 1980 geholt hat, eingekesselt in einer Menge Demonstranten, die von Polizisten in Kampfanzügen einer nach dem anderen herausgepflückt, in Handschellen gelegt und in Kastenwagen gepresst auf die Hauptwache verfrachtet wurden. Nach fünf Stunden liessen sie ihn wieder frei, glaubten nicht, dass er dazugehörte, mit siebenundzwanzig schon zu alt für die Jugendbewegung. Und er, erstickt von Angst und Scham, verschwieg ihnen, dass Neugier und Neid auf die Leidenschaft der Jüngeren ihn angezogen hatten. So schickten die Beamten ihn in die Nacht hinaus, mit letzten Ermahnungen, in Zukunft die Augen offen zu halten und Chaotenrotten zu meiden, denn bei Krawallen könne die Polizei nicht wählerisch sein, und er, er sagte ja, eine letzte Unterwerfung. Er durfte gehen, ohne weitere Folgen, ausser diesem lächerlichen Reflex, der ihn seit dreissig Jahren vor Polizisten zum Hund macht.

»Was wollen Sie von meinem Sohn?«

Der Jüngere sieht zum Älteren, und der spricht, etwas steif, wie eine amtliche Auskunftsperson, aber höflich: »Wir haben eine Anzeige, wegen Drogen – nur Haschisch, nichts Härteres. Und wir denken, es ist für Ihren Sohn – und auch für Sie als Eltern – einfacher, wenn wir das hier klären und nicht in seiner Schule.«

Kaum hört Bannwart »nur Haschisch«, sackt der Druck in ihm ab und lässt wieder Platz für Luft; er atmet ein, grundlos erleichtert, denn noch immer stehen die Polizisten vor ihm und warten.

»Moment. Ich wecke meinen Sohn. Bitte –«

Mit einem Schritt zur Seite lässt er die beiden herein und schliesst hinter ihnen die Tür. Sie bleiben im Flur, mit dem Rücken zur Tür, als müssten sie einen Fluchtversuch verhindern.

Carola hat Björn schon geweckt. Verstört vor sich hin fluchend hastet er halbnackt im Zimmer hin und her und rafft seine Kleider zusammen und antwortet nicht auf Carolas drängende Fragen, was die Polizei von ihm wolle.

»Sie haben etwas von Haschisch gesagt«, sagt Bannwart.

»Oh Scheisse!«, zischt Björn und zerrt am Reissverschluss seiner Jeans. Das Zimmer sieht aus wie nach einem Wirbelsturm.

»Hier können sie nicht mit ihm reden«, raunt Bannwart Carola zu.

»Bring sie in mein Arbeitszimmer. Aber sag ihnen, dass ich dabei sein will.«

Er kehrt zurück zu den Polizisten, die sich kaum von der Stelle gerührt haben. Ihre unbewegten Gesichter blicken auf Bannwarts grosse Tuschzeichnungen an der Wand. Zweimal die Berliner Mauer, einmal unversehrt und unüberwindbar, einmal besiegt und von Meisseln zerfressen. Erinnerungen an seine frühe Zeit mit Carola.

Sie wissen genau, wer ich bin, denkt Bannwart.

Sie folgen ihm in Carolas sehr aufgeräumtes Büro. Stehend warten sie, bis er aus der Wohnküche zwei Stühle gebracht hat, und setzen sich auch dann noch nicht. Er lässt die Tür offen, sie sollen nicht denken, hinter ihrem Rücken werde etwas vertuscht. Fragen stellt er keine, will ihnen nicht Anlass geben, Antworten zu verweigern. Den Impuls, ihnen Kaffee anzubieten, wischt er ärgerlich beiseite.

Carolas Absätze knallen auf den Parkettboden, lauter als sonst; so tritt sie in der Berufsschule vor ihre Lehrlingsklassen. Hinter ihr trottet Björn mit einem dümmlichen Grinsen, das Coolness ausdrücken soll.

»Gestatten – Carola Bannwart.« Zackig schnellt ihre Hand vor, die Polizisten können gar nicht anders als sie anzunehmen und ihren Namen zu murmeln. »Und das ist Björn.«

Auch Björns schlaffe Hand wird von beiden Beamten kurz berührt.

Das ist der Moment für Bannwarts Rückzug, wortlos weicht er, schliesst die Tür, lässt die Hand noch einen Moment auf der Klinke, hält die Luft an und horcht. Die Stimmen im Zimmer werden nicht lauter, also darf er sich entfernen und Carola allein lassen. Das kann sie besser als er, von ihrer Schule her ist sie solche Situationen eher gewohnt.

Auf dem Frühstückstisch liegt die aufgeschlagene Zeitung neben seinem Teller, und in seiner Espresso-Tasse ist noch ein Schluck. Auf Carolas Teller der angebissene Toast, von dem ein runder Tropfen Honig abgeflossen ist. Und Björns unberührtes Gedeck. Keine Viertelstunde ist es her, dass sie aufgestanden sind, doch ist eine Rückkehr nicht mehr möglich, auch wegen der beiden Stühle, die jetzt fehlen. Der Hausfrieden ist gestört, als wäre eine Wand weggerissen und die ganze Wohnung fremden Blicken ausgesetzt. Und verletzt ist die Intimität des Frühstückstisches.

Niemand soll sehen, wie seine Familie den Tag beginnt.

Bannwart räumt den Tisch ab, Björns Teller zuerst, als er Schritte hört. Björn und der junge Polizist gehen den Flur hinunter zu Björns Zimmer. Als sie zurückkommen, hält der Beamte eine in Silberpapier gewickelte Tafel Schokolade in der Hand.

»Ja, das ist alles. Mehr habe ich nicht«, hört Bannwart seinen Sohn sagen.

Die Polizisten gehen ein paar Minuten später, freundlich bis zum Schluss. Björn muss mit zum Jugenddienst. Carola will ihn begleiten, doch der ältere Polizist sagt, das sei leider nicht möglich. Nur eine Befragung fürs Protokoll, Björn werde wohl schon am Mittag nach Hause können.

Verwirrt und aufgewühlt bleiben Bannwart und Carola zurück.

»Ist es schlimm?«, fragt er.

»80 Gramm Haschisch und eine elektronische Waage. Er hat gedealt, in der Schule. Sein Glück, dass er so schnell erwischt wurde.«

»Und seit wann?«

»Die Waage hat er erst vor zehn Tagen gekauft. Das Haschisch am Wochenende danach. Von seinem Geburtstagsgeld.«

»Ein Dealer! Toll! Was denkt er sich?« Mit der flachen Hand schlägt Bannwart sich an die Stirn. »Weiss er eigentlich, was er damit anrichtet? Und wem er schadet? Dir! Mir! Dieser hirnverbrannte Vollidiot!«

Am liebsten würde er es Björn ins Gesicht brüllen, ihn schütteln und, ja, eine Ohrfeige, die hätte Björn verdient.

»Also, vor allem schadet er sich selbst«, sagt Carola

beherrscht.«Er fliegt von der Schule und hat ein Strafverfahren am Hals. Jugendanwaltschaft. Zum Glück ist
er erst siebzehn.«

»Glück! Ich versteh nicht, wie du da von Glück reden
kannst.«

»Es hätte auch schlimmer kommen können. Wenn
ich an die Jungs in unserer Schule denke... Aber das
soll mir eine Lehre sein.«

»Warum dir? Ihm soll es eine –«

»Nein, mir! Und dir. Wir haben Björn aus den Augen
verloren. Wir arbeiten zu viel und nehmen uns zu wenig Zeit... und plötzlich merken wir, dass unsere Kinder uns fremdgeworden sind. Zuerst Nora mit ihrem
Kopftuch-Spleen und jetzt Björn...«

Sie schüttelt den Kopf, bedeckt ihre Augen mit der
Hand und sieht alt und müde aus. Voll Erbarmen und
Ekel und Schuldgefühlen schaut Bannwart auf die
etwas zu dünne Frau herab, die zusammengesunken
vor ihm auf dem Stuhl sitzt. Unsicher streichelt er über
ihre drahtigen graublonden Locken, kein wirklicher
Trost, das merkt auch Carola und biegt den Kopf zur
Seite.

»Ich muss ins Büro«, sagt er. »Wenn Björn zurückkommt, sag ihm, dass ich heute Abend mit ihm reden
will. Oder besser: dass wir mit ihm reden.«

Carola nickt abwesend.

Nach ein paar Schritten dreht sich Bannwart noch
einmal um.

»Und das Geld – das war wirklich alles von ihm?
Nichts geklaut?«

Carola hebt den Kopf. »Wie? Na hör mal, Björn ist
doch kein Junkie, der seine Eltern bestiehlt. Es war sein
Geld, das er von uns und von Verena zum Geburtstag

bekommen hat. Dazu hat er noch ein paar Sachen von sich verkauft. Den Dolch zum Beispiel.«

»Was? Den Dolch, den ich ihm – das ist doch nicht…! Verkauft das Geschenk von Samis Vater! Hat er überhaupt keinen Respekt?«

»Er kennt den Professor doch nicht«, sagt Carola müde. »Für ihn war es einfach ein altes Messer aus Ägypten.«

»Aber ich habe es ihm gebracht, und mit wie viel Mühe!« Härter als das Haschisch trifft Bannwart diese Gleichgültigkeit, diese Gefühlskälte, diese Verachtung von Björn. »Er muss ihn wieder zurückholen – wie, ist mir egal. Aber ich will den Dolch zurück.«

7

»Ah, der Herr Bannwart… Sekunde.« Geschmeidig schwingt der Stadtpräsident seinen schweren Körper vom Stationary Bicycle in der Ecke seines Büros. Mit einem weissen Tuch tupft er sich die Stirn ab, dann zieht er einen dreiteiligen Paravent mit chinesischen Blütenzweigen vor das Trainingsgerät, rupft im Vorbeigehen sein Jackett von der Lehne seines Schreibtischsessels, lässt die blauweisse Krawatte wie ein Lasso in der Linken baumeln und streckt die Rechte Bannwart entgegen. »Schön, Sie wiederzusehen.«

Seine übliche Formel, Bannwart kennt sie, und doch gelingt es Wiederkehr jedes Mal, diese drei Worte mit der richtigen Dosis Wärme zu beleben. Nicht zu schwül und nicht zu kühl. Genau die Atmosphäre, in der ein fruchtbares Gespräch gedeiht. Früher, als Oberrichter, hatte Bernhard Wiederkehr den Ruf, auch sture Streitparteien zu einem Vergleich bewegen zu können, und nur selten musste er seine Zivilprozesse mit einem Urteilsspruch beenden. Diese Begabung hat ihn vor bald zwölf Jahren in sein politisches Amt getragen. Obschon mittlerweile, aus der Nähe betrachtet, bei ihm deutliche Spuren der Abnützung erkennbar sind, sieht eine solide Mehrheit der Bevölkerung in Wiederkehr noch immer den leutseligen Stadtvater, der über den Parteien, nicht aber über den Bürgern schwebt. Nur alle vier Jahre erinnern Wahlplakate daran, dass er eigentlich Sozialdemokrat ist.

»Praktisch, so was im Büro zu haben«, sagt Bannwart.

»Ein Geschenk unserer Freunde aus Kunming«, ächzt Wiederkehr, während er die Krawattenschlinge um seinen weichen Hals zuzieht.

»Das Rad?«

»Ach, das! Vom Arzt verschrieben. Nein, der Wandschirm. Soll eine Kopie aus einem Kaiserpalast sein. Schönes Stück, nicht? Seidenmalerei und Rosenholzrahmen. Als wir es bekamen, wusste niemand, wohin damit. Da hatte ich diese Idee. Und jedes Mal, wenn eine Delegation aus unserer Partnerstadt kommt, freut sie sich darüber, dass der Herr Oberbürgermeister von Zürich – so nennen die mich – ihr Geschenk in Ehren hält. Sie waren doch auch schon dort?«

»In Kunming? Ja, vor etwa fünf Jahren, aber nur kurz.«

»Ich fliege Ende Monat wieder einmal hin. Ihnen hat es nicht so gefallen?«

»Doch, doch. Aber von unserem Amt sind mehr die Sachbearbeiter gefragt. Die Chinesen wollen vor allem Technik. Verkehrsplanung, Wasserversorgung, Kläranlagen und so. Dafür machen sie ihr ganzes bauhistorisches Erbe platt.«

»Wie wir mit den Fabriken von Zürich-Nord.«

»Das war vor meiner Zeit.«

»Der Bannwart hätte das verhindert, sagen meine Leute.«

»Ich kämpfe gerne für das Neue – wenn es Substanz hat.«

»Wie Metropolis?«

»Metropolis hat Potenzial. Es könnte ein Gravitationszentrum für die Filmwirtschaft werden, das die innovativen Kräfte dieser Branche bündelt und –«

»Kurz: der kreative Kraftort von Zürich.«

Bannwart stutzt. »Also … Kraftort ist mir zu esoterisch. Klingt eher nach Walpurgisnacht und Hexenritual.«

»Dafür versteht es das Publikum. Bestimmt besser als Gravitationszentrum.« Wiederkehr grinst. »Nichts für ungut, lieber Herr Bannwart. Aber auf einem Podium muss man ganz einfach und anschaulich reden. Dann kommt die Botschaft an. Ach, entschuldigen Sie – ich habe Sie noch gar nicht gefragt: Kaffee? Tee? Oder lieber ein Wasser?«

Das Briefing zum Metropolis-Podium dauert weniger lang als Bannwart gedacht hat. Der Stadtpräsident schaut kaum auf die Pläne und die Papiere, die Bannwart auf seinem Tisch ausbreitet, sondern blickt unverwandt auf Bannwarts Gesicht, als sauge er die ganzen Informationen direkt von seinen Lippen weg, und alle paar Sekunden hakt er das Gehörte mit einem knappen Nicken ab, verstanden und verstaut, was etwas ungeduldig wirkt und Bannwart antreibt, schneller zu sprechen. Wiederkehr unterbricht ihn nie, und als Bannwart am Ende aufschaut, bereit für Fragen und Ergänzungen, klatscht der Stadtpräsident beide Hände auf die Schenkel und springt elastisch wie ein Gummiball auf.

»Danke, Herr Bannwart, das war sehr interessant.«

Keine Fragen, keine Diskussionen, nur ein herzhafter Händedruck, und Bannwart ist entlassen.

Blinzelnd steht er in der blanken Märzsonne vor dem Stadthaus. Was anfangen mit der geschenkten halben Stunde? Einen Umweg machen über Noras Buchhandlung? Nur noch zwei Wochen kann er sie dort besuchen. Sie hat gekündigt, Ende Januar, und sie nahm die Kündigung auch dann nicht zurück, als die erschrockene Frau Moosbrugger sie im Februar wieder im

Laden einsetzte. Kein Kunde hat etwas zum Kopftuch gesagt.

Seltsamer Zufall, dass das Ende ihrer Kündigungsfrist just mit dem Ende ihres Experiments zusammenfällt. Bannwart hütete sich, sie danach zu fragen. Andererseits hat er sich beinahe daran gewöhnt, dass Nora mit Kopftuch zu Besuch kommt und es in der Wohnung auszieht, wie es in muslimischen Familien offenbar üblich ist, wenn keine Fremden dabei sind.

Islamische Sitten. Vor den Skiferien hat sich Bannwart einen Koran gekauft, auf Deutsch, und in Sent versuchte er, ihn zu lesen. Er kam nicht weit. Immer nur diese altertümlichen Ermahnungen und Drohungen, alles so hervorgestossen, Eruptionen ohne eine zusammenhängende Geschichte wie in der Bibel, nicht einmal ein richtiger Aufbau, sondern ein blosses Aneinanderreihen der 114 Suren nach ihrer Länge; all das ermüdete ihn rasch, und enttäuscht, auch etwas verärgert, legte er den kleinen, grünen Reclam-Band wieder weg, ohne Nora etwas davon zu sagen.

Ihm fehlt einfach das Sensorium für Religionen. Andere Menschen mögen nach ihrer Façon selig werden, solange sie ihm keinen Gott und keine Kirche aufdrängen. Nora dachte früher gleich, und selbst wenn sie jetzt auf dem Papier – auf welchem Papier überhaupt? – Muslimin sein soll, so glaubt Bannwart nicht, dass das in ihrem Inneren etwas verändert hat. In den drei Monaten kam nie die geringste Andeutung, dass sie bete oder dass sie eine Moschee besucht hätte. Sie trägt das Kopftuch aus politischen Gründen, nicht wegen eines Glaubens. Allerdings, als sie nach der Kündigung sagte, sie wolle sich für das Herbstsemester an der Uni einschreiben, da dachte auch Bannwart zuerst an Islamwissenschaften und war überrascht, dass Nora Juristin werden wollte. Überrascht und erleichtert. Und stolz. Seine Tochter als Rechtsanwältin, die Vorstellung gefällt ihm. Besser als eine schlecht bezahlte Buchhändlerin mit unsicherer Zukunft.

Darum ist es vielleicht auch klüger, jetzt nicht bei Nora vorbeizuschauen. Sie soll nicht auf die Idee kommen, er bedauere es, dass sie ihre Stelle aufgibt. Wohin aber sonst? Um die Ecke ins Metropol zu einem Espresso? Unschlüssig sieht Bannwart zur Uhr des Fraumünsters auf. Fünf nach halb elf. Was soll's. Den Kaffee kann er auch im Büro trinken.

Schon am Telefon, als sie Bannwart zu sich hinauf bestellte, klang die Chefin angespannt. Nun, da er vor ihr sitzt, starrt sie ihn aus geweiteten Augen an und sagt düster: »Ein Unglück ist geschehen. Eine Katastrophe.« Sie macht eine Pause, holt Luft. »Der Stadtpräsident! Er kann heute nicht.«

Bannwart zieht die Brauen hoch. »Terminkollisionen?«

Bernhard Wiederkehr ist in der Stadtverwaltung bekannt dafür, dass er manchmal mehr verspricht als er halten kann.

»Schlimmer: das Herz!«

»Oh! Aber doch nicht...?«

»Nein, Gottseidank. Aber im Spital. Ein Infarkt, ein leichter zwar«, sie senkt die Stimme, »doch nicht sein erster. Aber das ist topsecret!«

Also wissen es schon viele. Für Bannwart jedoch, der nicht zur engeren Umgebung des Stadtpräsidenten gehört, ist es neu. Das bedeutet, dass Wiederkehr in einem Jahr kaum mehr für eine vierte Amtsperiode antreten wird und dass Marlen Zollinger bestimmt schon Fäden spinnt, um ihn zu beerben.

»Am Montag war er noch ganz fit. Er freute sich darauf, neben Margrit Sommer auf dem Podium zu sitzen ... Ja, so schnell kann es uns treffen. Tragisch.« Wie eine Spindel zwirbelt sie den silbernen Kugelschreiber zwischen ihren langen Fingern. »Die Sommer – wie alt ist sie eigentlich?«

»Bald achtzig. Nächstes Jahr, glaube ich.«

»Zwanzig Jahre älter als Bernhard ... und noch so in Form! Beneidenswert. Dreht wieder einen Film, habe ich gehört?«

»Ja, eine Komödie. Darum war es so schwierig, einen Termin mit ihr zu finden.«

»Das Podium – was machen wir jetzt?« Schnurgerade blickt sie Bannwart in die Augen.

»Ich denke, in dieser Notsituation können jetzt nur Sie –«

»Nein! Unmöglich!« Hände und Kugelschreiber knallen auf die Pultplatte.

Bannwart stellt sich dumm. »Wer sonst könnte die Stadt vertreten? Die politische Verantwortung für Metropolis ...«

»Die übernehme ich voll und ganz! Aber das Podium ... die Diskussion dreht sich doch vor allem um Architektur, um Stadtplanung, um ... Fragen, die ein Fachmann präziser beantworten kann als ein Politiker.«

»Immerhin wollte der Stadtpräsident.«

»Das ist was anderes. Bernhard ... Sie kennen ihn ja ... ist zwar durch und durch Politiker – und was für einer.« Ihre Mundwinkel deuten Respekt wie Bitterkeit an. »Trotzdem halten ihn alle für einen Mann des Volkes. Niemand beherrscht die Kommunikation mit dem Bürger so wie er. Gerade bei Metropolis wäre es wichtig, die Politik herauszunehmen – Sie verstehen?«

Bannwart runzelt die Stirn. »Die Volksabstimmung. Ist das keine Politik?«

Unwirsch schüttelt die Stadträtin den Kopf. »Natürlich ist das Politik – gerade deswegen sollten wir aus Metropolis kein Politikum machen. Das Projekt muss die Leute als das überzeugen, was es ist: eine Chance und ein Gewinn für unsere Stadt. Wirtschaftlich und kulturell. Mit Politik hat das nichts zu tun. Das ist doch auch Ihre Haltung, oder?«

»Nun, zu Metropolis kann ich ohne Wenn und Aber stehen. Städtebaulich unbedingt. Nur… Städtebau ohne Politik, das gibt es nirgends auf der Welt.«

»Weiss ich doch, weiss ich doch. Wir verstehen uns ja, Herr Bannwart.« Ihre Stimme wird weicher. »Darum zähle ich heute auf Sie: Bitte helfen Sie uns. Gehen Sie aufs Podium! Niemand weiss über Metropolis so viel wie Sie. Bitte…«

Kindlich neigt sie den Kopf, wie hellblaue Markisen im Wind flattern ihre Lider über den Augen und ihre Lippen kontrahieren zu einem altrosa Herz.

Disney-Goldfisch. Bannwart lässt sie noch ein wenig zappeln. »Ich würde ja gerne – bloss…«

»Sie müssen, Herr Bannwart. Sie müssen!«

»Kein Mensch muss müssen«, erwidert er, und weil er unwillkürlich lächeln muss, schöpft die Chefin Hoffnung.

»Sie dürfen mich nicht im Stich lassen. Ich brauche Sie. Ganz dringend.«

»Dann bleibt mir wohl keine andere Wahl.« Mit einem verlogenen Seufzer erhebt er sich.

Stadträtin Marlen Zollinger lässt ihr sieghaftes Amazonenlächeln erstrahlen. »Herr Bannwart, das vergesse ich Ihnen nie!«

Vinz Kellenberger weiss schon, dass Wiederkehr ausfällt: eine Diskushernie, hat man ihm gesagt. Er ist am Telefon hörbar verstimmt, als Bannwart ihm mitteilt, dass er den Ersatzmann spielen müsse. Natürlich hätte Vinz lieber den Stadtpräsidenten auf dem Podium. Oder wenigstens Stadträtin Marlen Zollinger. Als Talkmaster geniesst er es, seine Stimme des Volkes gegen die Mächtigen, die er gerne duzt, zu erheben, stolz auf seine inquisitorischen Fragen, die oft nur ruppige Unterstellungen sind. So poliert er seinen Glanz, indem er sich an Prominenten reibt. Doch lässt er auf jeden rebellischen Ausfall sogleich einen kleinen Bückling folgen, der seinem Gegenüber schmeichelt und es wieder versöhnt. Für solche Paraden ist Bannwart kein geeigneter Widerpart, das Publikum kennt ihn nicht. Und das Projekt Metropolis interessiert Vinz zu wenig – er fragt nur, ob die neuen Studios auch Weltstars anziehen könnten, und wenn ja, welche. Dass dort in erster Linie digitale und technische Produktionsstätten entstehen sollen, quittiert er mit einem Knurren.

Bannwart nimmt das Dossier Metropolis nicht mehr hervor. Alles Wichtige hat er im Kopf, um die tausend Details braucht er sich heute nicht zu kümmern. Es geht um das grosse Ganze, die Vision, die Chance. Davon muss er das Publikum im Kaufleuten-Saal überzeugen, dann werden ihm auch die Zuschauer am Bildschirm folgen.

Zur Einstimmung steigt Bannwart am Nachmittag hinab zum Stadtmodell. Zwei Stockwerke unter seinem Büro füllt es einen grossen Raum aus, der nur durch einen schmalen Fensterstreifen in einer Ecke ein wenig

Tageslicht erhält. Vom dunklen Nachthimmel der Decke leuchten über hundert kleine Spotlights, unregelmässig angeordnet wie Sternbilder senden sie ihre Strahlen senkrecht herab auf die hölzerne Stadt Zürich im Massstab eins zu tausend. Fünfzigtausend kleine Klötzchen. Bannwarts Amtshaus IV ist so gross wie seine Daumenbeere, und zwei Gebäude dahinter, am Rand der Bahnhofstrasse, ragt der Turm der Sternwarte wie ein winziger Penis knapp über die Dächer. Doch das bemerkt nur, wer dem Zentrum nahekommt. Das ganze Modell ist auf Quadranten gebaut, die auseinander geschoben werden, wenn sich Architekten und Baubehörde an irgendeiner Stelle der Stadt niederkauern wollen, um zu beurteilen, wie ihr Projekt sich in seine Umgebung fügt. Denn dieses Modell zeigt nicht nur die Stadt von heute, sondern auch die Bauten von morgen. Eierschalenweiss heben sie sich vom Holzbraun ab. Alle diese hellen Stellen sind durch seine Hände gegangen. Bei jedem Besuch erfüllt es Bannwart mit Stolz, wie sichtbar seine Arbeit die Stadt prägt. Die Hochhäuser und Grossbauten von Zürich-West, die kompakte Europaallee neben den Gleisen des Hauptbahnhofs und Zürich-Nord mit dem Metropolis Media Center.

Vom langen Sitzungstisch an der Wand nimmt Bannwart einen Stuhl und setzt sich vor die Nord-Ecke des Modells. Er ist allein im Raum, niemand stört seine Ruhe. Wie im Mondlicht liegt die Stadt vor ihm: gross und flach. Das Modell zeigt die Wirklichkeit genauer als der Anblick im Freien. Von der City aus gesehen scheinen der Zürichberg und der Käferberg markante Hügel mit Waldkronen zu sein. Das Modell entlarvt sie als sanfte Wellen im Gelände; allein der Uetliberg auf der anderen Stadtseite verdient den Namen Berg.

Bannwart verschränkt die Arme, lehnt sich zurück und lässt den Kopf sinken. Jetzt ruht sein Blick auf Metropolis. Ein sichelförmiger Sockel, aus dem der Wohnturm wächst. Eine Hacke mit kurzem Stiel. Ein Leuchtturm, ein Markstein, ein Bollwerk gegen den Siedlungsbrei des Glatttals. Hier beginnt die Metropole. Früher wäre es ein Stadttor gewesen. Heute ein Zentrum der Kreativwirtschaft. Kraftvoll. Ein Kraftort? Wiederkehr müsste weniger fressen und saufen. Das Fahrrad, Opium für das schlechte Gewissen, rettet sein Herz nicht. Marlen Zollinger als Stadtpräsidentin? Er bekäme einen neuen Chef, seinen dritten. Oder wäre es dann, nach zwölf Jahren, auch für ihn langsam Zeit? Nur wohin? Dort in den Klötzen auf dem Hönggerberg – auch das kein richtiger Berg – ist die Architekturabteilung der ETH. Kommt Zeit, kommt Rat. Nach Metropolis will er die Fühler ausstrecken. Vielleicht auch eine Hochschule in Deutschland. Langsam erhebt er sich, stützt die Hände in die Hüften und biegt den Rücken ins hohle Kreuz. Alle die weissen Flecken dieser Stadt. Wenn es für ihn einen Kraftort gibt, dann ist es dieser Raum.

Vor dem Amtshaus ballt sich der abendliche Stossverkehr der City. Auf der Uraniastrasse stocken die leeren Autos der Pendler, während prall gefüllte Trams durch die Bahnhofstrasse röhren. Bannwart geht zu Fuss zum Kaufleuten. Das ist der wahre Puls der Stadt: der Schritt des Flaneurs kreuz und quer durch das urbane Zentrum, das alles, was ein Mensch brauchen kann und sehen will, vor seinen Augen ausbreitet und ihm zu Füssen legt. Der Fussgänger ist es, der die Stadt zusammenhält. Wie das Blut und der Sauerstoff zirkuliert er durch das Hirn der Zivilisation, deren Nervenbahnen die kurzen

Fusswege sind, die die Ereignisse und Orte so dicht ver-
weben, dass die Stadt zum Leben erwacht.

Beschwingt biegt Bannwart bei der UBS in die Peli-
kanstrasse, unter den grauen Granitbalken der Pavillon-
Skulptur hindurch, eine verschmitzte Lust, durch die
sieben Tore des Max-Bill-Tempels zu schreiten wie ein
Kind, während alle Erwachsenen respektvoll oder acht-
los aussenherum gehen.

Zwei Minuten später ist er am Pelikanplatz, etwas
knapp vor Beginn. Mit Entschuldigungen nach links
und rechts zwängt er sich durch die Traube älterer
Menschen vor dem Kaufleuten und schlüpft durch die
Tür. Das Foyer ist voll, bereits lassen sie das Publikum
in den Saal abfliessen, doch sieht Bannwart weder
Vinz Kellenberger noch Margrit Sommer. Neben dem
Saaleingang steht eine junge Frau mit Kopfhörern und
spricht in den Mikrofonbügel vor ihrem Mund.

»Verzeihung… Bannwart. Ich suche Herrn Kellenberger.«

»Herr Bannwart! Na endlich! Vinz ist wütend. Er hat
schon die Stadträtin Zoller angerufen.«

»Zollinger. Aber es ist ja erst…«

Die Frau hört nicht zu. Mit einer Hand hält sie Bann-
warts Handgelenk fest, mit der anderen winkt sie einer
Kollegin: »Lara, wir haben ihn. Er muss sofort in die
Maske.«

Auch diese Lara, beinahe noch ein Teenager, misst
ihn mit vorwurfsvollem Blick, während ihr Kiefer nervös auf einem Kaugummi herumhackt. Halb belustigt,
halb verärgert über diese aufgeputschte Hektik folgt
Bannwart ihr über Treppen und durch Korridore bis in
eine Garderobe.

»Da kommt der Letzte«, sagt Lara unter der Tür.

»Soll Platz nehmen.« Die Maskenbildnerin dreht sich nicht um, Bannwart sieht nur ihren gebeugten schmalen Rücken und den Hinterkopf, dessen kurze schwarze Locken von einem roten Tuch oder Band umwunden sind. »Bin hier in einer Minute fertig.«

Auf einem Liegestuhl, unter einer grellen Lampe, liegt mit geschlossenen Augen die Volksschauspielerin Margrit Sommer. Ein grosser blauer Latz deckt vom Hals abwärts ihren Oberkörper ab. Die unbarmherzige Sonne und eine dicke Schicht Puder verwandeln das reglose Gesicht in eine ausgedörrte Wüstenlandschaft, durch die sich tiefe Gräben und Risse ziehen; Erosionen vieler Jahrzehnte zerfurchen diese ockerfarbene Ödnis, aus der jedes Leben gewichen scheint.

Bannwart erschrickt.

Wie im Sarg.

Die Maskenbildnerin zieht die dünnen Brauen mit einem brauen Stift nach. Nichts lässt erkennen, dass hier die grosse Komödiantin liegt, die vor einem Jahr mit einem Liebesfilm das Herz vieler Frauen, die ihre Enkelinnen sein könnten, erobert hat. Alle Falten und Fältchen, die sonst wie Sonnenstrahlen Margrit Sommers Herzlichkeit aussenden, zeigen jetzt nur die Bitternis des Alters, und die Lippen des berühmten lachenden Mundes hängen welk und blass auf beiden Seiten herab.

Die Kosmetikerin tupft einen feinen Pinsel zweimal in ein Döschen und lautlos bewegt sie ihre Lippen, als schminke sie sich selbst, während sie mit weinroter Farbe den Mund der Schauspielerin ausmalt. Schliesslich sagt sie »So!« und nimmt etwas Abstand, um ihr Werk zu betrachten.

Margrit Sommer schlägt die Augen auf, zwei frischblaue Quellen, die unter ihren verwitterten Deckeln nur darauf gewartet haben, endlich wieder sprudeln zu dürfen, und der rote Mund weitet sich zum grossen Lächeln, das alle Falten des Gesichts in seinen Dienst stellt – die Filmgrossmutter des Landes kehrt ins Leben zurück.

Bannwart reicht ihr die Hand, um ihr aufzuhelfen.

»Bannwart. Wir haben telefoniert...«

»Ja, natürlich, der Herr Bannwart vom Stadtpräsidium...«

»Vom Amt für Städtebau. Es freut mich sehr, dass gerade Sie, Frau Sommer, heute mit mir Metropolis verteidigen.«

»Aber man muss doch kämpfen für den Film. Jeder Film ist ein Kampf und am Schluss sind alle –«

»Entschuldigung, Frau Sommer.« Lara tippt ihr auf die Schulter. »Ich soll Sie gleich zur Bühne bringen. Vinz wartet schon.«

»Oh, wir dürfen den guten Vinz nicht warten lassen. Kein Regisseur wartet gern.« Kokett zwinkert sie Bannwart zu und geht ab.

Die Maskenbildnerin blickt Bannwart prüfend an: »Und was machen wir mit Ihnen? Ein bisschen Puder auf Nase und Stirn?«

»Sie dürfen alles machen, wenn ich mich nur nicht hinlegen muss.«

»Da merkt man gleich, dass Sie kein Schauspieler sind. Die legen sich bei mir noch so gerne hin.«

Sie schaut ihn von unten an, mit schrägem Kopf und einem halben Lächeln.

Unsicher wendet er sich ab.

»Dann nehme ich diesen Stuhl?«

»Bitte, Herr Bannwart.«

»Woher wissen Sie – ach ja, weil Frau Sommer…«

Er setzt sich. Schon hat sie ihm von hinten diesen blauen Latz umgehängt. Er lehnt sich leicht zurück, in die Mittagshitze der Lampe. Leise vor sich hin summend, beugt sich die Frau über ihn. Die Wärme, stellt er sich vor, das sind die dunklen Augen, die auf ihm ruhen, sehen kann er sie nicht, im Lichtkranz sind nur die orientalische Nase mit dem scharfem Grat, die Wangenknochen und die feinen Lippen. Dieses halbe Lächeln, noch immer, und im Kinn ein Grübchen, Ende dreissig, vielleicht Anfang vierzig, eine Magierin aus dem Morgenland, die sein Gesicht mit ihrem unendlich weichen Zauberpinsel streichelt, um ihn einzuschläfern, und während er in kleinen Schauderwellen versinkt, wächst in ihm das träumerische Verlangen, die Hände nach diesem Kopf auszustrecken, ihn an sich zu ziehen und zu küssen.

Kurz krallt er die Finger in seine Schenkel und räuspert sich.

»Lampenfieber?«

»Ich? Wieso…? Vielleicht ein bisschen. Es geht um viel.«

»Na dann: toi-toi-toi.« Und dreimal platzt die Zungenspitze zwischen den Lippen. Dann nimmt sie ihm den Umhang ab und tritt einen Schritt zurück.

Langsam richtet Bannwart sich auf. »Und? Bin ich ein anderer geworden?«

»Wollten Sie das? Dort ist ein Spiegel.«

Gerade will er fragen, ob sie aus Ägypten komme, da stürmt diese Lara herein: »Gut, dass Sie fertig sind. Unten ist schon alles bereit. Kommen Sie.«

Mit stummem Widerwillen folgt er ihr um viele Ecken und einige Treppen hinab bis auf die leere Bühne, wo Vinz Kellenberger mit den drei anderen steht. Durch den geschlossenen Vorhang dringt das Stimmengebrodel des Publikums. Ein Techniker fingert an Bannwarts Revers herum, um ihm das Mikrofon anzuheften. Bannwart wird kurz seinen Gegnern vorgestellt. Den Fraktionspräsidenten der Volkspartei kennt er flüchtig. Lorenz Trösch presst ihm hart die Finger zusammen und öffnet den schiefen Mund kaum, während er etwas Unverständliches knurrt und den kantigen Schädel mit der eisgrauen Stachelfrisur senkt. Ein Stier, der Mass nimmt. Die Alternativen haben eine Frau geschickt, Viviana Nievergelt, eine etwas heisere Architektin, der Bannwart noch nie begegnet ist. Eine kräftige Frau in einem weiten, schwarzen Kleid wie eine tiefe Glocke und einem blutroten Schal um den Hals. Neben ihr sieht die zierliche Margrit Sommer wie ein Kind aus.

Vinz Kellenberger steht etwas abgewandt und schneidet Grimassen, mit offenem Mund stülpt er die Lippen vor und zurück, als ob er stumm in die dunkle Bühnenecke schriee, dazu schüttelt er beide Hände, dass die Finger flattern. Dann dreht er sich um und sagt gebieterisch: »Und los geht's!«

Lara hält ihnen an der Seite den Bühnenvorhang einen Spalt weit auf, während sie im Gänsemarsch hinter Vinz ins Licht der Scheinwerfer treten. Vereinzelter Applaus plätschert auf und wird entschlossener, als Margrit Sommer gegen alle Regieanweisungen kurz an der Rampe anhält und sich zum Saal hin verneigt. Beinahe wäre Bannwart auf sie aufgeprallt.

Vinz steht schon vor einem roten Plüschsofa. Wie ein eifersüchtiges Kind streckt er beide Arme aus. »Margritli, bitte, bitte komm zu mir.«

Schmachtend ahmt Margrit Sommer seine Geste nach: »Aber Vinz, wir dürfen doch jetzt nicht Händchenhalten.«

Und gemütvoll lacht es aus dem Publikum. Kellenberger dirigiert Bannwart auf den Sessel rechts vom Sofa und Nievergelt und Trösch auf zwei Fauteuils links. Er selbst nimmt auf der linken Sofaseite Platz, in der Mitte zwischen den gegnerischen Lagern.

»Noch genau einen Monat – dann wissen wir es!« Grimmig blickt Vinz Kellenberger in die Fernsehkamera vor ihm im Saal. »Dann hat das Stimmvolk entschieden. Es ist die wichtigste Entscheidung des Jahres: Soll unsere Stadt dem mächtigen Hollywood die Stirn bieten oder nicht? Soll der internationale Film hier einen stolzen Standort bekommen – oder müssen wir Widerstand leisten gegen die Überfremdung aus dem Norden? Das sind Fragen, die unsere Stadt aufwühlen...«

Um Gotteswillen. Bannwart faltet die Hände im Schoss und lehnt sich zurück, bis die Sessellehne knackt. Sie sitzen in Louis-seize-Imitationen, Kitschmöbel für einen ägyptischen Salon, wenn sie nicht schon so abgewetzt wären. Hinter ihnen glüht der hohe Samtvorhang in majestätischen Purpurfalten und degradiert den hellroten Seidenschal der Architektin Nievergelt zu ordinärem Tand. Sie wird es auch bemerken und leiden. Die Scheinwerfer blenden, Bannwart sieht nur bis in die ersten paar Zuschauerreihen, aus denen die Gesichter als fahle Monde schimmern. Frauen und Männer mittleren Alters scheinen es zu sein. Falls auch Jüngere gekommen sind, sitzen sie vielleicht im Halbdunkel hinten.

»... und darum frage ich als Ersten unseren Mister Metropolis: Herr Stadtbaumeister Bannwart, warum wollen Sie diesen mächtigen Klotz in unsere Stadt stellen?«

Kellenberger schiebt die Kinnlade vor und fixiert Bannwart mit strengem Blick.

Warmer Schweiss am Rücken. Er ist überrumpelt, holt Atem und stösst ihn mit einem Seufzerlachen aus.

»Ja, wenn ich das könnte, dann wäre alles viel leichter! Wenn ich wirklich die Macht hätte, irgendwelche Klötze in die Stadt zu stellen, dann würde ich zuerst einmal ein paar Klötze aus der Stadt herausnehmen, die uns alle stören ...«

Zwei, drei Lacher aus dem Dunkel machen ihm Mut.

»Aber ich bin kein König. Sonst müsste mich Vinz Kellenberger nicht so kompliziert vorstellen. Die Könige des Metropolis-Projekts, das sind die privaten Bauherren – und Sie, die Stimmbürgerinnen und Stimmbürger der Stadt. Mein Amt ist eher der Diener der Stadt: Wir schauen, dass der Bau richtig platziert wird. Und dass er gut aussieht.«

»Ein Protzklotz sieht nie gut aus!«, ruft Lorenz Trösch. »Der gefällt höchstens ein paar deutschen Wichtigtuern.«

»Nein, den Schweizer Bonzen«, widerspricht die Architektin halb an Trösch und halb an Bannwart gewandt. »Die warten nur auf ihre Luxuslogen im Wohnturm.«

»Und schon sind wir mitten in der heissesten Diskussion!« Vinz hebt beide Hände, als erwarte er einen Ballwurf. »Warum aber braucht der Film – warum braucht Zürich dieses Metropolis Media Center? Margrit, kannst du mir das sagen?«

Er blickt der alten Schauspielerin tief in die Augen.

Margrit Sommer strahlt zurück, bevor sie ihr Lächeln

ins Publikum schwenkt, das auch sie nicht wirklich sehen kann. »Weil ich doch noch mindestens zehn schöne Filme drehen will, Vinz«, sagt sie mit einem mädchenhaften Augenaufschlag. »Darum braucht der Schweizer Film Metropolis.«

Vollkommener Unsinn, digitale Labors sind keine Studios, aber das scheint weder die Sommer noch das Publikum zu interessieren. Die Leute klatschen aus Freude an der Komödie. Es war eine gute Wahl, die Volksschauspielerin als Partnerin zu gewinnen, und es stört Bannwart nur wenig, dass Vinz Kellenberger sie in einer Weise hofiert, die fast schon parteiisch wirkt. Beim Publikum kommt sie an, und das ist gut für Metropolis.

»Diese Traumfabrik für die Reichen zerstört die gewachsenen Strukturen«, sagt die heisere Architektin der Alternativen. »Die Kleinkörnigkeit des Stadtrandes geht verloren. Potentieller Wohnraum für kleine Leute wird dem Maximalprofit geopfert, für Luxus-Eigentumswohnungen statt für den gemeinnützigen Wohnungsbau. Und dafür verschenkt die Stadt wertvolles Land...«

»Halt! Stop!«, fährt Bannwart dazwischen. »Die Stadt verschenkt gar nichts. Sie verkauft zum Marktwert einen Landstreifen, der im Verhältnis zum ganzen Metropolis-Areal etwa so schmal ist wie Ihr roter Schal im Vergleich zu Ihrem Kleid...« Glucksen im Saal. »Das war Land, das die Stadt vor dreissig Jahren gekauft hat – nicht für eine Wohnsiedlung, sondern für eine Strassenverbreiterung. Das brauchen wir nicht mehr. Wir wollen mehr Qualität am Nordrand der Stadt. Was haben wir denn dort? Alles andere als Kleinkörnigkeit: eine Kläranlage, eine Kehrichtverbrennungsanlage, eine grosse Busgarage, ein Zivilschutzzentrum, den ganzen Fernsehkomplex – lauter sperrige Infrastruktur, die niemand in der Innenstadt haben wollte.«

»Metropolis will dort auch niemand!«, krächzt Viviana Nievergelt. »Dieser Filmpalast passt nicht in die Landschaft des Glatttals.«

»Und wie das passt! Gerade am Rand zum Glatttal, wo die ehemaligen Dörfer zusammengewachsen sind zu einem Brei – ein kleines Ruhrgebiet ohne Bergbau und Kohle – gerade an dieser Grenze darf sich die Stadt doch nicht einfach in Banalitäten verkrümeln. Hier muss sie markieren, muss sie zeigen, wo die Metropole beginnt. Der Metropolis-Bau ist ein solches Zeichen.«

»Und die Menschen? Sie vergessen die kleinen Leute, die vertrieben werden, nur weil Sie Ihre grossartigen Zeichen setzen wollen.«

»Das ist leider Unsinn, verehrte Kollegin.« Bannwart redet schneller, denn er sieht Vinz schon ganz nervös auf dem Sofa herumrutschen. »Kein Mensch wohnt heute auf dem Metropolis-Areal – die Menschen kommen erst. Weil wir seit ein paar Jahren diese Randzone ganz gezielt aufwerten. Das preisgekrönte Schulhaus Leutschenbach –«

»Preisgekrönt! Ha!«, ruft Lorenz Trösch aus. »Millionen verschleudert für ein Architektendenkmal! Und Metropolis ist auch nicht besser. Ein Ausverkauf ans Ausland: Deutsche Investoren bauen den Protzklotz, und Deutsche kaufen die Wohnungen dort. Am Schluss müssen wir noch alle Hochdeutsch sprechen, weil der Stadtrat unsere Stadt den Fremden ausliefert.«

»Herr Trösch, Sie erstaunen mich«, antwortet Bannwart ganz ruhig. »Als Unternehmensberater müssten Sie es doch besser wissen. Sie reden immer vom Ausverkauf der Heimat und vergessen, dass der Zürcher Unternehmer Urs Manz Eigentümer des Hauptgrundstücks ist. Beleidigen Sie da nicht eine alteingesessene Familie? Der Maschinenfabrik Manz verdankt die Stadt Zürich einen schönen Teil ihres heutigen Wohlstands. Und wenn nun der Erbe dieser alten Familie die Tradition weiterführt und in neue Technologien investiert – müsste Zürich da nicht stolz darauf sein?«

Ein paar Zuschauer klatschen, von hinten ertönt ein kurzer Pfiff.

Trösch bekommt einen roten Kopf. »Sie wissen genau, was ich meine. Das Geld kommt aus Deutschland – und aus Russland.«

»Auf den Schweizer Banken liegt viel, viel Geld aus Deutschland.« Bannwart spricht sanft wie zu einem Kind. »Sie wollen also, dass wir diese Banken deshalb deutsche Banken nennen?«

»Natürlich nicht!«, schnaubt Trösch durch das Gelächter. »Aber hier geht es –«

»– aber hier geht es um den Film«, reisst Vinz die Gesprächsführung wieder an sich und senkt seine Stimme zu einem verschwörerischen Raunen: »Margrit Sommer, Hand aufs Herz! Wenn du einmal ganz, ganz ehrlich bist: Gefällt dir dieser moderne Metropolis-Bau?«

»Aber Vinz, ich bin doch immer ehrlich.« Die Volksschauspielerin macht Kulleraugen. »Und Metropolis, ja, das gefällt mir ganz besonders. Diese moderne Architektur ist doch etwas Wunderbares. Schau dir nur meine Brosche an – das ist Design!«

»Unsere Margrit Sommer«, jubelt Vinz ins Publikum. »Ganz auf der Höhe der Zeit.«

Der gewünschte Applaus schwappt hoch.

»Und – so frage ich unseren Stadtbaumeister – wird

Metropolis zu solch einer Brosche am Busen unserer Stadt?«

»Ich weiss nicht recht, Vinz Kellenberger, wo genau Sie den Busen unserer Stadt sehen.« Bannwart hält einen Moment inne, um der verklemmten Heiterkeit Raum zu lassen. »Ist es der Zürichberg? Die beiden Kuppeln von ETH und Uni? Oder eher der Seebusen?« Das Kichern wird ungenierter. »Ich möchte mich ja nicht an der Anatomie unserer Stadt vergreifen. Aber das kann ich Ihnen sagen: Metropolis wird ein kreativer Kraftort der Stadt sein! Ein Magnet, der neue Ideen und neue Arbeitsplätze anzieht. Ein Kraftort der digitalen Erfindungen, die in die Welt ausstrahlen. Ein Kraftort für die Film- und Kommunikationstechnologie der Zukunft. Das wird mehr als nur eine Brosche am Busen der Stadt sein – das wird ein goldener Oscar für unsere Stadt, meine Damen und Herren!«

Er ist lauter geworden, er spricht sie alle an, er schaut in ihre Gesichter, so weit er sehen kann, er bewegt ihre Hände, hört ihr Klatschen, und er spürt die warme Welle, die ihn höher und höher trägt. Wie ein Adler schwebt er in der Thermik.

Wir haben gewonnen. Das weiss er, als er sich durch die Menschen bahnt, die ihn von der Seite anschauen, als warteten sie auf seine Erlaubnis, ihn ansprechen zu dürfen. Er aber, ausgedörrt von den Scheinwerfern und ausgehöhlt von der Diskussion, hält den Blick starr in die Saalecke gerichtet, wo die runde Bar steht.

Da stellt sich ihm jemand in den Weg, Bignia Giacometti, die ihm im Gedränge atemlos gratuliert, und er beugt sich nieder und drückt ihr einen schnellen Kuss auf den Mund.

Sie fasst sich an die Lippen. »Hoppla?«

Er hält sie an der Schulter. »Bignia, entschuldige! Das ist mir rausgerutscht. Die ganze Aufregung…«

Sie nickt zweimal und dreht sich aus seinem Griff. »See you.«

An der Bar bestellt er ein Bier. Ihm ist, als kribble es noch in seiner Oberlippe. Der Kuss kann niemandem aufgefallen sein, viel zu kurz, um mehr zu bedeuten als eine Begrüssung. Er drückt das kühle Glas an den Mund, jetzt ist es nur noch der Schaum, der prickelt, und in grossen Zügen trinkt er das Glas halb leer.

»Da sind Sie ja.« Vinz Kellenberger stützt einen Ellbogen auf die Theke. »Ich habe im Restaurant einen Tisch für Margrit Sommer und mich reserviert. Wollen Sie nicht mit uns essen?«

»Ich weiss nicht, ich glaube, sollte noch…«

»Na, dann ein andermal. Aber das war schon Klasse heute Abend, Margritli und Sie…« Kumpelhaft grinsend schiebt sich Vinz näher. »Vom Publikum hier hätten Sie am Schluss alles haben können. Sogar eine Moschee.«

»Welche Moschee?«

»Irgendeine… für Ihre Tochter.«

»Arschloch«, sagt Bannwart und bleckt die Zähne.

Kellenbergers Gesicht schnurpft zusammen, die Augen schmal wie Schiessscharten. Doch da Bannwart sein Lächeln bis zum Krampf überdehnt, glaubt Vinz an einen Witz und entspannt sich wieder.

»Kreativer Kraftort – hahaha. Dafür hätten Sie einen Oscar verdient. Also dann…« Lässig hebt er die Hand und geht, nach links und rechts nickend, als sammle er von den letzten Leuten, die noch im Saal stehen, Huldigungen ein.

8

Mitten im Büro bleibt Kris Matter plötzlich stehen, hebt die Nase und schnuppert dreimal. Gross und knochig wie die Elchkuh, die Bannwart vor Jahren auf einer Studienreise durch Finnland gesehen hat. Am anderen Ufer eines schmalen Sees stand sie mit ihrem Kalb und reckte den Kopf, so wie jetzt Kris. Und als sie Bannwart witterte, machte sie kehrt und stakste zurück in den Wald.

»Die Blumen«, sagt Kris.

»Duften sie noch?« Zweifelnd sieht er zur Vase auf dem Aktenschrank, auf dessen schwarzlackiertem Blech ein paar zerknitterte rosa Blütenblätter liegen.

»Sie faulen. Nicht die Rosen, das andere Gemüse.«

Sie geht zum Strauss und zupft mit zwei Fingern einen verblühten Lilienzweig so weit heraus, dass der Stiel sichtbar wird, schlapp und braun wie eine nasse Schnur. Kris lässt den Zweig wieder in die Vase sacken.

»Du müsstest jeden Tag das Wasser wechseln.«

»Als ob ich Zeit für Blumenpflege hätte! Ich hätte sie ja gleich weitergeschenkt ...«

»Klar. Aber eine Woche reicht. Die Chefin hat gesehen, dass du ihnen einen Ehrenplatz gibst. Und jetzt darfst du sie wegschmeissen.«

»Mach ich. Gleich nachher.« Mit leisem Ekel blickt Bannwart auf den weissen Porzellanbauch der Vase, in dem die verborgenen Zersetzungsprozesse ablaufen. Nun glaubt auch er den Verwesungsgeruch zu wittern.

»Hast du die neusten Inserate in den Quartierblättern gesehen?« Kris Matter breitet ein paar herausgerissene Zeitungsseiten auf dem Sitzungstisch aus. »Jetzt schiessen sie gegen die Russen. Hier: ‹Kein Protzklotz für die Russenmafia!› Und da: ‹Hinter den Deutschen kommen die Russen!›«

»Denen fällt auch nichts mehr ein«, sagt Bannwart. »Wie wäre es mit den Chinesen? Die gelbe Gefahr oder die asiatische Grippe?«

»Nimm's nicht zu leicht. In Wilks Firma ist tatsächlich russisches Geld. Und die Hamburger Staatsanwaltschaft untersucht wegen Verdacht auf Geldwäscherei.«

»Kann man in Russland dem Staat mehr trauen als den Oligarchen? Wilk investiert in vielen Ländern. Mag sein, dass nicht alles Geld ganz lupenrein versteuert ist. Aber das Metropolis-Grundstück gehört Manz, die Architekten sind Holländer, und die Bauvorschriften und das Controlling machen wir. Da müssen wir doch keine Angst haben vor ein paar verrückten Inseraten.«

»Die Stimmung kann kippen.«

»Seit wann bist du so eine Schwarzmalerin, Kris?« Sogar wenn sie sitzen, muss er zu ihr hochschauen. Eins neunzig wird sie sein, mindestens. »Die Medien sind samt und sonders für das Projekt. Was soll da schiefgehen?«

Seine Stellvertreterin reibt sich das lange Elchkinn. »Gerade weil alle Medien für Metropolis sind, könnten die Leute das Gefühl bekommen, man wolle ihnen etwas aufschwatzen.«

»Ist doch Quatsch! Jedes Detail von Metropolis liegt offen auf dem Tisch, nachprüfbar für alle: die Pläne, das Modell, das Verkehrskonzept – alles. Und es kostet die Stadt nichts. Mit dem Landverkauf macht sie sogar ein Geschäft. Ganz abgesehen von den neuen Steuerzahlern, die kommen. Warum also soll das Volk diesen Gestaltungsplan ablehnen?«

Kris nickt schweigend, aber nicht überzeugt.

Könnte es sein, dass sie ihm den Erfolg missgönnt? Noch heute bekommt er Lob für seinen Auftritt im Kaufleuten. Da hält man seit über zehn Jahren Vorträge und hat seinen guten Ruf in Fachkreisen, bis einmal eine Podiumsdiskussion vom Fernsehen übertragen wird – und plötzlich erfährt man von den entferntesten Bekannten, dass sie einen am Bildschirm gesehen haben. Kris, mit ihrer spröden Art, hätte das bestimmt nicht so geschafft. Nur schon optisch – sie in einem dieser Imitationsmöbel auf der Bühne. Eine zusammengefaltete Giraffe im Salon. Nein, öffentliche Auftritte sind nicht ihre Begabung. Aber sie hätte gerne seinen Posten. Kann sie erben, wenn er weiterzieht. Doch vorher wird er das Projekt Metropolis vollenden. Das gibt er nicht aus den Händen.

»Wir dürfen uns nicht auf dieses Niveau herabzerren lassen.« Angeekelt wedelt er mit der Linken über den Zeitungsseiten. »Gar nicht reagieren. Wir müssen uns nicht rechtfertigen. Die Stadt hat ihre Pflicht getan und kann auf ihre Bürger vertrauen.«

»Dein Wort in Gottes Ohr.« Kris Matter sammelt die Zeitungsseiten ein. »Willst du die Inserate noch?«

»Nein, leg sie in der Dokumentation ab. Hier kann ich den Dreck nicht brauchen. Stört beim Denken.«

Bevor Kris draussen ist, klopft es und Derungs steht unter der Tür.

»Sorry. Nichts Dringendes«, sagt er, als er Kris sieht, und macht wieder einen Schritt rückwärts.

»Bleib«, ruft Bannwart. »Wir sind fertig… Danke für

die Russenmafia, Kris.« Und zu Derungs: »Die Kampagne gegen Metropolis.«

Derungs wartet, bis Kris die Tür hinter sich geschlossen hat, dann sagt er: »Auch die Chefin ist nervös.«

»Ich bin nicht nervös«, protestiert Bannwart.

»Du hast auch keinen Mann, der von Wilk Geld bekommen hat.«

»Das Mandat ist doch beendet. Oder etwa nicht?«

»Sagen wir mal: sistiert. Aber was kümmert das die Medien? ‹Oscar Zollinger im Sold der Russenmafia!› Das ist es, was der Chefin Angst macht.«

»Woher kennst du dich so bei Medien aus? Waren das mal deine Kunden?«

»Die?« Derungs rümpft die Nase. »Nein. Aber ich habe schon solche Kampagnen beobachtet.«

»Und? Glaubst du, dass wir mit Wilk ein Risiko eingehen?«

»Wir nicht. Allenfalls Manz, wenn Wilk sich zurückzieht. Andererseits ist Metropolis kein Spekulationsobjekt. Alles seriös gerechnet. Das würde auch andere Investoren interessieren. Bis hin zu den Chinesen.«

Bannwart verdreht die Augen. »Bleib mir vom Leib mit Chinesen. Willst du dich nicht setzen?«

»Danke, nein.« Mit dem Rücken zu Bannwart steht Derungs an der Glastür zur Terrasse über der Uraniastrasse und sieht hinaus auf den Tisch und die dunklen Buchsbaumbüsche in ihren Kübeln. Im Sommer haben sie manchmal Besprechungen hier draussen unter freiem Himmel. »Es ist nur kurz… nichts Geschäftliches, etwas Kleines – nein.« Er dreht sich um, ein Schattenriss im Rahmen. »Für mich ist es nicht klein. Also: Milena und ich sind… verlobt, muss man dem wohl sagen. Obwohl das so altmodisch klingt.«

»Klingt doch prima, Gion. Gratuliere!« Bannwart streckt die Hand aus. Im ersten Moment hat er gefürchtet, Derungs wolle kündigen.

»Danke.« Derungs' Hand ist etwas feucht. »Wir – ich wollte es dir zuerst sagen. Schliesslich bist du unser Chef. Offiziell werden wir es erst später, nach Ostern, wenn wir das Datum ...«

Bannwart klopft ihm auf die Schulter. »Ich freue mich für euch, wirklich. Ein schönes Paar, du und Milena.«

Derungs lacht verlegen. »Ich habe Glück gehabt ... auf meine alten Tage.«

»Komm, komm, du bist garantiert zehn Jahre jünger als ich.«

»Zweiundvierzig.«

»Sogar dreizehn Jahre.«

»Aber deine Kinder sind schon gross.«

»Du denkst an Kinder – wunderbar!«

»Milena will unbedingt ... Ich aber bin mir noch nicht so sicher.«

»Das muss man einfach wagen.« Bannwart schlägt sich mit der Faust an die Brust, dass es dröhnt. »Frauen wissen schon, was richtig ist.«

Etwas erstaunt sieht Derungs ihn an.

»Bei uns war das nicht anders«, erklärt Bannwart. »Ich hätte mich nicht getraut, wenn nicht Carola so entschlossen gewesen wäre. Doch als die Kleine da war, musste auch ich sagen: Carola hat Recht gehabt.«

»Du kannst einem Mut machen«, sagt Derungs beinahe schüchtern.

»Ist doch mein Job: Zukunftsprojekte.« Bannwart grinst. »Aber auf deinen Gestaltungsplan müssten wir doch anstossen. Schade, dass ich nichts im Büro habe ... Vielleicht oben in der Dachkantine?«

Derungs spreizt die Finger. »Warte, warte – jetzt noch nicht. Erst wenn wir es allen sagen.«

Als Bannwart wieder allein ist, breitet sich eine schwebende Leere langsam und lautlos in seinem Büro aus. Leicht benommen sitzt er am Pult, das Kinn in die Hand gestützt. Unfertige Gedanken werfen dünne Schatten, eine milde Verdüsterung, ein leiser, gleichmässiger Druck wie von einem Federbett. Draussen scheint die Sonne auf die braune Kuppel der ETH und die grüne Kupferhaube der Universität. Jetzt ist Frühling. Aus allen Gärten sprühen die gelben Fontänen der Forsythien. Die Vögel bauen ihre Nester, und Gion und Milena auch.

Ich bin doch nicht eifersüchtig.

Nein, das Glück gönnt er ihnen. Derungs mit seinen adretten Manieren und Milena Roskovic mit ihrem Hang zum Theatralischen. Der Diplomat und die Diva. Nein, eifersüchtig ist Bannwart nicht, nicht auf Gion und nicht auf Milena. Höchstens auf ihren Aufbruch, die Bewegung, das Neue, das die beiden vor sich haben.

Mit einem Ruck steht er auf und hebt den Blumenstrauss aus der Vase. Der Geruch fauler Eier schlägt ihm entgegen. Die Rosen wären noch ansehnlich, trotzdem drückt er das ganze tropfende Bündel blütenkopfvoran in seinen Papierkorb, den er auf den Korridor stellt, für das nächtliche Putzpersonal. Die Vase trägt er in die Toilette. Er hält die Luft an, während er die grünbraune Brühe ausleert und den schleimigen Belag im Inneren mit heissem Wasser und Seife auswäscht. Er müsste das nicht selbst tun. Aber es gehört zu der Sorte Dreckarbeit, die er nie auf andere abgewälzt hat, seit er als Student im Café seiner Grosseltern gearbeitet hatte.

An diesem Freitag verlässt Bannwart das Amtshaus schon am frühen Nachmittag. Sobald Carola von der Schule zurück ist, wollen sie nach Sent fahren. Zurück in den Winter. Er wäre lieber hiergeblieben. Aber Carola wünscht es sich. Einfach wieder einmal ein verlängertes Wochenende ausspannen.

Er schliesst die Tür auf und ruft sein »Hallo« in die Wohnung, obschon er weiss, dass niemand antwortet. Still ist es, seit Björn in Zuoz im Internat lebt. Sein Zimmer haben sie unangetastet gelassen, er soll nicht glauben, sie hätten ihn verstossen. Wenigstens in den Ferien ist hier sein Zuhause. Die dicke Tür jedoch, vor ein paar Jahren mit einer Bleimatte und einem zusätzlichen Blatt verstärkt, ist sinnlos geworden, da Björn die Elektrogitarre nach Zuoz mitnahm.

Bannwart öffnet den Kühlschrank und holt den Chablis heraus. Er darf, sie nehmen den Zug ins Engadin. Mit dem Glas in der Hand schlendert er ins Wohnzimmer. Hinter ihm summt leise der Kompressor des Kühlschranks, das einzige Geräusch ausser seinen Schritten und dem Knistern im Parkett.

Eine schweigsame Wohnung. Auch Björn wird nicht mehr hierher zurückkehren, ob er nun die Matur schafft oder nicht. Vor siebzehn Jahren war dieses Haus ein Glücksfall für alle. Heimatstil, das erschien dem Rückkehrer aus Berlin als nette Ironie. Die schwerblütige Eleganz der Jahre vor dem Ersten Weltkrieg, ein üppiges Walmdach, unter dem sie die mittlere von drei Wohnungen bezogen, die Zimmer hell und gross.

Bannwart steht am Fenster. Weiche Nachmittagssonne liegt auf dem Park des Altersheims gegenüber. Das junge Grün der Bäume und Büsche, und die Wiesen gelb getüpfelt vom Löwenzahn. Dort spielten früher seine Kinder. Ich wohne an der Wotanstrasse, pflegt er zu sagen, obwohl der Eingang an der Streulistrasse liegt. Wotan passt besser, zum Haus wie zu ihm selbst.

Nun aber wäre es Zeit für etwas Neues. Er nimmt den letzten Schluck Weisswein. Raus aus der behäbigen Bürgerlichkeit dieser altersstarren Vorstadt. Dorthin, wo man den Puls der Zeit spürt, an einen der Orte, die unter seiner Aufsicht entstanden sind. Nach Westen lieber als nach Norden. Metropolis in Ehren, aber als Adresse ist die Gegend doch etwas peripher. Zudem keine Abendsonne. Zürich-West, vielleicht am Ufer der Limmat? Warum nicht. Mitgeplant ist fast so gut wie selbst gebaut. Diesen Traum hat er begraben; in der Stadt ist das nicht mehr möglich. Und in die Agglomeration will er nicht. Nicht einmal um den Preis des eigenen Entwurfs. Vor ein paar Jahren hat er heimlich einige Ideen skizziert, was man alles aus dem Grundstück in Küsnacht machen könnte. Nachdem er seiner Mutter das Haus in Sent renoviert hatte, war ein kleiner kreativer Schub über ihn gekommen. Doch schon damals ist ihm klar geworden, dass er nie in Küsnacht wohnen wird. Er ist ein urbaner Mensch, immer gewesen. Und in der Stadt ist Bauland unbezahlbar. Auch Kris Matter konnte ihren Entwurf nur verwirklichen, weil sie den Boden geerbt hatte. Bannwart beneidet sie darum. Nicht um das Resultat, das er ganz anders konzipiert hätte – um die Chance, in der Stadt bauen zu können. Auf das Glück von Derungs und Milena ist er nicht eifersüchtig, wohl aber auf das Glück von Kris und ihrem eigenen Haus.

Er blickt auf die Uhr. Carola kommt in einer halben Stunde. Noch ein Glas. Gepackt ist schnell.

»Hast du heute besser geschlafen?«, fragt Carola, als er in die enge Küche herunterkommt.

Sie ist seit mehr als einer Stunde auf, war schon draussen, trotz des Schneegestöbers, ihr täglicher Rundgang vor dem Frühstück, beim Bäcker Clalüna vorbei, der auch am Sonntagmorgen kurz offen hat. Frische Roggenbrötchen liegen im Korb auf der Durchreiche zur Stüva, wo der Schiefertisch im Erker fürs Frühstück gedeckt ist. Carola liebt diese etwas düstere Stube mit dem Specksteinofen, der zweihundert Jahre alten Holztäfelung und dem kleinen Erker mit Blick auf eine Ecke des hölzernen Brunnens, der aus einer seiner beiden Röhren rostendes Mineralwasser spendet.

Bannwart ist lieber oben, wo er den Estrich zu einem hellen Raum ausgebaut hat, mit hohen Fenstern auf eine schmale Terrasse hinaus, die als stählernes Adlernest, unsichtbar von unten, quer im Firsteinschnitt sitzt, unter dem hohen Himmel und gegenüber den ernsten Felszacken, die das Unterengadin von Österreich und Italien abschirmen. Heute beginnt die Sommerzeit, aber das ganze Tal ist in graue Watte gepackt, aus der dicke Flocken sinken. Da lohnt es sich nicht, das Geschirr zwei steile Treppen hinaufzutragen.

»Geht so. Wieder viel geträumt, wirres Zeug.« Er reibt sich den Nacken. »Der Schnee.«

»Kopfschmerzen?«

»Nur so ein Druck. Und du?«

»Wie ein Stein geschlafen. Hier oben erhole ich mich am besten.«

Es ist Bannwart ein Rätsel, warum seine Frau aus der deutschen Tiefebene das Engadiner Höhenklima so viel besser erträgt als er. Von ferne klingelt sein Handy. Automatisch klopft er auf seine linke Hosentasche, zur Bestätigung, dass er es im Schlafzimmer vergessen hat.

»Lass es schellen«, sagt Carola, »wir frühstücken jetzt.«

»Vielleicht Björn ...«

Die steilen Treppenstufen jagen seinen Puls hinauf. Wehe, wenn Björn absagt, wenn er etwas vorschiebt, keine Zeit, seine Eltern zu treffen. Sie sind hier, weil Carola nach Zuoz will. Auch wenn sie es nicht ausspricht. Und das hat Björn zu respektieren, ob es ihm passt oder nicht.

»Ja, Bannwart«, bellt er ins Telefon.

»Staatsanwaltschaft Zürich, Rossi. Spreche ich mit Herrn Robert Bannwart?«

Eine tiefe, bedächtige Stimme. Bannwart hält den Atem an. »Ja – ist was mit Björn?«

»Nein. Ich rufe wegen Ihrer Tochter Nora an – sie ist unverletzt.« Das kam blitzschnell, nun geht die Stimme wieder im Schritt. »Doch sie wurde gestern Nacht überfallen. Und dabei wurde einer der Angreifer verletzt.«

»Angreifer? Wo ist Nora? Wie geht es ihr?«

»Es geht ihr körperlich gut, Herr Bannwart. Sie hat keine Verletzungen, das dürfen Sie mir glauben –«

»Ich will Nora sprechen! Geben Sie mir meine Tochter!«, brüllt Bannwart.

Der andere bleibt ganz ruhig. »Das darf ich leider nicht. Ausserdem ist Ihre Tochter nicht mehr in meinem Büro. Wahrscheinlich schläft sie. Der Vorfall war kurz vor Mitternacht, und es wurde vier Uhr, bis die Einvernahme vorbei war ... und so früh am Morgen wollte ich Sie nicht erschrecken.«

»Und wo ist Nora jetzt?«

»Sie muss noch bei uns bleiben, bis wir den Sachverhalt sauber abgeklärt haben. Es ist auch in ihrem Interesse, wenn wir feststellen, dass sie in Notwehr gehandelt hat.«

»Notwehr? Was ist denn passiert? Ich will wissen, was passiert ist!«

»Herr Bannwart, Sie sind ja selbst Beamter und wissen, dass es ein Amtsgeheimnis gibt.« Dieser besänftigende Ton – zum Rasendwerden! »... darf Ihnen jetzt nicht mehr sagen, als dass Ihre Tochter gestern auf dem Heimweg von einer Gruppe junger Männer angehalten und mit einem Messer bedroht wurde. Es gab ein Gerangel und dabei erhielt einer der Angreifer einen Messerstich. Ihre Tochter Nora aber ist unverletzt geblieben. Eine Ärztin hat sie untersucht.«

»Eine Ärztin, gut.« Benommen setzt sich Bannwart auf das noch ungemachte Bett. Von unten ruft Carola nach ihm. Er antwortet nicht, sondern fragt: »Woher haben Sie meine Nummer?«

Etwas wie Heiterkeit klingt in der Stimme auf. »Von Nora Bannwart, Ihrer Tochter, von wem sonst? Sie wollte, dass ich Sie anrufe, weil ihr Mann an einem Kongress in Kanada ist. Und sie meinte, eine Freundin von Ihnen sei Strafverteidigerin.«

»Eine Verteidigerin? Warum?«

»Sie müssen nicht selbst einen Beistand bestellen. Ich werde einen amtlichen Verteidiger nehmen, morgen gleich nach der Haftrichterverhandlung.«

»Halt, Moment!« Bannwart springt auf die Beine. »Sie ist doch nicht verhaftet!«

»Nicht so, wie Sie vielleicht denken ... Aber um jede Kollusion zu verhindern, müssen wir sie in Untersuchungshaft behalten. Verstehen Sie, das ist auch in Noras Interesse.«

»Nein, das verstehe ich nicht, Herr… Herr…!«

»Rossi, Staatsanwalt Rossi – meine Nummer haben Sie ja jetzt im Speicher. Und bitte rufen Sie Ihre Bekannte, die Anwältin an. Die kann es Ihnen bestätigen.«

Carola ist in der Tür aufgetaucht, mit grossen fragenden Augen. Abwehrend schüttelt Bannwart die Hand, keine Zeit für Erklärungen. »Was soll sie bestätigen?«

»Unsere Praxis bei Kollusionsgefahr. Wissen Sie, Herr Bannwart, wir tun das nicht zum Spass oder aus Schikane. Ihre Tochter hat das verstanden. Sie war sehr tapfer und gefasst, wenn man bedenkt, was sie erlebt hat.«

Bannwart sieht Nora vor sich, die tapfere, gefasste Nora.

»Ja«, presst er hervor, »dann werde ich die Anwältin anrufen… Und danke, dass Sie…« Er muss sich setzen, sinkt ein im weichen Federbett und schaut auf zu Carola, die sich angstvoll auf den Daumenknöchel beisst.

»Nora. Es geht ihr gut. Aber sie haben sie verhaftet.«

Hätten sie doch das Auto genommen. Noch im Taxi, das sie zum Bahnhof Scuol bringt, überlegt Bannwart, ob er den Chauffeur bitten soll, sie direkt nach Zürich zu fahren. Aber nein, zu teuer und sinnlos. Eine Tortur wäre es, eingesperrt im Taxi zu sitzen und nicht offen sprechen zu dürfen, weil der Fahrer alles mithört. Ausserdem könnten sie mit der gewonnenen Zeit nichts anfangen, auch Eva Rengger muss zuerst aus ihrem Ferienhaus zurückfahren. Um fünf treffen sie sie in ihrer Kanzlei.

Sie haben sie ein bisschen aus den Augen verloren,

musste sich Bannwart eingestehen, als er ihre Telefonnummer brauchte. Einigermassen peinlich, am Sonntagmorgen bei seinem Studienfreund Erich Rengger anzurufen und erst die fröhliche Thelma mit einer Ausrede zu täuschen und danach Erich zu verschweigen, weshalb er die Handynummer seiner ersten Frau braucht. Dabei ist Erich Noras Pate. Er hatte Bannwart aus Berlin zurückgerufen und zum Partner seines Raumplanungsbüros gemacht. Erich war damals schon durch einen Lehrauftrag mit der ETH verbunden; auch das ein Grund, weshalb Bannwart sein Angebot annahm. Vier Jahre später wurde die Direktorenstelle im Amt für Städtebau frei, und Erich ermutigte ihn, sich zu bewerben. Fürsorglich kümmerte er sich um Bannwarts Dossier, obwohl – vielleicht auch gerade weil – er im Augenblick ganz andere Sorgen hatte. Thelma, die jüngste Architektin seines Teams, erwartete ein Kind von ihm. Als Erich noch schwankte, übernahm Eva die Initiative. Sie reichte die Scheidung ein. Erichs schlechtes Gewissen war gross genug, Eva das Haus zu überlassen, in dem sie ihre Anwaltskanzlei eingerichtet hatte. Mit den Jahren wurde sie zur bekanntesten Strafverteidigerin der Stadt. Die Medien berichteten über ihre Prozesse, und mehr als einmal wunderte sich Bannwart, wie die Frau, die er einmal kannte, Männer verteidigen konnte, die derart abscheuliche Verbrechen begangen hatten. Getroffen haben sie sich nie mehr. Ein natürlicher Vorgang. Wenn Paare sich trennen, kann man nicht immer beiden Seiten treu bleiben. Und dass Bannwart eher seinem alten Freund zuneigte, machte Eva ihm bestimmt nicht zum Vorwurf. Jedenfalls erinnerte sie sich gleich wieder, als er seinen Namen nannte, und sie war sofort bereit, Noras Fall zu übernehmen.

Noras Fall. In was ist sie da gefallen? Überfallen worden, in der Nacht, als er und Carola schon geschlafen haben. Überfallen, aber nicht verletzt. Verletzt wurde ein Mann, »Angreifer« nannte ihn der Staatsanwalt. Aber Nora hat er verhaftet. Mehr wissen sie nicht. Alles Übrige liegt im Nebel wie die Landschaft, durch die sie fahren. Die Ungewissheit ist schwer zu ertragen, und dass diese rote Rhätische Bahn alle paar Minuten anhält, zwölf Stationen bis Landquart, lässt die Ohnmacht noch drückender erscheinen. Stumm sitzen sich Bannwart und Carola gegenüber und schauen durchs Fenster in die grauweisse Leere des Schneetreibens. Carola hat Björn eine SMS geschrieben, ohne den Grund der Absage. Björn, froh über den unerwartet freien Nachmittag, wird sich hüten, zurückzurufen und nachzufragen.

Auf dem Bahnhof Landquart warten sie auf den Schnellzug nach Zürich. Neben ihnen steht eine Gruppe jüngerer Leute mit Skiausrüstung; sie schimpfen und lachen über das schlechte Wetter, lieber am Nachmittag noch ins Kino, sagt eine Frau. Ein langer, dünner Mann mit roter Mütze blickt immer wieder zu Bannwart herüber, und als sich ihre Augen begegnen, nickt er und kommt linkisch wankend näher. Er lächelt und krümmt seinen Rücken, um sich kleiner zu machen.

»Entschuldigung ... sind Sie nicht der Chefplaner der Stadt?«

»Ja?«

»Ich täusche mich selten.« Die Selbstbestätigung lässt ihn wieder etwas wachsen. »Sie müssen wissen, mein Personengedächtnis – ich habe Sie im Fernsehen gesehen, in der Diskussion über ...«

»Danke. Aber jetzt bin ich ...«

»Nein, nein, verstehen Sie mich nicht falsch ...« Nun

ist der Bückling ganz weg, von oben redet er auf Bannwart herab. »Ich will Sie gar nicht länger stören, obwohl ich schon der Meinung bin, dass Sie nicht ganz Recht haben, wenn Sie behaupten…«

In diesem Moment fährt der Zug ein. Carola zerrt ihn am Ärmel. Bannwart dreht dem Mann den Rücken zu. Durch den schrillen Bremslärm hört er hinter sich nur noch »Probleme« und »die Deutschen«, und er hofft, dass Carola es nicht mitbekommen hat. Dem Zug entlang eilen sie nach vorn, zu den Wagen erster Klasse. Beim Einsteigen blickt er zurück und ist erleichtert, dass der Skifahrer mit seinen Leuten hinten geblieben ist.

Die Stimme klebt ihm noch im Ohr, unterwürfig und giftig wie das schiefe Lächeln, »obwohl ich schon der Meinung bin, dass Sie nicht ganz Recht haben« – woher nimmt sich so einer das Recht, ihn auf dem Bahnsteig anzuöden, ungebeten in sein Privatleben zu trampeln, um ihm irgendwelchen Bullshit an den Kopf zu werfen, nur weil er ihn einmal im Fernsehen gesehen hat. Er ist doch kein Politiker, der sich so etwas gefallen lassen muss, weil es vielleicht zum Geschäft gehört. Wer sich vom Volk wählen lässt, liefert sich aus und wird ein Stück weit zum Volkseigentum, an dem sich jeder Trottel vergreifen kann. Aber doch nicht er, Bannwart. Er hat das nicht nötig. Ihn hat der Stadtrat ins Amt berufen, nicht aus politischer Opportunität, sondern wegen seiner Fähigkeiten und seiner Leistungen. Und da soll er sich vor irgendeinem Hergelaufenen rechtfertigen? Er hätte härter kontern müssen, den Kerl mit aller Deutlichkeit in die Schranken weisen müssen, ihn so abkanzeln, dass er es nie wieder wagt, andere Menschen mit seiner Wichtigtuerei zu überfallen. Ein Überfall, ja, das war es, nichts anderes –

Carola hat etwas gesagt. Bannwart blickt auf.

»Wir müssen Sami informieren«, wiederholt sie.

»Noch nicht. Wir wissen noch zu wenig. Und was kann er machen – irgendwo in Kanada?«

»Nein, wir müssen.« Aus den Augenwinkeln sieht Carola schnell nach links und rechts, dann dämpft sie die Stimme. »Er muss es wissen.«

»Aber vielleicht hält er gerade seinen Vortrag. Und wir jagen ihm nur Angst ein.«

Carola blickt ihn scharf an. »Wenn dir so etwas passieren würde, dann will ich es sofort wissen!«

»Aber was könntest du machen? So wenig wie wir jetzt – nichts.«

»Er kommt zurück, mit dem nächsten Flug. So gut kenne ich ihn. Ich schreibe ihm eine SMS, dass er mich anrufen soll.«

»Doch nicht jetzt!«, zischt Bannwart. »Und nicht hier. Warte wenigstens, bis wir mit Eva gesprochen haben.«

Carola lehnt sich zurück ins Polster und schliesst die Augen aus Erschöpfung. Oder aus Ärger.

»Viel kann ich euch dazu noch nicht sagen. Erst morgen nach der Haftrichterverhandlung.«

Etwas kühl ist Eva Rengger schon. Das muss nicht mit der Vergangenheit zusammenhängen, das kann auch mit ihrer neuen Rolle als Verteidigerin von Nora zu tun haben. Eleganter ist sie geworden, denkt Bannwart. Schwarzer Blazer und schwarzer Jupe – das trug sie doch nicht im Ferienhaus. Sie muss sich umgekleidet haben, bevor sie in die Kanzlei kam, während er und Carola noch in den gleichen Sachen stecken, die sie am Morgen, als sie ahnungslos waren, für Sent angezogen haben.

»Aber warum muss Nora vor den Richter – und nicht dieser ... Täter«, fragt Carola.

»Der liegt im Spital, keine Lebensgefahr, aber doch – so ein Messerstich in den Bauch ...«

»Aber es war doch nicht Noras Messer!« Carola laufen die Tränen herunter. »Entschuldigung ...« Sie sucht ihre Taschen ab.

Eva schiebt ihr die Kleenex-Schachtel in der dunkel gebeizten Holzverschalung über den Tisch zu.

»Natürlich kommt der Täter in Untersuchungshaft. Und die beiden anderen auch, sobald die Polizei sie geschnappt hat. Sie werden angeklagt und verurteilt – bestimmt für diesen Überfall, vielleicht auch noch für mehr. Nora ist eindeutig das Opfer. Es war Notwehr. Trotzdem: Der Staatsanwalt muss abklären, ob sie in ihrer Notwehr nicht zu weit gegangen ist. Ich werde zwar morgen ihre Entlassung beantragen – aber macht euch keine falschen Hoffnungen. Der Haftrichter wird dem Staatsanwalt folgen – Kollusionsgefahr.«

Weinend schüttelt Carola den Kopf. Bannwart legt ihr die Hand auf die Schulter und fragt leise an ihr vorbei: »Und wie lange muss sie ...«

Eva stützt die Ellbogen auf den Tisch, presst die Fingerspitzen aneinander und visiert Bannwart über die Kimme der Kuppen an.

»Mit ein paar Wochen müsst ihr rechnen.«

»So lange!« Bannwart fährt hoch. »Mit welchem Recht? Sie ist doch unschuldig.«

Eva rührt sich nicht. »Strafprozessordnung, die geltende Praxis.«

»Diesen Richter will ich sehen! Ich komme morgen mit.«

»Das geht nicht. Die Verhandlung ist nicht öffentlich.

Es ist gar kein Prozess, nur eine Formsache von einer Viertelstunde, dann hat der Richter entschieden.«

Bannwarts Hände verkrampfen sich zu Fäusten. »Können wir denn gar nichts dagegen tun?«

»Selbstverständlich gibt es Rechtsmittel, aber bis die wirksam werden, ist Nora längst wieder frei.« Eva Rengger lächelt Carola aufmunternd zu. »Sie ist ja nicht als Tatverdächtige eingesperrt. Vielleicht ist es leichter, wenn ihr euch vorstellt, dass Nora in einer Art Quarantäne ist – damit niemand später sagen kann, sie habe etwas vertuscht. Sie hat nichts zu verbergen, also wird es auch nicht lange dauern. Und ich werde dafür sorgen, dass ihr sie schon bald besuchen könnt. Wollen wir so verbleiben?«

»Ja… danke«, murmelt Carola beinahe ohne Stimme.

»Also.« Der Stahlsessel rollt zurück und Eva schnellt auf. »Wir treffen uns morgen nach der Verhandlung hier.«

An der Tür erkundigt sie sich, wo Nora denn beruflich stehe und sie ist ganz erstaunt, als sie von der Hochzeit hört.

»Nicht möglich! Die kleine Nora… Tja, in zehn Jahren, da passiert einiges… Warum ist ihr Mann nicht mitgekommen?«

»Er ist in Toronto an einem Kongress… Onkologie«, fügt Bannwart an, als ob das etwas erklärte.

»Wir rufen ihn noch heute an«, sagt Carola. »Zuerst wollten wir hören, was du uns sagen kannst.«

»Leider nur wenig. Aber morgen wissen wir alle mehr.«

Kurz und kräftig ist ihr Händedruck, dann schliesst sich die Tür der Kanzlei hinter den Bannwarts.

Durch eine enge Altstadtgasse gehen sie hinunter zum Limmatquai. Dort winkt Bannwart ein Taxi, das sie nach Hause bringt, wo ihre Reisetaschen noch unausgepackt hinter der Wohnungstür stehen.

»Haben die in Kanada auch Sommerzeit? Egal… Tag ist es jetzt so oder so.«

Carola geht mit dem Telefon in ihr Schlafzimmer. Bannwart fragt nichts, obwohl es vermutlich seine Pflicht wäre, den Schwiegersohn zu informieren, von Mann zu Mann, jedenfalls stellt er sich vor, dass Sami das von ihm erwarten würde. Und doch ist es auch für Sami besser so, es fällt ihm vielleicht leichter, seinen Schock mit Carola zu teilen. Er wird es nicht verstehen, fassungslos und verstört wird er sein, eine Verhaftung bedeutet in seiner Heimat etwas ganz anderes – seine Frau in den Händen von Polizisten und Gefängniswärtern, ohne dass er ihr beistehen kann, das Schlimmste wird er sich vorstellen, und da vermag Carola ihn eher zu beruhigen als Bannwart.

Aber ein Rest schlechten Gewissens bleibt. Bannwart giesst sich im Wohnzimmer einen Grappa ein. Der erste, zu grosse Schluck zieht eine Brandspur mitten durch den Körper und explodiert im leeren Magen. Bannwart hustet unter Tränen. Er greift nach einem Taschentuch, stösst dabei an sein Handy, und plötzlich ist die Idee da, Nora eine SMS zu schreiben. Obschon er genau weiss, dass sie Nora das Telefon weggenommen und abgeschaltet haben, irgendwo eingeschlossen liegt es in einer Schublade der Polizei oder einer Gefängnisverwaltung. Aber sie wird es zurückbekommen, wann auch immer, und wenn sie es dann zum ersten Mal wieder einschaltet, wird sie lesen können: »liebe nora! wir denken ganz fest an dich und wünschen dir kraft und mut. grosse küsse von mama und papa« Seine Kehle ist eng, als er das Telefon wegsteckt. Der Grappa weitet und wärmt sie wieder.

»Er kommt mit dem nächsten Flieger zurück«, sagt Carola mit einer Stimme, als rede sie vom Wetter. »Aber es reicht wohl nicht mehr zum Termin bei Eva.«

»Und? Wie hat er es aufgenommen?«

»Er hat geweint.«

Bannwart presst die Lippen aufeinander und nickt. Ja, er ist froh, dass er nicht mit ihm gesprochen hat. Es wäre peinlich geworden, für beide.

»Wir müssen etwas essen«, sagt er.

»Kann nicht.«

»Komm, wir müssen. Wir brauchen Kraft, genauso wie Nora.«

Sie machen sich Rührei mit Tomaten und Brot. Viel ist nicht im Kühlschrank, weil sie erst am Dienstag wieder zurück sein wollten. Stumm sitzen sie sich am Küchentisch gegenüber. Es ist, als wäre jemand gestorben.

Die Tagesschau bringt nichts darüber. War auch nicht zu erwarten. Kurz vor acht schaltet Bannwart auf den Lokalsender um. Eine blonde Moderatorin in Noras Alter sagt die Nachrichten an. Drei Filmberichte und die Kurzmeldungen fliessen an ihnen vorbei. Auf dem Sofa sitzen sie nebeneinander und sind doch getrennt, eingeschlossen im Eis ihres Schweigens, denken sie nur an Nora, wo sie in diesem Augenblick wohl ist und wie sie schlafen wird, schon die zweite Nacht in Gefangenschaft; und Bannwart weiss, dass er Carola jetzt nicht berühren darf, weil sonst wie Glas die Beherrschung zerbricht, ihre und seine.

»Da!«

Carola zeigt auf das Bild einer schmalen Brücke. Die

Fussgängerbrücke über die Sihl. Während die Kamera flussaufwärts und flussabwärts schwenkt und den nassen Teerboden der Brücke nach Spuren der Tat absucht, ohne aber einen Anhaltspunkt zu finden, erzählt eine frische Männerstimme die Polizeimitteilung auf Schweizerdeutsch nach: Auf dieser Brücke, nur hundert Meter von der Kaserne der Kantonspolizei entfernt, sei am späten Samstagabend eine 25-jährige Studentin von drei Jugendlichen überfallen und mit einem Messer bedroht worden. Im Verlauf der Auseinandersetzung sei einer der Täter von einem Messerstich am Bauch verletzt worden. Die Studentin sei unversehrt geblieben. Der Verletzte sei ausser Lebensgefahr. Die Polizei fahnde nach den zwei flüchtigen Mittätern und suche Zeugen, die den Vorfall beobachtet oder sonst verdächtige Wahrnehmungen gemacht haben.

»Willst du noch...?« Bannwart hält Carola die Fernbedienung hin.

Sie schüttelt den Kopf. Also steht er auf und schaltet den Fernseher am Gerät ab.

»Von Noras Untersuchungshaft wissen sie nichts«, sagt er. »Wenigstens das.«

»Vielleicht ist es sicherer dort... bis die anderen zwei...«

»Was ist sicherer?«

»Nora. So muss ich nicht Angst um sie haben. Dass die Räuber... weil sie Zeugin ist...«

»Du meinst – Rache?« Entgeistert sieht Bannwart seine Frau an.

»Ja, Rache. Das gibt es«, schnappt Carola gereizt zurück.

»Ja, bei der Mafia, aber doch nicht hier, doch nicht bei drei dummen Jungen, die –«

»Ach, hör auf! Was weisst denn du schon von diesen Typen! Wenn du mit Ausländern zu tun hast, dann sind das Investoren und Architekten. Die Reichen und die Kultivierten. Ich aber muss mich jeden Tag mit einer ganz anderen Sorte herumschlagen. Ich weiss, wie solche Messer-Machos ticken, das kann ich dir sagen!«

Wütend verschwindet sie in ihrem Zimmer. Beleidigt und verwirrt steht Bannwart im Wohnzimmer. Dann knipst er den Fernseher wieder an und wählt die ARD. Der ›Tatort‹ hat schon begonnen, aber bei diesen Filmen ist man jederzeit nach fünf Minuten drin.

9

Und so ist es passiert: Nora ist auf dem Heimweg. Samstagabend, kurz nach elf. Von der Gessnerallee Richtung Kaserne und Stauffacher. Auf der Fussgängerbrücke über die Sihl kommen ihr drei Jungen entgegen. Sie lachen und schubsen einander wie Schulbuben ans Geländer. Nora hat keine Angst. Bis die drei ihr den Weg versperren. Der Grösste zieht ein Messer aus dem Ärmel. Ja, aus dem Ärmel, hat Nora gesagt. Zuerst verlangen sie ihr Portemonnaie. Als sie es haben, wollen sie das Kopftuch. Der Anführer kommt ihr mit dem Messer so nahe – hier schreit Carola auf, obwohl Eva Rengger, um sie zu schonen, kühl und ohne Details rapportiert –, dass Nora seine Hand packen und abdrehen kann. Er will sich losreissen und Nora gibt ihm einen kräftigen Stoss und das Messer fährt ihm in den Bauch. Als die anderen das Blut sehen, rennen sie weg. Nora zuerst auch. Dann aber schaut sie hinter sich, und der Typ liegt auf der Brücke. Ohne sie wäre er vielleicht verblutet. Sie wartet bei ihm, bis die Polizei da ist. Nora hat sie gerufen.

Und trotzdem muss sie ins Gefängnis. Der Richter hat, wie Eva voraussagte, Untersuchungshaft angeordnet. Nach Dielsdorf wurde sie gebracht; das Gefängnis dort habe eine neue Frauenabteilung. Nein, besuchen können sie Nora noch nicht, sagt Eva, frühestens nächste Woche. Bis dahin hat nur die Verteidigerin Zutritt. Verteidigerin – so heisst das, obwohl keine Anklage zu erwarten ist, nach dem bisherigen Stand der Dinge. Eva sagt auch, dass es Nora den Umständen entsprechend gut gehe. Ein Schock, das wohl schon, aber keine körperlichen Verletzungen. Auch sexuell keine, der Angriff zielte nicht in diese Richtung. Die Täter? Der mit dem Messer ist ein siebzehnjähriger Lehrling aus Adliswil. Schweizer. Nein, kein Migrationshintergrund. Die zwei anderen sucht die Polizei noch.

»Ich muss sagen, ich bin beeindruckt von eurer Nora«, sagt Eva zum Schluss. »So reif und ruhig. Ganz anders als ich sie in Erinnerung hatte. Damals war sie doch ein ziemlicher Wirbelwind? Mal das, dann das, und am liebsten alles sofort.«

»Ja, damals, in der Schule.« Carola lächelt schwach. »Doch als sie die Matura hatte, kam sie in eine … eine Art Krise. Danach wurde sie Buchhändlerin. Jetzt aber will sie studieren … Jura«, fügt sie hinzu und blickt Eva Rengger erwartungsvoll an.

»Hat sie mir erzählt, und ich habe ihr gratuliert. Es gibt viel zu wenig gute Anwältinnen. Ach, was ich vielleicht besser euch frage: Das mit dem Kopftuch – bedeutet das …?«

»Das mit dem Kopftuch«, sagt Bannwart, »das wäre in drei Tagen – in drei Ta …«

Er muss lachen und kann nicht weitersprechen, ein hohes Kichern und Keuchen, unendlich dumm klingt es und will nicht aufhören, es macht einfach weiter wie eine Maschine, die ihn von innen krampfhaft schüttelt und alle Luft aus ihm herauspresst, bis er würgt und weint und Carola erschrocken seinen Namen ruft und ihm auf den Rücken haut und nicht einmal merkt, dass sie ihm nur weh tut. Unter ihren Schlägen windet er sich aus dem Stuhl, stolpert krumm, die Arme an den Bauch gepresst, hinaus auf den Flur, wo eine Sekretärin herbeirennt, ihn am Arm packt und zur Toilette zieht,

auf den Lichtschalter drückt und die Tür hinter ihm zu-
wirft. Beide Hände auf den Spülkasten gestützt, sieht
er unter sich die Schüssel mit dem blauen Deostein am
Rand, und wie er sich tiefer beugt, um bereit zu sein, da
löst sich der Krampf auf einmal im Nichts auf, und zum
ersten Mal kann er wieder richtig atmen, obwohl es ihn
überall sticht und schneidet, als wäre in seinem Inneren
Glas zerbrochen.

Eva wartet mit einem Kaffeebecher Wasser vor der
Toilette, neben ihr Carola, die ihn wie einen Fremden
anstarrt.

»Alles wieder okay. Entschuldigung.«

Seine Hand zittert noch, als er, mehr aus Höflichkeit
Eva gegenüber, einen Schluck Wasser nimmt.

»Du hast mir Angst gemacht«, sagt Carola vorwurfsvoll, als sie wieder auf der Strasse sind.

Betreten blickt Bannwart vor sich auf den Boden. »Ja,
ich weiss auch nicht, warum... So absurd das Ganze.
Drei Tage später, und Nora hätte kein Kopftuch mehr
getragen. Vielleicht wäre dann alles nicht...«

»Was faselst du da? Diese Schweine nahmen ihr Geld,
dann wollten sie mehr. Ohne das Kopftuch wären sie
direkt auf sie los! Wenigstens einer von ihnen hat das
Messer in den Bauch bekommen. Verdient hätten sie es
alle!« Wie Messerstiche zischt sie ihre Worte.

»Carola!«

»Ja, Carola! Ich bin stolz auf meine Tochter!«

»Ich ja auch«, sagt Bannwart versöhnlich.

Leer und langsam zieht sich der Nachmittag dahin. Carola ist in der Stadt. Bannwart bleibt zu Hause. Eingesperrt. Ins Büro kann er nicht. Erst morgen erwarten
sie ihn zurück. Käme er früher, müsste er Fragen beant-

worten, und lügen will er nicht und die Wahrheit geht niemanden etwas an. Er versucht zu lesen und gibt es bald wieder auf. Das Fernsehen bringt nichts, was ihn halten könnte. Ins Kino? Er mag nicht hinunter in die Stadt fahren, wo ihn vielleicht jemand erkennt und anspricht. Er kann jetzt keine Menschen sehen, will mit niemandem reden, nicht heute, wo alles aufgerissen ist und er sich so nackt fühlt, dass ihm jeder ansehen müsste, was passiert ist und wie hilflos er ist, weil seine Tochter im Gefängnis sitzt.

Knapp nach vier verlässt er das Haus und geht die steile Strasse hinauf zum nahen Wald. Hochnebel schirmt die Sonne ab und es bläst eine kleine Bise. Schattenloses Tageslicht, Bannwart ist es recht, Frühlingssonne täte jetzt weh. Unter seinem forschen Marschschritt knirscht der feuchte Kies des Forstweges. Die Bäume sind noch kahl, nur die Büsche treiben erste Blätter aus. Selten kommt ihm jemand entgegen, ältere Leute, meist mit Hunden. Man grüsst und kreuzt und ist vorbei.

Wie ein Tier meidet er die Siedlungen von Witikon, umgeht die Häuser und taucht hinab ins Tobel des Wehrenbachs, dessen lehmige Hänge ihn mit grauen Buchenstämmen und krausem Buschwerk abschirmen von der Stadt, durch die er unsichtbar geht. Erst unten am Botanischen Garten endet die Deckung. Er nimmt den Trolleybus zurück an den Klusplatz.

In den Sechs-Uhr-Nachrichten des Lokalradios hört er das Wort Messerstecherei. Den Korkenzieher in der Hand, bleibt er mitten in der Küche stehen. Tatsächlich, der Sprecher redet vom Überfall auf Nora. Heute Nachmittag hat einer der Gesuchten beim Sender angerufen und, begleitet von einer Reporterin, sich der Polizei gestellt. Eine helle Frauenstimme erzählt die

Geschichte weiter: Die drei hätten es den Abend lang lustig gehabt und wollten die Frau nur ein bisschen aufziehen. Wegen dem Kopftuch und so. Doch plötzlich habe die Türkin das Messer genommen und den Kollegen niedergestochen. Die hätte alle drei töten wollen, davon sei der Spenglerlehrling überzeugt. Weil aber sein Freund überlebt habe, wolle er ihn nicht im Stich lassen und melde sich nun bei der Polizei. Die Staatsanwaltschaft, sagt die Reporterin zum Schluss, gebe noch keine Auskunft zur Messerstecherei. Und weiter geht es mit einer Unfallmeldung.

Bannwart hat den Atem zurückgehalten. Als er ihn wieder loslässt, überschwemmt ihn die heisse Wut. Ja, sie hätten das Messer verdient, alle drei, nicht den Tod, aber den Schmerz. Carola hat recht.

Gerade deswegen will er sie nicht noch mehr aufwühlen. Er überfällt sie nicht gleich bei der Rückkehr mit der Neuigkeit. Erst nach einer Weile, als sie etwas über Nora sagt, gibt er vor, sich zu erinnern und berichtet ihr davon.

Carola genügt das nicht. Sie will die Nachrichten selbst hören und schaltet um sieben das Radio an. Ein frischer Unfall auf der Autobahn, zwei Personen im Wagen verbrannt, braucht so viel Raum, dass Bannwart schon hofft, es bleibe keine Zeit mehr für Noras Fall. Doch am Ende kommt die Meldung noch, verkürzt. Was eine Stunde zuvor die Reporterin erzählte, fasst nun der Sprecher in wenigen Sätzen zusammen. Aber Kopftuch, Türkin und Niederstechen bleiben.

Carola nimmt es viel ruhiger auf, als er gedacht hat.

»Gut. Dann werden sie den Dritten auch bald haben. Und Nora kommt frei.«

Auf dem Tramsitz liegt ›20 Minuten‹, verbraucht und verlassen, Müll eines Passagiers, der früher zur Arbeit fahren musste. Bannwart nimmt das Pendlerblatt weg, um sich zu setzen, und wenn er es schon in den Händen hält, kann er es auch durchblättern.

»Muslimin wehrt sich mit Messer«

Sein Schreck überrascht ihn selbst. Hat er nicht erwartet, auf so etwas zu stossen? Und nun starrt er auf diese Titelzeile, unfähig, weiterzulesen. Erst als die Strassenbahn anruckt und qualvoll kreischend die enge Schleife aus der Endstation in die Strasse nimmt, löst sich der Bann. Nur zwanzig Zeilen. Aber sie wissen schon mehr. Von einer Türkin ist nicht mehr die Rede. Eine Schweizer Studentin sei es, die einen der jugendlichen Täter verletzt habe. Sonst nur noch das Alter. Nichts, das näher an Nora herankäme. Er rollt das Tabloidblatt zusammen und hält es wie einen Stafettenstab in der Faust. Er wird den Artikel nicht aufbewahren. Auch Carola braucht ihn nicht zu sehen.

Am Bellevue steigt er aus und stösst die Zeitung in einen Papierkorb. Von hier aus geht er gerne zu Fuss ins Büro, mal auf der rechten, mal auf der linken Seite der Limmat entlang. Als er am Kiosk vorbeikommt, streift sein Auge die gelben Aushangblätter des ›Blick‹. Nichts über Nora. Natürlich nicht. Lächerlich. Ist doch keine Titelgeschichte, höchstens was Kleines im Inneren.

Er dreht sich um, geht zum Kiosk und kauft den ›Blick‹. Im Stehen schlägt er die Seiten um.

»Schweizer Muslimin sticht Räuber nieder!«

Seine Hände zittern, die Zeitungsseiten zittern mit und rascheln leise. Ihm ist ein bisschen schlecht. Durch die Zähne zieht er die kalte Morgenluft tief in sich hinein. Er muss sich setzen. Vor dem Rondell-Café lässt er sich auf die runde Holzbank nieder.

Eine Frau mit rotbraun gedunsenem Indianergesicht sieht ihn von der Seite an und hebt wie zum Gruss ihre hellblaue Bierdose. Sie erwartet keine Antwort und dreht sich wieder ihrem Kumpel zu, der auf seinen Hund einredet.

Bannwart beugt sich vor, auf den niedrigen Pilztisch gestützt, hält er die Zeitung von sich weg.

Sie haben ein Foto von der Brücke gemacht, ein Pfeil zeigt auf die Mitte. Überfall nennen sie es, und Räuber die drei Jungen. Von zweien wissen sie die Namen, gedruckt sind nur Initialen. R. A. ist der mit dem Messer, T. B. der, der sich gestellt hat. Noras Namen kennen sie nicht. Die »Studentin aus Zürich« habe den Räubern widerstandslos das Portemonnaie gegeben. »Aber als sie ihr auch das Kopftuch wegnehmen wollen, da wird die Islamistin zur Furie. Sie stürzt sich auf Bandenführer R. A., reisst ihm das Messer aus der Hand und rammt es ihm in den Bauch. ‹Sie hätte uns alle drei töten wollen›, sagte T. B. gestern zu Radio Energy, bevor er sich der Polizei stellte. R. A. ist ausser Lebensgefahr. Die Staatsanwaltschaft hat seinen Komplizen T. B. in Untersuchungshaft genommen. Auch die Messerstecherin bleibt in Haft, bis klar ist, ob es wirklich Notwehr war.«

Bannwart klatscht die Zeitung zu, im Inneren knittern die Seiten, und tiefer ins Papier greifen seine Finger, raffen und knüllen es zusammen. Mit den Ellbogen drückt er sich vom Tisch hoch und geht auf einen Abfalleimer zu.

»He, Monsieur! … Ihre Tasche …«

Hinter ihm hebt die Indianerin seine Aktenmappe in die Höhe.

Bannwart macht kehrt.

»Ja… danke.«

Sie zeigt auf das Papierknäuel in seiner Linken.

»Also, den ‹Blick› nähme ich schon, wenn Sie ihn nicht mehr wollen.«

»Nein, leider brauche ich… Aber hier… Moment…«

Er klemmt die Mappe zwischen die Beine und gräbt in der rechten Hosentasche. Ein paar Münzen schöpft er, ein, zwei Franken sind darunter und kleines Zeug, das alles hält er der Frau hin. Verquollen blickt sie zu ihm auf und macht rasch die hohle Hand.

»Merci, Monsieur.«

»Und schöner Tag noch«, krächzt ihr Saufkumpan.

Bannwart nickt und wendet sich ab, weg von hier, weg auch mit dieser Zeitungswurst, doch erst auf der anderen Seite des Platzes, ausser Sichtweite der Clochards, stopft er sie in den Maulschlitz einer silbernen Abfallsäule.

Und jetzt?

Ins Büro, er hat Termine, den ersten in einer halben Stunde. Doch etwas hält ihn zurück, lähmt ihn. Womit hat er all seine Energie verbraucht? Fast nichts mehr übrig. Dieser müde Widerwille, dieser leise Ekel, diese Übelkeit, die auf die Eingeweide drückt. Er fühlt sich krank.

Überreizte Nerven, der Ärger, alles nur Einbildung.

Und doch muss er sich zwingen weiterzugehen, jeder Schritt das Limmatquai hinab ist ein Willensakt. Als flösse die Limmat verkehrt, durch die Strasse und ihm entgegen. Gegen eine unsichtbare Strömung stemmt er sich, sie schwillt an, je näher er dem Amtshaus kommt. Grosse Kraft kostet es, die Brücke zu überqueren, und

als die Fenster seines Büros von oben auf ihn herabse-
hen und hinter ihnen wie eine gereckte Faust der Turm
der Sternwarte, da ist Bannwart so erschöpft, dass er
heulen könnte.

Er schleppt sich die vielen Stufen der Loggia hoch
bis zum Portal, stösst die Tür auf, zieht am Windfang-
flügel, vorwärts und zurück, seit bald hundert Jahren
bremst dieses Amtshaus jeden Eintretenden auf die
gleiche Weise, doch zum ersten Mal nimmt es Bannwart persönlich, als sträube das Gebäude sich, ihn aufzunehmen. Er steigt die düstere Treppe um den Lift in
die erste Etage hinauf, schliesst das Büro auf und sackt
in seinen Schreibtischsessel. Eine volle Minute verstreicht, bevor er sich aufrafft, den Mantel auszuziehen
und zu melden, dass er da ist.

Dann kommt frisch und federnd Milena mit den
Sitzungsunterlagen und einer dringenden Terminände-
rung, und schon taucht Bannwart ein in sein vertrautes
Biotop der Pläne, Projekte und Entwicklungsstudien.
Die Stadt ist seine Grossbaustelle, durch die er sich mit
sicherem Schritt bewegt, weil er jedes Areal kennt, auf
dem Neues in die Höhe wächst. Er kennt die Bauherren
und die Architekten und diese kennen ihn. Er und sein
Amt für Städtebau haben einen guten Ruf, weil man
weiss, dass er gute Leute um sich hat. Und von all seinen guten Leuten weiss niemand, was mit Nora passiert
ist, und niemand an der Morgensitzung fragt ihn und er
muss auch niemandem etwas sagen. Die ganze Angst
für nichts und wieder nichts. Arbeit ist doch die beste
Medizin.

Schon eine ganze Weile hat Bannwart nicht mehr an
Nora gedacht, als ein Herr Lindenmann anruft. Höflich
fragt er, wann Bannwart heute Zeit hätte, kurz bei der

Kriminalpolizei vorbeizukommen. Der Überfall auf Nora, eine kleine Auskunft, nur ein Detail, nein, am Telefon sei das leider nicht möglich, eine halbe Stunde, höchstens. Viertel nach eins passe prima, sagt Herr Lindenmann und nennt ihm die Adresse.

Zwei Stunden noch. Zwei verlorene Stunden. Klüger wäre es gewesen, gleich zur Polizei zu gehen, um die Sache hinter sich zu bringen. Vielleicht hängt von seiner Aussage Noras Freilassung ab, und nun muss sie zwei Stunden länger darauf warten. Obschon – welche Auskünfte, die Nora helfen, könnte er der Polizei geben? Er war im Engadin, als es passierte. Er weiss nichts. Nora und Sami hat er vor drei oder vier Wochen zuletzt gesehen, sie kamen an einem Sonntagabend zum traditionellen Zitronenhuhn. Aber das interessiert die Polizei doch nicht.

Schollmann fragt, ob Bannwart zum Mittagessen in die Brasserie komme; Kris Matter, Milena und Derungs seien mit von der Partie. Da erst merkt Bannwart, wie hungrig er ist. Doch lässt er sich entschuldigen, leider schon verabredet. Geplauder verträgt er heute nicht, Fragen noch weniger. Auch in die Cafeteria im Dachgeschoss oben will er nicht.

Unter Fremden isst er sein Sandwich vom Globus, auf einer Bank unter dem Pestalozzi-Denkmal. Hier spricht ihn keiner an. Er sieht auf die Spatzen herab, die um seine Füsse hüpfen und Krümel picken. Als er aufsteht und sich die Hose abklopft, vibriert sein Handy. Carola. Er schaltet das Telefon aus. Von seinem Besuch bei der Polizei will er ihr erst danach erzählen.

Eine Viertelstunde noch. Um die Zeit zu füllen, schlendert er ins Warenhaus, fährt die Rolltreppen hoch bis zur Haushaltabteilung, bummelt teilnahmslos an Geschirr, Pfannen, Vasen und Gläsern vorbei und verlässt die Etage durch die Glastür zum Treppenhaus, das taghell und leer sich fast hochmütig von der Überfülle im Hausinneren distanziert. Gemächlich steigt er die Stufen hinab.

Nun macht er sich auf den Weg, keine fünf Minuten sind es, nur gerade über die Sihl und links. Ein kleines Stück flussaufwärts ist die andere Brücke, der Fussgängersteg, den er auch hätte nehmen können. Ohne einen Gedanken daran hat er ihn gemieden, und er wechselt die Strassenseite, um nicht an der Einmündung des Stegs vorbeigehen zu müssen. Vor der alten Militärkaserne hält er den Blick am Boden, auf dem Asphalt vor seinen Füssen. Nicht nach links, nicht über die Strasse sehen, er will den Unglücksort nicht anschauen, wie Verrat käme ihm das vor.

»Sie wissen, dass der Vorfall ganz in der Nähe war?«

Lindenmann ist etwa Mitte vierzig, ein runder Kopf mit Glatze und ein müdes Gesicht, das aber gerne zu lachen scheint. Er trägt keine Uniform, sondern eine schwarze Lederjacke, darunter ein senfgelbes Hemd, das am Bauch etwas spannt.

»Gleich hier um die Ecke, auf der Militärbrücke.«

Seine Hand mit dem Siegelring macht eine ungefähre Geste zum Fenster des schmucklosen Büros.

Bannwart nickt. »Der Staatsanwalt sagte es mir. Am Telefon. Wir waren im Engadin. Darum glaube ich nicht, dass ich Ihnen gross helfen kann, was den … Vorfall angeht.«

»Vielleicht können Sie uns doch helfen.« Lindenmann beugt sich zur Seite, zieht eine Metallschublade seines Schreibtischs auf, holt etwas Knisterndes heraus und gibt der Schublade mit dem Knie einen Stoss, dass sie leise grollend zurückgleitet und mit einem Klacken einrastet. »Hier. Das wollte ich Ihnen zeigen.«

Er legt einen durchsichtigen Plastikbeutel auf den Schreibtisch. Ein Kreuz? Nein, ein Messer. Mit Holzgriff. Vorne wie zwei Flügel, damit die Hand nicht in die Klinge –

Der sudanesische Dolch! Um den Schreck zu überdecken, räuspert sich Bannwart.

»Sie dürfen es auch anfassen. In der Verpackung natürlich«, sagt Lindenmann, als berate er einen Kunden beim Kauf. »Und umdrehen, wenn Sie wollen.«

»Ist das das Messer ...?«

Statt einer Antwort zeigt Lindenmann nur mit dem Finger darauf. »Schauen Sie es gut an. Sie haben Zeit.«

Bannwart berührt die durchsichtige Hülle nicht, beugt sich aber darüber, die Stirn vor Anstrengung gerunzelt. Ein kleines Schwert schaut ihn an. Gerade Klinge, beidseits geschliffen, etwa fünfzehn Zentimeter lang. Braune Flecken darauf. Rost oder Blut? Bannwart graust es. Er schliesst die Augen, schüttelt den Kopf.

»Und?«, fragt Lindenmann geduldig.

Halbe Gedanken jagen sich im Kreis. Was darf er, was soll er – muss er überhaupt? Hätte er doch Eva Rengger angerufen, bevor er kam. Doch wenn Lindenmann Nora schon befragt hat, dann weiss er Bescheid, und eine Lüge könnte Nora nur schaden.

»Ich bin mir nicht sicher ... Es könnte – ich meine, es gleicht einem Messer, das ich einmal geschenkt bekam – allerdings nicht so ohne ... so offen.«

»Warten Sie.« Mit einem kleinen Ächzer krümmt sich der Kriminalbeamte erneut zur Schublade herab und legt dann einen zweiten Beutel zwischen ihnen auf die Tischplatte. »Meinen Sie das?«

Jetzt ist kein Zweifel mehr. Die drei geflochtenen Armriemen, die Lederfransen daran – und vor allen anderen Erkennungszeichen: dieser leuchtend rosa Streifen, ein dünner Kunststofffaden, der die Scheide vor der Spitze eng umwindet.

»Das könnte der Dolch sein, den ich aus Ägypten mitgebracht habe – aber damit hat doch Nora nichts zu tun.« Mit beiden Händen versucht er zu erklären. »Sie hatte ihn nie – den Dolch meine ich, der gehört nicht ihr. Nie hat sie ihn in der Hand gehabt.«

»Einmal schon!«

Wie ein Schloss schnappt das zu.

Bevor Bannwart etwas sagen kann, lächelt Lindenmann wieder.

»Aber wir wissen auch, dass sie das Messer nicht auf sich hatte. Die Scheide war noch am Arm des Verletzten, als wir kamen.«

Befreit atmet Bannwart aus. »Dann ist ja gut.«

»Was uns interessiert, ist: Wie kommt der junge Mann, der Ihre Tochter überfallen hat, zu dieser Waffe?«

»Wenn ich das wüsste!«

Nun erzählt Bannwart die ganze Geschichte. Wie Samis Grossvater im Sudan zu dem Dolch gekommen ist. Wie der Vater ihn beim Abendessen Bannwart geschenkt hat, nachdem er von Björns Wunsch nach einem Säbel gehört hatte. Das Intermezzo mit dem Polizisten am Flughafen lässt Bannwart aus, schildert aber Björns Enttäuschung und seine eigene Wut, als sein Sohn den Dolch verschenkte oder verkaufte. Dass es um Haschisch ging, sagt er nicht.

»Ich habe verlangt, das er ihn zurückholt, immerhin ein Geschenk von Noras Schwiegervater. Und mein

Sohn hat sich auch wirklich bemüht, doch der andere hatte den Dolch schon nicht mehr. Weitergegeben an einen Dritten oder Vierten – jedenfalls kam Björn nicht mehr daran heran.«

»Wir werden auch Ihren Sohn dazu befragen müssen. Er ist jetzt in Zuoz?«

Bannwart nickt. Also wissen sie den Rest auch schon.

»Vielleicht kennt er den letzten Besitzer des Dolches.« Lindenmann greift hinter sich und angelt einen dünnen Aktendeckel von einem Stapel. Ohne ihn ganz zu öffnen, zieht er Fotos hervor und spielt sie wie Karten aus. »Haben Sie einen von denen schon einmal gesehen? Zum Beispiel, dass Ihr Sohn ihn nach Hause mitgebracht hat?«

»Sind das die – dann haben Sie auch den Dritten?«

»Seit gestern Abend.«

Hitze presst in Bannwarts Kopf. Drei bleiche unfertige Gesichter schauen ihn an, erschrocken und trotzig. Drei kleine Gangster, kurz geschoren wie Sträflinge. Einer hat rote Schrammen oder Pickel am Kinn, beim anderen schneidet eine weisse Narbe durch eine Braue, und der Dritte ist fett. Bannwart könnte ihnen ins Gesicht schlagen. Jedem einzelnen, ohne Erbarmen. Mitleid haben sie nicht verdient, nach dem, was sie Nora angetan haben.

»Kommt Ihnen einer bekannt vor?«

Lindenmann hat ihn die ganze Zeit beobachtet. Bannwart schüttelt den Kopf.

»Leider nein, nie gesehen, keinen… Welcher ist der Verletzte?«

Lindenmann hebt die Hände. »Darf ich nicht sagen. Ermittlungstechnische Gründe, Sie verstehen… Dann machen wir also noch ein kurzes Protokoll.«

Beinahe beschwingt verabschiedet sich Bannwart von Lindenmann, dankbar, dass alle drei gefasst sind. Auf der Zeughausstrasse blickt er noch einmal am Gebäude der Kriminalpolizei hoch. Die hätten auch bessere Büros verdient als diesen öden Betonskelettbau. Gegenüber steht das Polizeigefängnis. Bannwarts Vorgänger hat es in nur vier Monaten auf die Kasernenwiese gepflanzt, als Provisorium. Graue Betonelemente unter einem Tonnendach und ein hoher Drahtzaun darum.

Dort drin sitzen sie jetzt.

Er hat vergessen, Lindenmann danach zu fragen, aber dort müssen sie doch sein, eingeschlossen in Einzelzellen. Grimmige Befriedigung erfüllt ihn, bis er an Nora denken muss. Sie hat es in Dielsdorf hoffentlich komfortabler.

Die Militärbrücke meidet er auch auf dem Rückweg, er geht aussen herum am Stauffacher über die Sihl. An einem Plakatständer begegnet ihm Metropolis: »Filmstadt Zürich sagt Ja zu Metropolis auf dem Manz-Areal!« Der Bau als futuristische Skizze, knallig blau im rot-gelben Strahlenkranz, heroischer Art déco, nur der goldene Oscar fehlt. Drei Wochen vor der Abstimmung ist Manz etwas nervös geworden, unnötigerweise. Was fürchtet er? Die paar ungelenken Plakate »Deutscher Protzklotz – Nein!« oder »Wohnungen statt Spekulanten-Monopoly« sind keine Gefahr. Das weiss auch Manz. Aber er will sich zeigen, es scheint ihn zu kränken, dass nur über den Investor Wilk und dessen russisches Geld gesprochen wird, und nicht darüber, dass es das Grundstück seiner Vorfahren und ihrer leider untergegangenen Industrie ist, auf dem Metropolis zu stehen kommt.

Bannwart hat Urs Manz nie ganz ernst nehmen kön-

nen. Für ihn war er der typische Liquidator einer aus-
sterbenden Dynastie, ein glücklicher Erbe ohne eigene
Verdienste, Nutzniesser eines Vermögens, zu dem er
nichts beigetragen hat. Auch Metropolis ist nicht sein
Werk. Er besass nur den nackten Boden. Die Idee und
das meiste Geld kamen von Wilk. Den Architekturwettbewerb aber, der aus dem rohen Renditebau einen
Diamanten schliff, und sogar den Namen Metropolis
verdankt er Bannwart. Erst als das Projekt Gestalt annahm, ist Manz' Begeisterung erwacht. So sehr, dass er
dort sogar eine Firma gründen will, eine Filmproduk-
tion, die seinen Namen trägt: Manz Metropolis. Diese
Abstimmungsplakate sind sein erster Werbeauftritt.

Carola habe schon zweimal angerufen, es sei dringend, sagt Milena. Erst da fällt Bannwart ein, dass sein
Handy noch immer abgeschaltet ist.

»Wo warst du? Seit über einer Stunde versuche ich,
dich zu erreichen –« Carola lässt ihn nicht zu Wort
kommen, so erregt ist sie. Sie hat Sami vom Flughafen
abgeholt, und als sie ihn vor seinem Haus abladen wollte, standen dort zwei Männer vor der Tür, einer mit
einem Fotoapparat, der machte Bilder von Sami, und
der andere fragte ihn nach seiner Frau – nach Nora.
»Ich habe Sami sofort wieder ins Auto gepackt und bin
mit ihm zu uns nach Hause gefahren, und jetzt sind wir
da. Was sollen wir machen? Er kann doch nicht zurück,
wenn die ihm dort auflauern.«

»Was waren das für Leute?«

»Woher soll ich das wissen! Irgendwelche Reporter
– wegen Nora. Die wissen schon, wo sie wohnt und wer
ihr Mann ist. Du musst die Polizei anrufen. Das ist doch
verboten! Jemandem so auf der Strasse aufzulauern.«

»Warte, Carola… einen Moment. Wo ist Sami jetzt?«

»Hier bei uns. Völlig fertig, nach all dem. Traut sich nicht mal mehr vor die Tür.«

»Ich komme sofort. Wartet, bis ich da bin.«

»Und die Polizei – soll ich?«

»Nein, noch nicht. Noch niemanden anrufen.«

Samis grosser Trolley steht aufrecht unter der Garderobe, das Gestänge halb herausgezogen, als müsse er gleich weiter. Ein Fremdkörper, dieser Koffer, das leuchtende Türkis passt nicht in den Flur. Und nicht zu einem Mann. In der Farbenwahl zeigt sich der Kulturunterschied noch immer. Samis erdfarbene Anzüge, dazu die zu grellen Krawatten. Und die goldene Tissot, für die er noch zu jung ist, während sein lautes Lachen wiederum etwas zu jugendlich wirkt. Wie kann einer, der so viel lacht, ein guter Arzt, ein Krebsarzt sein, dachte Bannwart, bevor er Sami besser kennenlernte.

Carola hat ihn gehört, sie kommt auf den Flur, den Zeigefinger über die Lippen gelegt.

»Er ruht sich ein bisschen aus, der Ärmste«, flüstert sie und deutet ins Innere der Wohnung. »In Björns Zimmer.«

Noch einmal erzählt Carola, wie sie und Sami vor dem Haus von den zwei Reportern erwartet wurden. Neues erfährt Bannwart nicht, alles ging so schnell. Aber stolz ist Carola auf ihre rasche Reaktion, sofort hat sie den verstörten Sami wieder ins Auto gezogen und ist weggefahren, noch bevor die Wegelagerer sich auf ihn stürzen konnten. Keine Ahnung, wer sie waren und woher sie kamen. Nicht vom Fernsehen, soviel steht fest, die Kamera war eindeutig ein Fotoapparat. Ob aber der zweite Mann ein Mikrofon oder einen Notizblock hatte, erinnert sich Carola nicht mehr.

»Wir müssen Anzeige machen«, sagt sie. »Das geht doch nicht, dass sie uns vor der Haustür so bedrängen. Aber zur Polizei musst du. Eine Deutsche nehmen die nicht ernst.«

Vorher ruft Bannwart Eva Rengger an.

»Nur nicht die Polizei!«, sagt Eva. »Das macht die Medien erst recht scharf. Die haben doch ihre Kontakte zur Polizei. Besser ist, wenn Sami für ein paar Tage auf Tauchstation geht. Bald ist die Aufregung vorbei, es gibt ja keine neuen Tatsachen. Alle drei Räuber sind in U-Haft, auch der Verletzte. Die können keine Interviews mehr geben. Jetzt müssen wir die Ermittlungen abwarten, und die können Nora nur entlasten.«

»Und das Messer?«, fragt Bannwart vorsichtig.

»Tja, nette Überraschung. Nicht? Nora hat es in der Nacht gar nicht erkannt. Erst bei der Einvernahme. Ziemlicher Zufall, sicher. Aber längst nicht der ungewöhnlichste, der mir begegnet ist. Das Leben ist fantasievoll.«

»Björn hat es verkauft – für Haschisch. Ich habe ihm befohlen, es wieder zurückzuholen. Aber da war es schon weiter.«

»Mal hören, was die Täter darüber sagen. Aber Nora hat nichts zu befürchten. Und Björn hoffentlich auch nicht.«

»Björn hat doch nichts mit dem Überfall zu tun! Er ist seit mehr als einem Monat in Zuoz.«

»Natürlich, klar«, sagt Eva. »Ich meine ja nicht, dass Björn zur Bande gehört. Es wird sich alles klären. Nur Geduld.«

Trotzdem ist Bannwart beunruhigt. Wie wenig weiss er doch von Björn und seinen Freunden.

»Und? – Was ist mit Björn?«

Carolas Stimme ist scharf wie eine überdehnte Saite. Bannwart weicht ihrem Blick aus. Umständlich berichtet er von seinem Besuch bei der Kriminalpolizei, vom sudanesischen Dolch, dessen Scheide der verletzte Räuber noch am Oberarm trug, als Polizei und die Sanität an den Tatort kamen – darum sei es auch der Polizei völlig klar, dass der Dolch die Waffe der Räuber war. Und weil Björn den Dolch nicht mehr zurückbekommen hatte, sei für jeden vernünftigen Menschen ebenso klar, dass er die Räuber nicht kennt.

Carolas Lippen sind ein dünner weisser Strich. Schliesslich sagt sie: »Sami darf das nicht erfahren. Noch nicht. Es wäre eine Belastung. Und eine Beleidigung, weil Björn das Geschenk seines Vaters einfach so verhökert hat.«

Zu dritt sitzen sie am Abendessen, wie Flüchtlinge in einer Notunterkunft. Sami sieht erbärmlich aus, übernächtigt, das sonst so frische Braun seiner Haut ist fahl wie dürres Laub, ein früh gealterter Mann mit hängenden Schultern, rundem Rücken und schütterem Haar am Hinterkopf. Er kann es nicht fassen, dass Nora im Gefängnis ist.

»Schlimmer als in Ägypten«, sagt er kopfschüttelnd, und Carola nickt dazu stumm und schwer.

Ob Gedankenlosigkeit oder Mitgefühl, falsch ist es in jedem Fall. Nicht im Ernst kann Carola glauben, Nora käme in Kairo besser weg. Sie hat doch erlebt, wie sich der Polizist auf dem Flughafen aufführte. Und das war noch harmlos, er war allein und getraute sich nicht alles, unter den Augen der vielen Ausländer. Leicht vorzustellen, wie so ein Typ mit Nora umginge, wenn er und seine Kollegen sie bei sich auf der Wache hätten. Gerade Carola, mit ihrem Sensorium für solche Dinge, müsste das wissen. Wenn Sami in seiner augenblicklichen Verfassung solchen Unsinn von sich gibt, kann Bannwart ihm das nachsehen. Obwohl es ihn verstimmt, Sami so kraftlos und entwurzelt vor sich zu sehen. Welchen Halt hat Nora an diesem Mann, sollte sie einmal wirklich in Not sein?

»Heute Nacht bleibst du bei uns«, sagt Carola, und Sami schaut zu ihr auf wie ein Hund. »Notfalls könnte er auch ein paar Tage hier wohnen, nicht wahr, Robert?«

Bannwart wundert sich, wie rasch sie bereit ist, das Badezimmer mit ihrem Schwiegersohn zu teilen.

Sami kommt ihm zuvor: Morgen müsse er wieder in der Klinik sein, und dort hätten sie auch Zimmer für Angestellte, wo er für die nächsten Tage unterkommen könne. »Arbeit ist das Beste jetzt. Da muss ich nicht immer daran denken.«

Er denkt nur an sich – nein, ich bin ungerecht, wir haben schon drei Tage Zeit gehabt, uns daran zu gewöhnen.

Das Telefon dudelt.

»Ich gehe …« Bannwart stösst seinen Stuhl zurück, heraus aus dem dumpfen Bann der Runde. Er nimmt das Telefon ins Wohnzimmer, bevor er es einschaltet.

Gepresstes Näseln, Vinz Kellenberger. » … muss Sie etwas Heikles fragen – aber es ist meine Pflicht, darum rufe ich selbst an und nicht einer meiner Reporter …«

Bannwart fällt ihm ins Wort: »Medienfragen beantworte ich nur in meinem Büro. Das wissen Sie, Herr Kellenberger.«

»Halt, nein, nichts mit Ihrem Amt.«

»Was wollen Sie?«

»Klarheit, Herr Bannwart! Klarheit, ob meine Informationen stimmen und das Ihre Tochter ist …«

»Was fällt Ihnen – hören Sie: Ich verbiete Ihnen, mich…«

»Herr Bannwart«, schnarrt Kellenberger, »Ihren Beamten können Sie verbieten, was Sie wollen. Nicht aber dem Chefredaktor des grössten Senders dieser Stadt. Mir können Sie nicht verbieten, meine Pflicht zu tun!«

»Ihre Pflicht…? In Ihren Arsch damit!« Und presst den Daumen auf das Telefon, als zerdrücke er eine Wanze. Die gestaute Wut zittert, kann nicht abfliessen. Er starrt auf den Apparat in seiner Hand. Wagt es Kellenberger, noch einmal anzurufen? Das Telefon bleibt stumm. Bannwart wartet ab, bis sein Atem sich beruhigt hat, dann geht er zurück an den Tisch.

»Wer wars?«, fragt Carola.

»Ach, geschäftlich. So ein Amok, der nicht bis morgen warten wollte. Hat aber nichts gekriegt.«

10

»Sami ist schon weg. Schon um sechs.«

Carola lehnt mit dem Hintern am Spülbecken, die Beine gekreuzt, und bläst leicht über ihre Tasse Jasmintee. Frühaufsteherin, immer schon, auch das ein Grund für getrennte Schlafzimmer.

»Hat er wenigstens was gegessen?«

»Habe ihm Tee gemacht. Mehr wollte er nicht.«

Carola wartet, bis Bannwarts Espresso ausgerattert hat. Dann sagt sie: »Gut, dass er so früh in die Klinik ging. Ich habe ihm nicht gesagt, was heute im Radio kam: Dass die Studentin mit einem arabischen Arzt verheiratet ist – und die Tochter eines Zürcher Chefbeamten. Robert, die wissen, dass du das bist!«

»Na und? Ich kann Nora nicht schaden«, gibt Bannwart patzig zurück. Er ist wütend, nicht auf Carola, auf Vinz Kellenberger, den Denunzianten, dem er das zu verdanken hat.

»Pass trotzdem auf. Die Sache macht mir langsam Angst, ehrlich.«

Gut, dass er ihr nichts von Kellenbergers Anruf erzählt hat.

»Und wer, bitte schön, sollte uns beiden auch nur das Geringste vorwerfen können?«

»Und die Sache mit Björn? Der Dolch? Ich bin drauf und dran, Björn anzurufen und ihn selbst zu fragen.«

»Na bravo! Das Dümmste, was du tun könntest!«, braust Bannwart auf. »Herrgott, Carola, siehst du denn nicht, dass du ihn damit erst verdächtig machst? Zeugenbeeinflussung, oder wie die das nennen.«

»Schrei mich bitte nicht so an.« Carola rückt von ihm ab. »Das ertrage ich jetzt gar nicht. Und diese Besserwisserei …«

Sie nimmt einen grossen Schluck Tee, um nicht etwas Schärferes zu sagen. Dann schüttelt sie den Kopf und geht, und Bannwart bleibt allein in seinem brodelnden Missmut.

Wenn es Vinz Kellenberger gewesen ist, und etwas anderes ist nicht denkbar, woher hat er die Informationen? Vom Staatsanwalt? Oder von der Kriminalpolizei – etwa von diesem Kommissar Lindenmann? Vinz kennt die halbe Stadt, hat alle schon in seinen Talkshows gehabt, mit fast jedem per Du, und jeder macht mit und lacht über seine groben Übertreibungen hinweg, dabei mag ihn keiner und traut ihm niemand, denn auf Kellenberger ist kein Verlass. Wen er heute umschmeichelt, dem kann er morgen in den Rücken fallen. Und inszeniert sich dabei als unbestechlichen und unerbittlichen Inquisitor im Dienste des Publikums. Ehrsüchtig, hinterhältig und hellwach, eine gefährliche Mischung. So einen beleidigt man nicht ungestraft. Das hätte Bannwart wissen können, und das hat er auch gewusst.

Doch hat er nur ausgesprochen, was alle über Kellenberger denken und was sich keiner getraut, laut zu sagen. Einen schmierigen Charakter nannte ihn Marlen Zollinger kürzlich im kleinen Kreis, und als Bannwart rückfragte, ob er richtig gehört habe, war Vinz bloss noch ein schwieriger Charakter. Und heute wagt sie nicht einmal mehr das, so sehr fürchtet sie, dass die Geschäfte ihres Mannes mit Rainer Wilk ihrem Prestigeprojekt Metropolis schaden könnten. Er, Bannwart, aber, dessen Tochter zu Unrecht in Untersuchungshaft sitzt, hat es gewagt, Vinz Kellenberger zurückzuweisen. Er hat keine Angst vor Vinz und seiner Rachsucht. Er hat nichts zu verbergen und nichts zu verlieren.

Trotzdem ist er auf der Hut. Wenn Reporter vor der Wohnung von Nora und Sami standen, können sie auch hier auftauchen. Unter der Haustür verharrt er kurz und sichert.

So, stellt er sich vor, verlässt ein Fuchs seinen Bau und zieht durch die Nacht auf Pirsch.

Er tritt hinaus in den Morgen, nichts Ungewöhnliches auf der Strasse, keine Gefahr. Dennoch nimmt er einen anderen Weg. Statt hinauf zum Klusplatz, den Berg hinunter zum Hegibachplatz, wo die Elf fährt. Dieses Tram benützt er selten, weil er nur ungern von der Bahnhofstrasse her zur Arbeit geht. Dabei wäre die Haltestelle dort um einiges näher beim Büro; doch in Bannwarts Empfinden liegt die Bahnhofstrasse im Rücken seines Amtshauses, ein Hintereingang, während der Weg vom Limmatquai über die Brücke für ihn Weite und Grandezza besitzt. Irrational, er weiss es, aber ein harmloser Spleen.

Am Hegibachplatz stehen weniger Leute als am Klusplatz um die gleiche Zeit. Bannwart überfliegt die Gesichter, kennt niemanden. Zwei junge Männer in dunklen Anzügen sprechen Englisch; sie werden wohl am Paradeplatz aussteigen. Eine Frau blättert »20 Minuten« durch, hastig, als suche sie etwas, und als sie die Elf die Forchstrasse herabkommen sieht, schleudert sie das Blatt in seine leere blaue Blechbox zurück.

Schnell schnappt sich Bannwart die Zeitung, beschämt ob seiner Gier, aber er muss sie haben, weil er weiss, dass er darin etwas finden wird. Er zögert den Moment hinaus, bis er im Tram steht, am Hintern die gelbe Stange, auf die man sich halb lehnen und halb setzen kann.

»Muslim-Messerstecherin: Tochter eines Chefbeamten«

Das hat er erwartet, und doch wundert er sich, wie ruhig er es liest. Sein Herz, er hört es, scheint sogar langsamer zu schlagen. Es war vorbereitet auf Schlimmeres, auf einen Namen schon im Titel. Im Artikel darunter tanzen dann die Wörter vor seinen Augen, dass er sich zwingen muss, den Zeilen zu folgen, ohne zu entgleisen. N. B. – nur die Initialen. Aber was sie schreiben, ist übel.

»Die Messerstecherin N. B. (25) hat im letzten Herbst einen ägyptischen Arzt vom Universitätsspital geheiratet. Seither ist die Studentin zum Islam übergetreten und trägt ein Kopftuch. Aufgewachsen ist sie in Zürich, als Tochter eines Chefbeamten im Hochbaudepartement von Marlen Zollinger (FDP). Sie sitzt in einem Gefängnis im Kanton Zürich in Untersuchungshaft. Auch die drei Jugendlichen sind in Haft. Ausser Lebensgefahr ist R. A. (17), der durch ihren Messerstich in den Bauch verletzt wurde. Staatsanwalt Franco Rossi wollte ›20 Minuten‹ keine Auskunft geben, ob er auch die islamistische Studentin anklagen wird.«

Die Studentin. Kann sie überhaupt noch weiterstudieren? Nach einer Untersuchungshaft? Auch Rechtswissenschaft? Was wird aus Nora, wenn alles vorbei ist?

Er versenkt das Blatt in seiner Mappe. Die ganze Auflage müsste man aus dem Verkehr ziehen. Wer von seinen Leuten hat den Artikel gelesen? Die meisten fahren mit der Strassenbahn zur Arbeit. Sie haben ›20 Minuten‹ in der Hand gehabt, entweder aus der Box oder im Tram aufgelesen und durchgeblättert. Und die wenigen, die wie Bignia mit dem Fahrrad kommen, erfahren es von den anderen. Also wissen es alle. Auch oben. Marlen Zollinger sowieso, dafür sorgt ihre Pressesprecherin.

Er wird nichts sagen. Familienangelegenheit, hat mit der Arbeit nichts zu tun. Und wenn ihn jemand direkt anspricht? No comment. Fragen werden an ihm abprallen. Er ist gewappnet, gepanzert, ganz anders als gestern, als er noch nackt und verletzlich war. Was hat sich verändert, was hat ihn stark gemacht? Seine Antwort an Vinz. In Ihren Arsch damit!

Arsch! Arsch! Arsch!, zischen seine Schuhsohlen auf den Steinstufen der Loggia. Im Schatten des Kreuzgewölbes, dem Spinnennetz aus grauem Sandstein, schliesst er eine Tür auf und schlüpft ins sichere Untergeschoss seines Amtshauses. Eine Geheimtüre, selbst für ihn, der sie selten, und wenn, dann nur als Ausgang benützt. Falls jemand, was er nicht wirklich glaubt, aber angenommen, dass ihn heute einer am Haupteingang erwarten sollte, ein Reporter vielleicht, der seine Gewohnheiten ausgekundschaftet hat und weiss, wann und aus welcher Richtung er jeweils zur Arbeit erscheint, falls also oben so einer ihm auflauern würde, dann hätte er den jetzt schön verarscht. Diebische Freude. Und Arsch, Arsch, Arsch, steigt er die Treppen hinauf zu seinem Büro.

Er schaut ihnen nicht ins Gesicht, will gar nicht ihre Blicke sehen. Sollen sie ihn doch beäugen, von vorne, von der Seite, von hinten, offen, verstohlen, lüstern oder besorgt – nichts werden sie finden. Alles dicht. Niemand kann ihn ausspionieren.

Kurze Begrüssung und gleich zur Sache. So leitet er Sitzungen, wenn die Zeit knapp ist und er hinterher weg muss. Sofort sind alle viel konzentrierter, kein Palaver, keine Geschichten. Bis zum Schluss. Als sie vom Tisch aufstehen, und er froh ist, dass sie gleich aus seinem Büro sein werden, sagt Milena Roskovic:

»Ach, übrigens, wisst ihrs schon? Die Chinesen haben unseren Stadtpräsidenten zum Ehrenbürger von Kunming gemacht.«

»April, April«, quittiert Kris Matter von oben herab.

Empört fährt Milena auf. »Wetten, dass es stimmt? Um eine Flasche Champagner!« Sie streckt die Hand aus. »Die Marke bestimmst du.«

Kris zieht ihren Arm hinter ihre knochigen Hüften zurück. »Ich habe nur gesagt, dass heute der erste April ist…«

»Das ist kein Scherz – oder will jemand von euch wetten?«

Rebellisch blickt Milena in die Runde, die Rechte noch immer vorgereckt. Derungs legt ihr von hinten die Hand auf die Schulter.

»Ich spende dir jeden Champagner, den du dir wünschst.«

Milena reckt das Kinn gegen Kris empor. »Und? Welchen soll ich mir wünschen?«

Kris zuckt mit einer Schulter und schaut weg. »Kenn mich da nicht aus. Ich krieg nur Kopfschmerzen davon.«

»Ehlenbülgel Wiedelkehl?«, piepst Karl-Heinz Schollmann, und alle lachen.

»Vielleicht macht er noch Karriere und wird Ehren-bürgermeister…«

»Kaiser von Kunming!«

»Ihr glaubt es nicht? Morgen kommt die Medienmitteilung raus.«

»In chinesischer Schrift?«

So entlädt sich die Spannung, die über der ganzen Sitzung hing, in Sottisen. Bannwart spürt den Druck in der Brust wachsen. Er will nur eines: dass alle schnell rausgehen und ihn endlich allein lassen.

Es wird nicht besser, als er am Pult sitzt und zum Fenster hinaus auf den Hügel und die ETH sieht. Ein Vakuum, die starre Stille um ihn herum, eine Leere, in die er zu zerplatzen droht. Er muss eine andere Stimme hören, muss sprechen können. Sachlich, professionell, nichts Persönliches. Darum ruft er Kris Matter an. Bei ihr ist er sicher. Privates interessiert sie nicht, sie lebt nur für ihren Beruf und das Amt. Dipl. Architekt ETH steht auf ihrer Visitenkarte. Kris wisse nicht, dass sie eigentlich eine Frau sei, sagte Bignia einmal. Zu Bignia könnte er jetzt nicht. Die würde ihn ausfragen, gnadenloses Mitgefühl, unerträglich.

Er schnappt sich einen Plan der ›Nordküste‹. Mit diesem Brand hat sein Amt das Entwicklungsgebiet Affoltern geadelt. Lange Zeit der vergessene und verschlafene Nordwestzipfel der Stadt zwischen Hönggerberg und Hürstholz. Gemeinnütziger Wohnungsbau, wenig Industrie, letzte Zahnstümpfe des einstigen Dorfes, dazu das Naturschutzgebiet Katzensee und, wie ein Schwerthieb durch die Landschaft, die Autobahn A20. Doch seit dort neue Wohnanlagen neun Stockwerke hoch wachsen und die Autobahn unter einem Deckel verschwinden soll, gewinnt die ›Nordküste Zürichs‹ Felskonturen und städtebauliches Gewicht.

Eine Idee zum Projekt Wolfswinkel will er Kris vorlegen, nichts Neues und nichts Dringendes, ausser dass es ihn aus seinem Büro hinausdrängt, zu einem Menschen, mit dem er über die Arbeit und nur über die Arbeit sprechen kann.

Kris Matter kommt gar nicht auf den Gedanken, dass der Wolfswinkel ein Vorwand sein könnte. Sie beugt sich über den Plan der Überbauung und studiert ihn so gründlich und gewissenhaft, dass es Bannwart beinahe unwohl wird. Müsste sie nicht merken, wie dünn und durchsichtig seine Fragen sind? Aber sie lässt sich darauf ein und entwickelt ihre eigenen Vorstellungen, die, wie so oft, in Assoziationen ausufern und von den weitgreifenden Gesten ihrer langen Arme mehr verstreut als zusammengehalten werden.

Heute ist Bannwart nicht ungeduldig, sondern froh um jedes Wort. Ruhig sieht er Kris ins Gesicht, seit langem zum ersten Mal. Die schmale, gewölbte Stirn, darunter die eckige Metallbrille, hinter der die kleinen Augen in Konzentration zusammengekniffen sind, der scharfe Grat der Nase, die nervösen Lippen, verengt von der Anstrengung um die Präzision des Ausdrucks, das lange Kinn, das die Mondsichel des Schädels vollendet. Und auf einmal fragt er sich, ob diese sonderbare Frau nicht die einzige Person im ganzen Amt für Städtebau wäre, der er sein Herz ausschütten könnte. Gerade weil sie ihm so fremd ist und wohl auch gar nicht verstünde, was er vor ihr ausbreitete – ihm wäre das völlig egal, wenn er nur einmal frei reden und sicher sein könnte, nicht verraten zu werden. Ja, bei ihr könnte er darauf bauen, dass sie nicht tratscht.

Absurde Idee! Bannwart schiebt sie beiseite und hört weiter schweigend zu. Erst als Kris auf die Metropolis-Abstimmung kommt, widerspricht er ihren übertriebenen Befürchtungen. Ein Disput entsteht und biegt bald in die gewohnte Bahn ein, die von ihren gegensätzlichen Naturen vorgezeichnet ist. Sie behauptet ihre Seite und er befestigt die seine, beide sind sie zwei

Ufermauern eines Gesprächsflusses, den sie begrenzen, ohne ihn zu stauen, und der sie deshalb weiterträgt, bis sie nach längerer Zeit an einen Punkt gelangen können, der ihnen zu Beginn kaum in den Sinn gekommen wäre. Die ideale Diskussionspartnerin ist Kris. Solange sie seine Stellvertreterin bleibt. Als Chefin wäre sie nur schwer zu ertragen.

Gestärkt kehrt Bannwart zurück, tippt im Schritt beschwingt auf das eiserne Geländer zum Lichthof, ein schneller Blick hinab auf den mondbleichen Glasgrund, und er tritt in den Schatten der Ecke, in der sein Büro liegt.

»Herr Bannwart? Einen Moment –«

Er dreht sich um und sieht ins Auge einer Kamera. Einer kleineren als in Kairo, auch ist es kein Kameramann, der von der Treppe her auf ihn zu kommt, sondern eine Frau, blondes Haar links und rechts des halb verdeckten Gesichts, und darunter ein Mund, der eilig spricht, während die Kamera ihn anstarrt, wie damals mit Nora am Arm auf den Stufen herab zu den Hochzeitsgästen.

»Nur ganz kurz, Herr Bannwart, eine Frage …«

Er steht schon unter seiner Tür, die Klinke in der Hand, so nahe ist die Kamera, dass er einen Schritt rückwärts macht.

»… was sagen Sie zur Verhaftung Ihrer Tochter Nora?«

Da schiesst eine Kraft in seinen Arm und schlägt die Tür nach aussen. Sie knallt gegen die Kamera, ein Schrei, ein Scheppern, der Arm zieht sich zurück und die Tür schletzt ins Schloss.

Ein Stromstoss des Entsetzens lähmt Bannwarts Herz und Atem. Dahinter aber wölbt sich eine wilde Woge

Glückseligkeit, wälzt alle Mauern nieder und hebt alle Schwere auf, so heiter und leicht trägt ihn der Hass in die Höhe, und hätte er jetzt den Dolch in der Hand, es wäre ihm eine Lust, damit zuzustossen, hinein und hinein und hinein, bis es draussen nicht mehr schreit.

In der Faust noch immer die Klinke. Das Kreischen durchdringt die Tür. Andere Stimmen rufen dazwischen.

Derungs? Milena?

Sein Herz setzt wieder ein, eine schwere Glocke, sie dröhnt von dem, was er getan hat.

Ohne zu wollen, öffnet er die Tür.

Am Boden liegt sie und strampelt mit den Füssen. Milena kniet neben ihr und beugt sich über sie. Derungs kommt mit Servietten aus der Toilette gerannt. Die Frau schreit noch immer, beide Hände aufs Gesicht gepresst, blutverschmiert die Finger.

Mit weit aufgerissenen Augen blickt Milena zu Bannwart hoch.

»Sanität – ein Arzt… schnell!«

Bannwart nickt und stolpert aus seiner Höhle heraus.

Diese Schreie, von allen Seiten gellen sie, Wände und Gewölbe werfen sie auf ihn, er kann sie nicht mehr hören, diese schrillen Schreie, und darf sich doch nicht die Ohren zuhalten.

Sein Fuss kickt gegen etwas Hartes, das über den grünen Linoleumboden schlittert. Die Kamera oder ein Teil von ihr.

Zur Treppe und runter und raus.

Raus wohin? Nicht ans Tageslicht, nicht in dieser Verfassung, verstört, ohne Verstand, ohne Ziel. Weiter, ins Untergeschoss, in den abgedunkelten Saal des Stadtmodells, in die hinterste Ecke.

Dort lässt er sich auf einen Stuhl fallen und presst die Handballen in die Augen, bis er feurige Ringe sieht. Die Augen –

Erschrocken nimmt er die Hände vom Gesicht, reisst die Augen auf und blinzelt, um wieder klar zu sehen.

Das Auge ausgeschlagen. Mit ihrer Kamera. Mit seiner Tür. Mit seiner Hand. Ein Unfall. Das hat er nicht gewollt. Sich schützen, die Tür schliessen, bevor sie reinkam. Wusste nicht, dass sie so nahe, sonst hätte er nicht, war doch selbst am meisten – dieser Schreck. Und dieser Wahnsinnsmoment danach! Dieses unvergessliche Gefühl, das ihn durchrieselte. Und das ihn jetzt so drückt.

Bannwart sucht ein Taschentuch. Stösst an sein Handy, nimmt es heraus und schaltet es ab.

Die Sirene eines Krankenwagens.

Nora hat selbst die Sanität gerufen, sie ist beim verletzten Räuber geblieben.

Er kann jetzt nicht zurück. Irgendwann muss er aber wieder hinauf. Jetzt noch nicht. Er ist allein. Nur er und seine hölzerne Stadt. Und über ihnen die Sterne der vielen kleinen Spotlampen.

»Sie hat Glück gehabt«, sagt Milena. »Nur ein Riss in der Augenbraue, meint die Notärztin. Und eine Quetschung im Auge, das schon... Aber wie ist das passiert?«

Bannwart weicht ihrem Blick aus.

»Weiss auch nicht, ging alles so schnell«, murmelt er und reibt sich die Stirn, als hätte er sich gestossen. »Muss gegen die Tür gerannt sein, als ich zumachte.«

»Aber hast du sie denn nicht gesehen?«

»Ich wusste doch nicht, dass sie schon so nahe war. Sie

hat mich verfolgt.« Die Empörung stärkt seine Stimme.
»Vor der Tür hat sie mich überfallen und wollte in mein
Büro. Ohne zu fragen, ohne Erlaubnis, einfach rein.
Ich konnte gerade noch die Tür hinter mir schliessen.«

»Armer Chef!«

Gross schaut Milena ihn an.

Armer Chef, das ist auch die Reaktion der anderen.

Bannwart hat sein Kader kurz bei sich am Sitzungstisch versammelt, um über den Unfall zu informieren.
Unnötigerweise, weil alle, ausser Kris, schon alles wissen. Mehr als er. Von ihnen hört er, wie die Sanität die
Verletzte behandelt hat. Und für ihn schimpfen sie auf
die Medien. Eine Plage, diese Meute, hemmungslos,
gefrässig und dumm. Man müsste ihnen klar zeigen,
wo die Grenzen sind. Der Unfall – vielleicht lernt die
Videoreporterin etwas daraus. Ach, was lernen die
schon, entgegnet Bignia Giacometti verächtlich und erzählt von der Anfrage eines TV-Journalisten, der ihre
Antwort ins Gegenteil verdreht habe; nicht einmal böser Wille war es, bloss blankes Unwissen. Das Lachen
vereint sie und vertreibt die Nebel des Unglücks, von
dem sie, wenn man es genau nimmt, ja nicht wirklich
betroffen sind. Heiter gibt Schollmann einige Berliner
Erfahrungen mit Journalisten zum Besten. Das feuert
die anderen an, und eifrig überbieten sie einander mit
Dummheiten und Peinlichkeiten, die sie auf Vinz Kellenbergers Sender schon gesehen haben. Und doch
schauen alle diesen Kanal, sogar Schollmann.

Am Ende hat Bannwart den Eindruck, als gratulier-
ten sie ihm. Wofür? Für sein Handeln. Sie nehmen das
Geschehene nicht als Unglück wahr, sondern als Tat.
Und ihn als Täter. Schulterklopfend. Hat einen dreisten
Übergriff abgewehrt. Ein legitimer Akt der Notwehr.

Über Nora kein Wort. Aber sie haben an sie gedacht. Er fährt im Tram nach Hause. Aussen zieht die Stadt und innen der Tag an ihm vorbei. Armer Chef. Natürlich haben alle an Nora gedacht. Arme Nora. Wenigstens kommen die Reporter nicht an sie heran, vor denen ist sie sicher. Besser in Dielsdorf als –

Er zuckt zusammen.

Zuflucht im Gefängnis? Schutzhaft? Pervers!

Pervers wie dieses Gefühl heute. Er kennt es von früher. Damals in Küsnacht, als er mit dem Luftgewehr aus dem Dachfenster auf Spatzen und Stare im Garten zielte. Streng verboten, aber eine Sucht. Diese zitternde Anspannung, dieser helle Knall, dieser stumme Jubel, wenn die Federn stoben, eine explodierende Lust. Und diese drückende Scham danach, wenn er den Vogel im Gras auflas, noch warm, weissliche Haut vor den Augen, Blut im Winkel des Schnabels.

Einmal hat ihn der Vater im Garten mit einem toten Star erwischt. Getobt hat er, im Jähzorn schlug er zu, eine verzerrte Fratze, rot vom Alkohol. Den ersten Schlag nahm der Sohn noch als gerechte Strafe hin, den zweiten fing er ab. Hielt die Handgelenke seines Vaters fest umklammert. Trotz seiner panischen Schuldgefühle spürte er zum ersten Mal, dass er stärker war, dass er diesen dürren Mann erwürgen könnte, wenn er wollte. Dieser Gedanke erschreckte ihn mehr als das Spucke und Flüche geifernde Gesicht. Dennoch hielt er die Hände weiter gefangen, auch als der Alte hilflos nach ihm zu treten begann. Stärker als die Schuld war die Angst, der Vater könnte ihn für diese Auflehnung totschlagen, wenn er losliesse, bevor die Raserei vorbei war. Erst vierzehn war er, und sein Vater fünfundfünfzig, so alt wie er heute.

Armer Chef.

Er hat vergessen, Sami in der Klink anzurufen. Den ganzen Tag nie daran gedacht. Ob sie ihn in Ruhe gelassen haben?

Die Fünfzehn fährt in die Schleife der Endstation.

Vielleicht etwas leichtsinnig, am Klusplatz auszusteigen, als wäre nichts gewesen.

Keine Reporter. Nur Feierabendgesichter. Sie hasten vom Tram zu den Agglomerations-Bussen, als müssten sie aus der Stadt fliehen.

Einen Umweg nehmen? Sich dem Haus von hinten, durch die Wotanstrasse nähern? Feige wäre das. Das hat er nicht nötig. Er kann einen Überfall abwehren.

Dennoch geht sein Puls schneller, als er um die Ecke in die Streulistrasse blickt und nichts sieht. Die Anspannung steigt, je näher er dem Haus kommt. Bis zuletzt erwartet er, dass plötzlich jemand aus einem Versteck springt und sich ihm in den Weg stellt.

Nichts passiert.

Als sich die Haustür hinter ihm schliesst und er die Treppe zur Wohnung hinaufsteigt, fühlt er sich kraftlos und ausgelaugt.

»Was ist mit deinem Handy los? Du bist nicht zu erreichen«, fragt Carola als Erstes.

»Ich habe es abgestellt. Und nachher vergessen.«

»Schon wieder?«

»Ich war nicht bei einer Geliebten«, schnappt Bannwart zurück.

Carola sieht ihn misstrauisch an. »Was soll das? Habe ich so etwas behauptet?«

»Nein, aber es klang fast so.«

»Quatsch. Aber Sami wollte dich sprechen. Dir danken und sagen, dass er in der Klinik bleibt. Als er dich nicht erreichte, rief er mich an. Und ich habe es später auch versucht, zuerst bei dir im Büro, dann auf dem Handy.«

»Ich hatte eine Sitzung… wir hatten einen blöden Unfall…« Muss er ihr wirklich – zu spät, schon zu viel, seine Hände, das blödsinnige Gefuchtel. »Ach, eine Fernsehreporterin. Sie ist in eine Tür gelaufen. Vor meinem Büro… Tele Zürich, nicht Schweizer Fernsehen. Keine Ahnung, wer es war, kenne sie nicht.«

»Und? Ist sie verletzt?«

So forscht sie ihre Schüler aus. Diese Richterinnenpose mit verschränkten Armen. Merkt es nicht einmal. Er wendet sich ab und wäscht sich am Wasserhahn der Küche die Hände.

»Sie hat sich eine Augenbraue aufgeschlagen. Viel Blut, sonst nicht weiter schlimm. Aber ärgerlich. Weil es im Amt passiert ist.«

»Ist es dir passiert?«

Sie klingt ganz sachlich, eine künstliche Kühle aber, sie will ihn ausfragen, ohne ihn zu reizen.

»Ja, es war meine Türe. Ja, ich habe es getan! Zufrieden, Frau Staatsanwältin?«

Carola zuckt mit einer Schulter und lässt die Arme fallen.

»Gut. Wenn du nicht darüber reden willst…«, sagt sie und verlässt die Küche.

»Reden nennst du das?«, ruft Bannwart ihr hinterher.

Eine Stunde später ruft Schollmann an.

»Du, Banni, hast du gesehen, was die draus machen?«

Banni nannten ihn die Freunde in Berlin. Kein gutes Zeichen, wenn Schollmann den alten Kosenamen hervorholt.

»Nein, ich schau den Mist nie.«

»Mist ist das richtige Wort!... Aber vielleicht müsstest du heute mal eine Ausnahme machen. Zu deiner Information.«

»Du kannst mich ja informieren, wenn es nötig ist.«

»Ja, schon...«, druckst Schollmann unbehaglich, »ick wees bloss nich, ob ick ooch allet richtich mitjekriecht hab. Uff Schwitzertütsch.«

Bannwart lacht heiser. »War es denn so viel?«

»Na ja. Sie haben die Frau interviewt – dicker Kopfverband und ein Auge zugeklebt. Musste genäht werden, wie viele Stiche, weiss ich auch nicht mehr...«

Eine Narbe in der Braue, wie der eine Räuber.

»Was sonst?«

»Nun... sie sagen – das heisst, dieser Kellerberg sagt, sie erstatten Anzeige. Gegen dich. Wegen Körperverletzung...«

»Ha! Sollen sie nur! Dann mach ich eine wegen Hausfriedensbruch.«

»Ja, gut. Aber da is noch so ne Sache«, sagt Schollmann zögernd. »Die Reporterin kam von oben... vom dritten Stock. Die hatte ein Interview mit der Chefin, wegen Metropolis – das heisst wegen Oscar Zollinger und Rainer Wilk.«

Wärme steigt Bannwart in den Kopf. »Und, wie war das Interview?«

Leises Glucksen von Schollmann. »Konnten es nicht bringen, weil du die Kamera kaputtgemacht hast. Die behaupten, du hättest ihr mit Absicht die Tür an den Kopf gehauen.«

»Scheissblödsinn!«

»Klar. Ich sag ja nur, was die sagen. Die Reporterin behauptet, sie habe dich zufällig auf dem Flur gesehen und was fragen wollen.«

220

»Was fragen? Was wollte sie fragen?«

»Och wat wees ick ...« Schollmann windet sich hörbar.

»Was wollte sie mich fragen?«, beharrt Bannwart.

Schollmann seufzt. »Na, ja. Du weest schon. Wejen der Nora.«

Endlich ist es draussen. Schollmann ist der Erste, der es anspricht. Bannwart fühlt sich, als krieche er unter einer grossen Last hervor. Nur in der Kehle bleibt der Druck.

»Siehst du, Scholli. Und darum wollte ich nicht mit ihr reden. Das ist reine Familiensache, das geht die Medien nichts an.«

»Ja, versteh ich gut«, sagt Schollmann weich. »Aba pass uff dich uff, Banni. Ooch vor die Chefin. Die will den Fall untersuchen, hatse versprochen, sagt dieser Kellerberg.«

»Kellenberger – Vinz Kellenberger. Hat mich gestern angerufen. Stecken Sie es sich in Ihren Arsch, habe ich dem gesagt. Direkt ins Ohr.«

Schollmann lacht. »Da haste dir aba 'n Feind jeschaffn.«

»Damit kann ich leben.«

Nach dem Gespräch zieht Bannwart den Stecker des Telefons heraus. Nur zur Sicherheit. Sein Handy bleibt ausgeschaltet.

Carola kommt aus ihrem Zimmer. Eine Kollegin der Berufsschule hat sie angerufen und ihr von den Nachrichten erzählt. Sie schaltet den Fernseher ein, doch dort läuft bereits die Talkshow. Sie schaut auf die Uhr.

»Um neun will ich die Wiederholung sehen.«

»Warum sollten wir uns das antun?«, sagt Bannwart.

»Weil es um Nora geht – und um dich.« Ruhig sagt

sie es, scheint weder wütend noch ängstlich; nur müde sieht sie aus. »Darum solltest du dir das auch antun. Damit du vorbereitet bist.«

Bannwart ist vorbereitet, als er am Morgen in den dritten Stock hinauf muss. Allerdings nicht auf den Mann, der neben Marlen Zollinger sitzt, und den sie ihm als Dr. Roland Fehr, Rechtskonsulent des Stadtrates, vorstellt. Ein schlanker Typ in den Vierzigern, melancholisch verschattete Augen, schwarzes Haar nach hinten geölt, anthrazit schimmernder Anzug. Mediterrane Eleganz, er muss eine italienische oder spanische Mutter haben. Beim Händedruck biegt er sich vor, als picke er etwas auf. Die Chefin bleibt hinter ihrem Schreibtisch, ihr Nicken ist Gruss und Platzanweisung.

Bannwart lässt sich auf dem Schalensessel vor dem Pult nieder.

»Ich habe Herrn Dr. Fehr hinzugebeten, weil es um eine ernste Sache geht. Eine Strafanzeige…«

Marlen Zollinger hebt den Kopf leicht, das Kinn auf Bannwart gerichtet.

»Habs gehört«, sagt er. »Und gesehen.«

»Dann haben Sie bestimmt auch die heutigen Zeitungen gelesen?«

»Nur kurz die NZZ überflogen. Da steht nichts. Zu den anderen bin ich noch nicht gekommen.«

Marlen Zollinger greift mit der Linken eine Zeitung von ihrem Pult.

»Da: ‹Chefbeamter rastet aus›! Da: ‹Vater der Messerstecherin schlägt zu›! Da: ‹Mr. Metropolis verletzt TV-Reporterin›!«

Ein Blatt nach dem anderen hält sie hoch, ohne den Blick von Bannwart zu wenden.

»Gewalt kann ich nicht dulden, Gewalt gegen Frauen erst recht nicht – und Blut in diesem Amtshaus am allerwenigsten, Herr Bannwart.«

Blut? Herrgott, was hat das mit dem alten Fall zu tun! Ein Vierteljahrhundert ist es her, da schoss der Chef der Baupolizei auf seine Mitarbeiter, vier Tote, ein Schwerverletzter. Als Bannwart hier anfing, elf Jahre nach der Tat, hing noch immer ein Schatten über dem Haus, und viele kannten die Orte und Winkel, wo einer gestorben war. Aber heute ist das vorbei, nur eine graue, namenlose Gedenktafel unten in der Bibliothek erinnert an das Datum. Das Amt ist nicht mehr das gleiche, alles neu organisiert, das Haus total renoviert und andere Menschen arbeiten hier. Lächerlich, wenn die Chefin jetzt damit kommt!

»Ich bin mir keiner Schuld bewusst. Es war ein Unfall«, sagt Bannwart ruhig. »Die Reporterin ist aus Versehen in meine Tür gelaufen.«

»In Ihre Tür gelaufen?«, fragt Marlen Zollinger.

»Ja, die Tür zu meinem Büro. Sie filmte ohne meine Erlaubnis –«

»Sie hatte meine Erlaubnis!«, faucht die Chefin. »Ich gab ihr ein Interview zu Metropolis. Und was macht mein Mr. Metropolis? Er haut ihr die Tür an den Kopf!«

»Entschuldigung, Frau Zollinger!« Jetzt wird auch Bannwart lauter. »Muss ich mir denn gefallen lassen, dass eine Reporterin mich in mein Büro verfolgt? Oder darf ich hinter mir die Tür zumachen, damit sie draussen bleibt?«

»Moment –« Der Rechtskonsulent hebt scheu den Zeigefinger. »Eine kleine Verständnisfrage …« Er sieht zur Stadträtin, die nickt.

»Besagte Bürotür, Herr Bannwart«, fragt Fehr sanft, fast müde, »öffnet sich die nach innen oder nach aussen?« Dazu schwenkt er seinen Arm aus wie ein Sämann.

Bannwart stockt. »Beides... es ist eine Doppeltür. Die eine geht nach aussen, die andere nach innen. Aber was hat das mit dem Unfall zu tun?«

»Vielleicht überhaupt nichts«, beschwichtigt Fehr. »Nur behauptet die Reporterin, Sie hätten die Tür nicht zugezogen – sondern aufgestossen. Gegen ihre Kamera. Theoretisch, rein technisch, meine ich, wäre das doch möglich, oder?«

»Aber praktisch war es nicht so!«, bellt Bannwart zurück.

»Bitte, Herr Bannwart«, schaltet sich die Chefin wieder ein, »wir wollen doch sachlich bleiben. Es tut mir leid, aber ich kann Ihnen eine Administrativuntersuchung nicht ersparen. Auch in Ihrem Interesse. Und um Sie etwas aus der Schusslinie der Medien zu nehmen, halte ich es für richtig, Sie vorläufig in Ihrem Amt zu suspendieren.«

»Mich suspendieren?« Bannwart springt auf.

Da strafft sich der Rechtskonsulent, hebt die Hände, bereit zur Verteidigung der Stadträtin. Doch Marlen Zollinger zeigt keinerlei Furcht, sie beugt sich sogar leicht über den Schreibtisch, als wolle sie Bannwart näher sein.

»Schauen Sie, Herr Bannwart, ich will Sie nur schützen«, sagt sie mütterlich. »Sie stehen im Moment ziemlich unter Druck – auch sonst, wie ich hörte. Und darum will ich Sie dort entlasten, wo ich es kann.«

»Aber ich brauche keine Entlastung und bestimmt nicht –«

»Wenigstens für die zwei Wochen, bis die Metropolis-Abstimmung vorbei ist. Danach werden die Medien Sie in Ruhe lassen. Es ist wirklich nur zu Ihrem Besten.«

Wie eine Ärztin redet sie auf einmal. Ist er denn krank? Er steht noch immer vor ihr, wie ein Angeklagter oder Patient. Verwirrt setzt er sich wieder.

»Und jetzt? Muss ich meine Schlüssel abgeben? Erteilen Sie mir Hausverbot?« Er versucht ein sarkastisches Lächeln.

»Aber nein.« Die Chefin lacht. »Selbstverständlich dürfen Sie in Ihr Büro…« Dann wird sie wieder ernst. »Aber alle Leitungsfunktionen sind vorläufig auf Ihre Stellvertreterin Kristina Matter übertragen. Die Leitung nach aussen – und nach innen. Darum ist es vielleicht auch für Sie einfacher, wenn Sie sich für diese Zeit beurlauben.«

11

Eine Nachtigall? Bannwart tritt näher ans Fenster und beugt sich hinaus. Ein schläfriger Hauch kühlt seine verschwitzte Stirn. Wenn ihn jemand so sähe, im zerknitterten Pyjama, ein Whiskyglas in der Hand, aus dem Fenster hängend, und alles wegen eines Vogels. Lautlos kichert er in sich hinein. Niemand kann ihn sehen, er hat kein Licht gemacht, und auf der Strasse unten ist kein Mensch.

Über dem Abgrund nimmt er den letzten Schluck. Zu wenig hoch für einen sicheren Tod. Für den Rollstuhl aber reichte es allemal. Das leere Glas einfach fallen lassen? Kindische Lust. Er stellt es neben sich auf das Fenstersims und stützt die Ellbogen auf. Nachtluft fliesst ins Wohnzimmer und umspült kalt seine nackten Zehen.

Da! Wieder dieser Triller. Nicht im Schlaf gezwitschert oder im Schreck geschrien. Hellwach singt dieser Vogel. Kleine triumphale Fanfarenstösse aus dem dunklen Park des Altersheims.

Halb zwei Uhr. Bannwart weiss nicht, wie Nachtigallen klingen; es ist das erste Mal, dass er um diese Zeit einen Vogel hört.

Das würde Carola gefallen!

Aber er weckt sie nicht, er würde sie nur erschrecken, wenn er in ihr Zimmer käme. Dazu mit einer Whiskyfahne. Das Glas wird er ausspülen und wieder in den Schrank stellen.

Der Nachtsänger und seine kurzen Strophen, kaum begonnen, schon vorbei. Ein seliger Moment des Friedens, nur der Vogel und er, schwerelos über der Tiefe. Sein heimlicher Gefährte der Schlaflosigkeit.

Zuerst war es wie ein verfrühtes Wochenende. Abgesehen von den Anrufen der Radiostationen und Zeitungsredaktionen, die sich auf der Combox sammelten. Er nimmt nur noch Telefone entgegen, deren Nummern er kennt. Die Nachrichten lässt er aus, Zeitungen liest er nicht, ausser der NZZ, die er abonniert hat. Aber wenn sogar die von einem »unschönen Zwischenfall im Hochbaudepartement« schreibt, kann er sich vorstellen, wie die anderen Blätter über ihn herziehen. Wenn er das Haus verlässt, und das muss er, will er nicht in der Wohnung eingesperrt wahnsinnig werden, dann geht er mit schnellen Schritten, im Sprint beinahe, weg vom Haus. Niemand hat ihm bisher aufgelauert, und je länger seine Quarantäne andauert, desto unwahrscheinlicher wird es, dass die Medien sich für ihn interessieren. Am Donnerstag war noch alles frisch aufgewühlt, am Freitag ist er nach Basel ausgewichen, allein, Vitra-Design und Kunstmuseum, der Samstag ging in Bern zügig vorbei, aber am Sonntag fing die Zeit an durchzuhängen. Und der Montag gestern lastete zum ersten Mal schwer. Zu wissen, dass Kris die Morgensitzung leitet – wahrscheinlich in seinem Büro, wo denn sonst. Er hat ihr am Donnerstag alle aktuellen Geschäfte übergeben, der Armen war es peinlicher als ihm, wie eine ertappte Verräterin, die sie doch nicht ist. Natürlich wäre sie liebend gerne Direktorin des Amtes für Städtebau, mit jeder Faser ihres vertrockneten Herzens sehnt sie sich nach seinem Posten. Aber niemals um den Preis dieser jämmerlichen Intrige, die ihn aus dem Amt zu kippen droht. Er hat ihr gesagt, sie könne ihn jederzeit auf seinem Handy erreichen, wenn sie irgendwelche Auskünfte brauche. Sie wird es nicht tun, aus Schamgefühl, das weiss er. Von den anderen erwartet er es auch nicht. Deshalb war er auch so überrascht, als gestern Nachmittag Gion Derungs anrief. Ein Vorwand, ganz eindeutig, er hatte nichts zu fragen oder zu erzählen, darum blieb das Gespräch freundschaftlich an der Oberfläche. Am Schluss wagte er es, Derungs zu fragen, warum er sich gemeldet habe. Derungs zögerte zuerst einen Moment, dann sagte er: »Weisst du, ich habe einmal etwas Ähnliches erlebt… an einer früheren Stelle, vor ein paar Jahren. Darum.« Mehr sagte er nicht, und Bannwart fragte nicht weiter. Er bedankte sich auch nicht für den Anruf, das wäre peinlich für beide geworden.

Eine leise Vibration im Körper. So, als liefe im Inneren ein kleiner geräuschloser Elektromotor. Ich zittere, konstatiert er amüsiert. Kälte, Anspannung oder Müdigkeit? Egal. Noch ein letztes Mal den Vogel hören.

Danach schliesst er das Fenster und tappt mit dem Glas in die Küche. Sein Kopf ist umnebelt, das Neonlicht hinter dem Spültrog sticht in die Augen. Nun müsste der Schlaf endlich kommen. Er braucht ihn dringend. Morgen, nein, heute besucht er zum ersten Mal Nora. Da darf er nicht erbärmlich aussehen, sonst macht sie sich noch Vorwürfe.

Carola war in Noras Wohnung und hat eine Reisetasche mit ein paar Kleidern und Toilettensachen gepackt. Eigentlich hätte sie Sami lieber selbst nach Dielsdorf begleitet, aber an diesem Dienstag kann sie unmöglich freinehmen. Die letzte Schulwoche vor den Osterferien. Nächsten Dienstag wird sie zu Nora fahren. Ein

Besuch pro Woche ist erlaubt, mehr nicht. Keine Telefongespräche, weil es Untersuchungshaft ist.

Sami wartet am Eingang des Universitätsspitals auf Bannwart. Im dunklen Anzug und mit einer grünen Krawatte, als gingen sie in die Oper. In der Hand hält er eine Sprüngli-Tüte, die er auf den Rücksitz neben die Reisetasche legt.

»Ein Osterhase«, erklärt er. »Weisse Schokolade.«

»Hatte sie schon als Kind am liebsten.« Bannwart fährt an.

»Heute Abend ziehe ich wieder in unsere Wohnung zurück. Ich glaube, es hat sich etwas beruhigt.«

Bannwart schaltet einen Gang höher. »Scheint so. Jetzt schiessen sie sich auf Metropolis und die Stadträtin ein. Unsere Familie haben sie ja zur Strecke gebracht.« Bitter sieht er zu Sami hinüber. »Vielleicht besser, wenn wir Nora nichts sagen von der Reporterin… und dem Rest.«

»Ja, sicher, klar.«

Wie ein gehorsamer Sohn. Schaut starr geradeaus auf die Strasse, gehemmt, als sitze er zum ersten Mal neben seinem Schwiegervater im Mercedes. Vielleicht stimmt es ja, ohne Nora und Carola waren sie kaum je zusammen. Aber so verklemmt? Bestimmt ist er nervös. Besucht seine Frau im Gefängnis. Carola meinte, beim ersten Mal müsse ein Mann ihn begleiten, man wisse ja nicht, wie die dort mit einem Ausländer umgehen. Doktor hin oder her, wenn sie seinen Ausweis sehen, ist er ein Araber.

Was denkt er jetzt, die Hände im Schoss gefaltet? So schweigsam. Oder ist es gar nicht wegen Nora? Sami hat bestimmt gehört, dass die Volkspartei Bannwarts Absetzung verlangt. Ein Amtschef, der so reagiere, habe garantiert etwas zu verbergen. Darum fordert die Partei eine parlamentarische Untersuchung zu Metropolis, zu Bannwarts Rolle und zu den Geldflüssen in diesem Projekt. Vielleicht seien heimlich Vergünstigungen gewährt, Versprechungen gemacht und illegale Zahlungen angenommen worden. In der ersten Sitzung nach den Frühlingsferien werde er die Motion einreichen, hat Fraktionschef Trösch angekündigt. Der gleiche Trösch, der ihm nach dem Podium die Hand geschüttelt hat.

»Miese Intriganten…«, murmelt Bannwart.

»Bitte?«, fragt Sami höflich.

Bannwart winkt ab. »Ach, nichts. Nur laut gedacht… das alles – die Untersuchung, das Strafverfahren…«

»Nora ist unschuldig«, sagt Sami.

»Natürlich ist Nora unschuldig!«, platzt Bannwart heraus. »Hier geht es doch gar nicht um Nora, diese ganze Intrige. Was die mit Nora machen – nicht die Polizei: die Radios, das Fernsehen, die Zeitungen, sie alle benutzen Nora nur, um mich zu treffen, um Metropolis kaputtzumachen. Die Geldflüsse! Meine Rolle untersuchen! Als ob wir die Mafia wären! Denen ist jedes Mittel recht, um meine Arbeit von Jahren in den Dreck zu ziehen. Und wenn man sie stoppen will, dann rasten sie ganz aus. Die Reporterin vor meinem Büro, die hat eins vor den Latz gekriegt. Und das geschieht ihr recht – zu hundert Prozent!«

Er haut aufs Lenkrad, streift die Hupe, und verschreckt quiekt der Wagen auf.

Sami sagt nichts. Es ist still im Auto.

Etwas peinlich, dieser Sturzbach, aber das musste mal raus, auch wenn Sami kaum etwas verstanden hat. Erklären? Bringt nichts. Soll er denken, was er will. Hat jetzt nur Nora im Kopf, alles andere ist ihm egal. Ist sein gutes Recht. Er liebt sie, und das ist schön. Das Universitätsspital und Nora sind seine Welt. Keine Ahnung von Metropolis, Stadtplanung und Städtebau. Hat ihn auch früher nie interessiert. Sinnlos, ihm die Zusammenhänge erklären zu wollen. Also schweigt auch Bannwart, bis sie in Dielsdorf sind.

Es ist nicht leicht zu finden. Obwohl Bannwart einen Lageplan ausgedruckt hat, verfährt er sich, weil er ein markantes Gebäude sucht und stattdessen nur locker gestreute Wohnhäuser und blühende Gärten findet. Und auf der Hügelkrone das mittelalterliche Regensberg. Er wendet den Wagen und lässt ihn langsam abwärts rollen, bis er die Einfahrt zu einem Parkplatz entdeckt. Erst dort unten ist ein Wegweiser zum Bezirksgericht und zum Gefängnis. Das blaue Signet für Spazierwege: Vater mit Hut führt sein Töchterchen an der Hand.

Das Bezirksgericht ist gross angeschrieben. Sein biederes Satteldach und die hohe Fensterfront mit Tüllvorhängen erinnern eher an ein christliches Tagungszentrum als an ein hoheitliches Bauwerk. Noch unscheinbarer ist das Gefängnis, das seitlich mit dem Gericht verbunden ist. Es könnte ein vorgelagerter Ökonomie- oder Gewerbetrakt sein, wären nicht auf beiden Stockwerken alle Fenster mit senkrechten Stahlstäben gesichert. Unter einem Vordach stapeln sich leere Containerkisten und Paletten. An der Stahlkante des Vordachs steht diskret »Bezirksgefängnis«, und darunter ist die Eingangspforte.

Bannwart läutet.

Eine Männerstimme meldet sich. Bannwart sagt seinen und Samis Namen. Keine Antwort, nach einer

Weile ein kreiselndes Surren, und die Stahltür lässt sich öffnen. Bannwart geht voraus.

»Grüezi« steht an der weissen Wand direkt vor ihm, darunter ein gebrochener Bogen in blassem Hellblau und Gelb. Eine schmale Schleuse mit zwei dunkelblauen Stahltüren. Links ein weinrotes Schild »Besucherabteilung«. Sie stellen sich vor diese Tür und nichts geschieht. Bannwart sieht auf die Uhr. Drei vor zehn. Hinter ihm das Atmen von Sami. Klingt, als sei er gerannt. Bestimmt werden sie beobachtet. Bannwart sucht nicht nach der Kamera. Mit einer Reisetasche vor einer Stahltür zu stehen und nicht zu wissen, wann sie aufgeht. Und Samis Atem im Nacken. Bannwart dreht sich um. In der hinteren Ecke ragt eine helle Holzpritsche ohne Lehne aus der Wand.

»Wir sind zu früh«, sagt er und drängt sich mit der Tasche an Sami vorbei, um sich zu setzen.

Da rasselt die Entriegelung, und Sami kann die Tür aufziehen.

Sie treten in einen quadratischen Raum. In der Wand rechts ist eine grosse Sicherheitsscheibe, dahinter steht eine Aufseherin in blauem Overall. Ihre Stimme kommt aus einem unsichtbaren Lautsprecher. Sie fragt nach den Ausweisen und den Besuchsbewilligungen. Die Scheibe ist kein Schalter, nur am unteren Rand ist ein schmaler Spalt, durch den Bannwart und Sami die von Staatsanwalt Rossi unterzeichneten Dokumente schieben. Ihre Ausweise schaut sich die Aufseherin durchs Glas an. Dann zeigt sie auf eine Reihe Garderobekästchen. Dort müssen sie ihre Mäntel, Telefone, Schlüssel und Bannwarts Mappe einschliessen. Die Tasche mit Noras Kleidern und den Osterhasen können sie stehenlassen. Das werde während ihres Besuches abgeholt.

Vor der nächsten Stahltür ist ein Metalldetektor. Bannwart muss noch einmal zurück, sein silberner Zeichenstift.

Nummer drei, hat sie gesagt. Ein kurzer Korridor, links die vergitterten Fenster auf den Vorplatz, rechts vier orange Türen. Bannwart öffnet Nummer drei. Kein Zimmer, eine Zelle. Knapp haben zwei Besuchersessel Platz. Hinter der Trennscheibe die gleichen Sessel. Als wäre das Glas ein Spiegel.

Bannwart setzt sich auf den hinteren Platz. Als auch Sami sitzt, geht auf der anderen Seite die Tür auf und eine Aufseherin in blauer Uniform kommt mit Nora. Nora mit Kopftuch. Aber keine Gefängniskleidung. Bannwart wusste es, dennoch ist er erleichtert, sie in schwarzen Jeans und einer langen schwarzen Strickjacke zu sehen. Einziger Farbfleck ist das grüne Kopftuch.

Sami springt auf. »Nora! Schatz …« Er hebt die Hand, kann sie nicht geben, also winkt er.

Nora versucht zu lächeln, ihre Lippen zucken, vielleicht sollte es auch ein Kuss sein. Dann senkt sie den Kopf und setzt sich.

Die Aufseherin nimmt gegenüber Bannwart Platz. Förmlich, aber freundlich begrüsst sie die Besucher und sagt, was Bannwart schon vom Staatsanwalt gehört hat: dass ihr Gespräch mit Tonband überwacht wird und dass sie nicht über Noras Fall reden dürfen, sonst müsste die Aufsicht den Besuch sofort abbrechen.

Dumpf dringt ihre Stimme durch die dicke Scheibe und die mit kleinen, runden Löchern perforierte Fensterbank. Keine Gegensprechanlage hier. Aber ein verborgenes Tonband. Während der Ansage blickt Nora auf ihre gefalteten Hände herab. Wie eine Klosterschülerin. Das grüne Tuch macht ihr Gesicht bleich. Warum trägt sie es noch immer? Die drei Monate sind vorbei, seit einer Woche ist April. Bannwart würde fragen, wenn Sami nicht dabei wäre.

Ein paar befangene Sekunden. Was ist erlaubt und was nicht? Bannwart lässt Sami den Vortritt, aber der presst nur »Nora… Nora« heraus, und sie mit gesenktem Kopf, als könne sie ihren hilflosen Mann nicht anschauen, bis Bannwart mit fester Stimme fragt:

»Wie geht es dir, Nora?«

Sie sieht zu ihm herüber und lächelt diesmal etwas deutlicher. »Gut – sozusagen. Sie sind hier anständig mit uns.«

»Mit uns?«, fragt Bannwart, damit der Faden nicht reisst.

»Ich wohne mit drei Frauen zusammen. In einem Viererzi – einer Viererzelle. Sie sind aus Kamerun und Somalia. Wir bekommen hier sogar Halal-Food«, sagt sie zu Sami.

Sami nickt etwas übertrieben. »Du siehst gesund aus«, sagt er und wendet sich ab, als müsse er niesen.

Wieder springt Bannwart ein. »Wir haben dir frische Kleider mitgebracht. Mama hat sie zusammengestellt – sie lässt dich natürlich auch grüssen und… ja, also, und wir telefonieren natürlich regelmässig mit Eva Rengger.« So viel Andeutung muss doch erlaubt sein. Bannwarts Blick streift die Aufseherin, die sich nicht rührt.

Sami hat sich geschnäuzt und steckt das Taschentuch weg. Er räuspert sich. »Und was machst du so den ganzen Tag?«

»Ich helfe ein bisschen. Officedienst, Abwaschen, Putzen, Kleiderwäsche. Und sonst… lese ich oder schaue mit den Frauen Fernsehen. Der Abend ist lang, wenn man schon um vier in der Zelle sein muss. Ach ja, und am Morgen ist eine Stunde Spaziergang, dann sind wir alle im Hof. Über dreissig Frauen! Joggen kann ich natürlich nicht.«

Bannwart muss sich anstrengen, um sie zu verstehen. Ihre Stimme kommt verschwommen und ausgefranst hier an, als hätten die scharfen Löcher in der Fensterbank allen Wörtern die Ränder und Säume abgeschabt.

»Wie geht es dir... gesundheitlich?«, fragt Sami. »Keine Verletzungen...«

»Alles okay. Keine Verletzungen«, antwortet Nora knapp, denn die Aufseherin hebt den Kopf und mahnt: »Bitte nichts zum Vorfall.«

Sami zieht den Kopf ein und getraut sich nichts mehr zu sagen.

Bannwart fragt an seiner Stelle: »Und nachts? Kannst du gut schlafen?«

»Mit Ohropax, ja. Désirée schnarcht. Sie hat das Bett unter mir. Kajütenbetten.«

Sie antwortet immer nur kurz, als gäbe es nichts zu sagen. Die Stille danach ist erdrückend. Bannwart fühlt die Anspannung von Sami, sieht den Schweiss auf seiner Schläfe, riecht das Rasierwasser, das er ausdünstet. In der engen Kabine ist nicht genug Luft für zwei; genau gleich muss es auf der anderen Seite sein. Wie sollen sie hier eine Stunde lang durch dieses dicke Glas hindurch sprechen, ohne das Wichtigste ansprechen zu dürfen? Das, was Nora passiert ist. Das, was die Redepausen so unerträglich macht, weil jedes vom anderen weiss, woran es in diesem Augenblick denkt. An das Gleiche wie man selbst. Alle vier sind sie Gefangene. Nora, Bannwart, Sami und auch die Aufseherin, die über das Verbot wachen muss. Gefangen in einer Fallgrube, einem grossen, sandigen Loch, in das jeder Gedanke nach wenigen Schritten abrutscht. Das Schweigen am Grund der Grube ist der grösste Schmerz. Durch die Scheibe sehen sie einander stumm leiden und können sich und dem anderen nicht helfen. Und wie Sand rieseln die Sekunden der Besuchszeit auf sie herab.

Um die Leere zu füllen, beginnt Bannwart von sich zu reden. Dass er im Moment ganz gut Zeit für Besuche bei Nora hat, weil er beurlaubt ist, bis nach der Metropolis-Abstimmung, die Chefin will es so, sie meint, er sei ein bisschen überarbeitet, nachdem es einen – Streit kann man dem nicht sagen – einen kleinen Zusammenstoss mit einer Reporterin gegeben hat, wegen Metropolis, da heizen ein paar Medien die Stimmung an, dazu die Volkspartei mit ihrem deutschen Protzklotz, und das alles macht die Stadträtin ein bisschen kopfscheu, was aber in erster Linie mit ihrem Mann zu tun hat und seinem PR-Mandat für einen deutschen Investor bei Metropolis, die Zollinger fürchtet, das könnte ihr schaden, wenn sie Stadtpräsidentin werden will, falls Wiederkehr im nächsten Jahr, was wahrscheinlich ist, nicht mehr wiederkehren kann – hahaha, eigentlich dürfte man ja keine Witze machen über Probleme mit der Gesundheit, nur, bei ihm weiss man nie, wie er sich am Schluss entscheidet, unberechenbar wie er ist – übrigens haben ihn die Chinesen gerade zum Ehrenbürger von Kunming ernannt. »Kunming – du weisst, die Vase mit dem blauen Drachen, die ich dir mitgebracht habe, vor vier oder fünf Jahren. Hast du sie eigentlich noch, die Vase?«

Sein Mund ist trocken. Stille. Alle drei schauen sie

ihn an. Nora hebt den Kopf mit einem kleinen Ruck, als erwache sie aus einer Träumerei.

»Die Vase? Ja, die steht doch bei uns im Wohnzimmer. Nicht wahr, Sami?«

Sami kratzt sich an der Nase. »Ja, die Vase. Die auf dem Büchergestell? Mit den Vogelfedern drin?«

Nora nickt. »Aber das alte Büchergestell muss raus. Wir müssen unsere Wohnung umstellen, Sami. Besonders das Wohnzimmer. Dort passt nichts richtig zusammen – ich habe es mir überlegt. Ehrlich, hier habe ich Zeit, an die Wohnung zu denken. Wenn ich wieder draussen bin, renovieren wir unsere Wohnung. Ich habe schon ein paar gute Ideen.«

Zum ersten Mal lebt sie ein bisschen auf. Bereit zum Frühjahrsputz, mit ihrem Kopftuch.

Sami spielt mit, fragt, was sie denn verändern wolle, und Nora sagt keck: »Alles!«

Und mit einem seltsamen Eifer beginnen die beiden über die Einrichtung ihrer Wohnung zu streiten. Bannwart lehnt sich im Sessel zurück und hört zu. Absurd, das Gespräch, so weit weg von allem, was sie drückt. Und doch fliesst es vielleicht gerade deshalb so frei und unbeschwert, dass sogar Sami einmal lachen kann.

Dann geht hinter Nora die Tür auf, und eine Aufseherin schaut herein und sagt, die Besuchszeit sei um.

Mit einem Schlag verstummen Nora und Sami und sehen sich mit grossen Augen an. Nora drückt ihre flache Hand an die Scheibe, so fest, dass ihre Fingerkuppen weiss werden. Sami legt seine Hand an ihre, so nah wie das kalte Glas es zulässt. Beide weinen.

Eine Riesenwut durchbebt Bannwart. Er drückt seine Fäuste tief in den Schoss, damit sie nicht gegen die Trennscheibe hämmern. Als Nora ihn tränennass ansieht, um auch ihm diesen Abschiedsgruss anzubieten, hebt er seine rechte Hand neben die Schulter, als lege er einen Eid ab. »Ciao, Nora. Bis bald wieder.«

Nora löst ihre Hand von der Scheibe und winkt. Dann steht sie auf, und geht schnell durch die Tür, gefolgt von der Aufpasserin, die sich mit einer Kopfbewegung verabschiedet.

Sami beisst sich auf die Lippen und drängt aus der Kammer. Bannwart folgt ihm.

Die erste der drei Stahlbarrieren öffnet sich. Nach der Enge der Besucherkoje ist der Empfangsraum riesig. Die Tasche und der Osterhase stehen nicht mehr da. Abgeholt. Sami sieht die Toilette und stürzt hinein. Bannwart räumt sein Garderobekästchen und zählt die Sekunden. Er hält es kaum mehr aus, eingesperrt und beobachtet von der blauen Aufseherin hinter der Scheibe, der er den Rücken zudreht. Sie sieht, dass er nur noch auf Sami wartet und ist taktvoll genug, ihn nicht anzusprechen. Alle haben hier ein Namensschild an der Brust, auch Noras Aufpasserin trug eines, aber Bannwart hat es versäumt, ihren Namen zu lesen.

Endlich kommt Sami heraus, die nassen Haare nach hinten gekämmt. Er stellt sich sofort vor das Tor zur Schleuse.

»Deine Sachen…« Bannwart deutet mit dem Daumen über die Schulter zu den Kästchen.

»Sorry«, flüstert Sami und tastet in allen Taschen nach dem Schlüssel.

Schusselig wie ein Kind. Zum ersten Mal hat Bannwart das Gefühl, er müsse ihn beschützen, bei der Hand nehmen und aus diesem Gefängnis herausführen.

Das kreiselnde Metallgeräusch der Entriegelung, einmal und nochmal, dann stehen sie auf dem leeren Vorplatz des Gerichtsgebäudes. Nur sie beide. Niemand, der gesehen hätte, dass sie gerade aus dem Gefängnis kommen. Ein kahler Baum winkt im warmen Wind leise mit den Zweigen, und am Himmel ziehen Föhngardinen über das Blau.

Mit leeren Händen gehen sie zum Parkplatz zurück. Bannwart hat das Gefühl, etwas vergessen zu haben. Als er das Schild mit Vater und Tochter wiedersieht, verkrampft sich seine Kehle. Aber das bleibt unbemerkt, denn sie schweigen beide. Und noch eine ganze Weile, nachdem sie abgefahren sind.

Endlich räuspert Sami sich und sagt, er habe eine Einladung bekommen, von der Universitätsklinik in Toronto, die den Kongress organisiert hat. Ein Forschungsstipendium. Eigentlich habe er Nora fragen wollen, was sie davon halte. Aber das Gefängnis, das lösche jeden klaren Gedanken aus.

»Vielleicht schreibe ich es ihr in einem Brief – es ist doch erlaubt, darüber zu schreiben?«

»Aber klar. Wieso denn nicht?«

Diese Ängstlichkeit, diese Leisetreterei. Als lebe er in einem Polizeistaat wie Ägypten. Wie viele Jahre braucht ein Ausländer, bis er seine neue Umgebung richtig einschätzen kann? Oder lernt er das nie? Bleibt sein Leben lang Untertan seiner Herkunft? Muss nicht sein. Auch Bannwart war in Berlin zuerst eingeschüchtert; doch bald hatte er sich an den rauen Umgangston gewöhnt und konnte ebenso forsch und fordernd auftreten wie seine Vorgesetzten. Eine Art Spiel war das, nicht ganz er selbst, das machte es einfacher. Dort in der Fremde spielte er die Rolle des wehrhaften Schweizers. Was er damals gelernt hat, kann er heute noch brauchen. Deswegen nennen sie ihn hier den Preussen.

Er setzt Sami vor der Klinik ab und sieht ihn über die Strasse eilen, leicht vornübergebeugt, die Arme eng am Körper, als friere er. Jetzt hat ihn das Gebäude aufgenommen, das seit einer Woche sein Asyl ist, Zufluchtsort vor den Reportern, die einen Ägypter fragen wollen, wie er sich fühlt als Mann einer Schweizerin, die das Kopftuch trägt und in Untersuchungshaft sitzt, weil sie es mit einem Dolch verteidigt hat. Als Erstes wird er den dunklen Anzug ablegen und sich in Weiss verwandeln, die Tarnfarbe seines Berufes, die ihn vor allen lästigen Fragen schützt. Seine Patienten warten schon auf ihn. Ihm haben sie die Arbeit nicht weggenommen.

Der Wagen so leer und der Magen auch, es geht auf Mittag zu. Bannwart stellt das Radio ein, klassische Musik. Der Tank ist drei Viertel voll. Er könnte jetzt irgendwo hinfahren. Er ist völlig frei. Keine Verpflichtungen, keine Termine. Suspendiert, aufgehängt, in der Luft, ohne Richtung und Ziel. So viel Freiheit, dass es weh tut. Nora hat es leichter. Und Sami auch. Im Auto hängt noch der Geruch seines Rasierwassers. Vielleicht bildet er es sich auch nur ein. Trotzdem lässt er kurz die Scheiben runter und den Wind durch den Wagen ziehen.

Und fährt nach Hause.

In der Diele blinkt das rote Auge des Telefonbeantworters. Drei Meldungen. Er muss es nicht wissen, drückt dennoch die Taste und hört stehend zu. Die erste Stimme ist jung und so hastig, dass er den Namen nicht versteht. Ein Radioreporter.

»…wollen Sie doch sicher nicht auf sich sitzen lassen, oder? Das mit Metropolis und Russenmafia und Oscar Zollinger. Bei uns können Sie frei reden, Herr Bannwart, das garantiere ich Ihnen. Auch anonym. Wenn es Ihnen lieber ist, halten wir Ihren Namen ganz heraus.

Und Ihre Tochter sowieso. Es geht nur um die Metropolis-Abstimmung. Es ist extrem wichtig, also rufen Sie bitte so schnell wie möglich zurück. Vielen Dank, Herr Bannwart. Meine Nummer ist…«

Bannwart drückt den Löschknopf.

Die nächste Stimme ist tief und ruhig. »Stadtpolizei, Buchschacher. Ich möchte mit Herrn Robert Bannwart sprechen. Herr Bannwart, bitte melden Sie sich…«

Bannwart schreibt die Nummer auf den Block neben dem Telefon.

Der dritte Anruf ist Carola, die sich beklagt, dass sie ihn auf dem Handy nicht erreiche. Sie will wissen, wie es Nora geht.

Buchschacher hiess er nicht, der Beamte, der ihn zum Dolch befragte. Ein ähnlich langer Name, aber nicht Buchschacher.

Bringen wir es hinter uns, sagt sich Bannwart und stellt die Nummer ein, bevor er es sich anders überlegen kann. Buchschacher ist nicht in der Mittagpause.

»Danke, dass Sie anrufen. Es ist nur etwas Kleines, ein Termin in der Sache Ehrensperger…«

»Ehrensperger? Wer ist das?«

»Ach, Sie wissen ja, diese Strafanzeige. Sandra Ehrensperger vom Fernsehen…«

»Ehrensperger hiess die? Die in meine Bürotür gerannt ist?«

»Genau die. Die behauptet, Sie hätten ihr… aber immerhin war es Ihr Büro, und da hatte sie ja wohl nichts zu suchen. Trotzdem, wir müssen die Anzeige so behandeln wie jede andere auch. Nicht dass es heisst, die Stadtpolizei drückt ein Auge zu, wenn es um einen Chefbeamten geht.«

»Natürlich. Und was wollen Sie von mir wissen?«

»Nichts, jetzt noch gar nichts.« Buchschacher lacht sogar. »Es geht nur um einen Termin für die Einvernahme. Ich dachte, wir erledigen das am Telefon. Statt eine amtliche Vorladung zu schicken. Es eilt auch nicht. So ein Hennenschiss – da habe ich ganz andere Sachen, können Sie sich denken.«

»Sicher.«

»Ich kann Ihnen sagen: Darauf sind wir bestimmt nicht scharf. Journalisten! Überall die Nase reinstecken, und wenn sie sich mal eine Beule holen, schreien sie Zetermordio. Aber«, Buchschacher seufzt, »man kann sich die Arbeit nicht aussuchen. Man nimmt, was kommt. Darum machen Sie sich mal keine Sorgen, Herr Bannwart. Bloss die Einvernahme kann ich Ihnen nicht ersparen. Sonst gehen die wieder auf uns los. Also, wann hätten Sie mal Zeit?«

Drei Strafverfahren in der Familie – zuerst Björn, dann Nora und jetzt er. Und Nora, die Einzige, der wirklich nichts vorzuwerfen ist, sitzt im Gefängnis. Verrückte Zeiten.

Bannwart schenkt sich wieder ein.

Weisswein zum Mittagessen, das gibt es höchstens in den Ferien. Nie in der Arbeitszeit, da ist er strikt. Sogar an Jurierungsfeiern und Geschäftsessen mit Bauherren stösst er mit Apfelschorle an. Muss heute noch ein Baugerüst hochklettern und darf nicht abstürzen, das schlucken sie immer. Doch wäre sein Arbeitspensum, nur schon im Büro, gar nicht zu schaffen, wenn er sich gehen liesse. Gerüstklettern ist etwas, das sie sich vorstellen können, diese Satten und Vermögenden. Reden über die Verwaltung mit herablassendem Lächeln, ohne zu wissen – schlimmer noch: ohne einen Funken

Interesse dafür, was die Leute dort tun und wie viel sie arbeiten. Vor ihm aber haben sie Respekt, weil sie ihn kennen. Es macht ihnen Eindruck, dass ein Amtsdirektor sich so energisch, mit Körpereinsatz quasi, auf ihren Baustellen zeigt.

Lohnt sich nicht mehr, die Flasche in den Kühlschrank zu stellen. Sind ja auch Ferien. Zwangsferien. Hausarrest. Wenn er wenigstens verreisen könnte. Berlin wäre wieder mal fällig, Rotterdam oder endlich Chicago. Stattdessen sitzt er hier fest und muss sich von allen Seiten anpinkeln lassen. Die Medien, das war nicht anders zu erwarten. Aber die eigene Chefin. Gibt öffentlich eine Erklärung ab, sie habe ihn suspendiert. Und hofft, das rette sie und Metropolis vor den Schlagzeilen. Alles nur schlimmer gemacht. Jetzt glauben die erst recht, dass etwas faul sein muss. Und wühlen und spekulieren wild drauflos. Wilk, Oscar Zollinger und die Russenmafia. Räuberstories, Gespenstergeschichten, reine Fantasien. Hauptsache, die Kacke dampft und stinkt. Und immer schön gegen die Deutschen. Toller Schlamassel, den die Zollinger da angerichtet hat. Und das alles soll er nach der Abstimmung wieder aufputzen? Nicht ohne eine Entschuldigung! Öffentlich muss die Chefin ihn rehabilitieren. Wenn sogar die Polizei die Strafanzeige als Humbug –

Etwas klickt an seinen Ehering. Das Glas. Kippt, klingelt, klirrt nicht. Die hellgelbe Welle stösst vor, weitet sich zum See, öffnet einen Abfluss, der langsam zum Rand hin drängt und, nach kurzem Zaudern an der Tischkante, hinab auf die Fliesen plätschert.

In schwebender Ruhe bestaunt Bannwart den Strom des Weins.

Ich bin betrunken.

Als er aufsteht, den Lappen zu holen, weht ein leichter Schwindel um seinen Kopf. Und nachdem er alles weggeräumt hat, bedächtig, mit beiden Händen zugreifend, um nichts fallen zu lassen, da ist die helle Wolke schwer geworden, drückt dunkel auf ihn herab, und im Hinterkopf sticht ein Wetterleuchten.

Mit diesem Nachmittag ist nichts mehr anzufangen. Bannwart legt sich im Wohnzimmer aufs Sofa.

»Robert... Robert!« Sie rüttelt an seiner Schulter.

Er schlägt die Augen auf. Carola sieht besorgt auf ihn herab.

»Was ist los? Bist du krank?«

»Nein, nicht krank... Nur eingeschlafen.«

Er setzt sich auf, kämmt mit gekrümmten Fingern die schweissverklebten Haare aus der Stirn und schöpft Atem, denkt an die Fahne und hält die Luft zurück, bis Carola das Fenster öffnen geht.

»Den ganzen Tag versuche ich, dich zu erreichen. In jeder Pause.«

Ihre Stimme dröhnt. Warum so laut, so teutonisch? Hier ist doch kein Schulzimmer.

»Warum rufst du mich nicht gleich danach an? Ich muss doch wissen, wie es Nora geht.«

»Ja, sorry. Hab vergessen...«

»Vergessen! Und ich muss Sami in der Klinik stören, um wenigstens das Nötigste zu erfahren. Er hat sich die Zeit genommen – seine Arbeitszeit. Während du hier auf dem Sofa pennst.«

»Ja, ich penne, weil ich Kopfschmerzen habe. Und ich darf das, ohne dich um Erlaubnis zu fragen. Und über den Besuch gibt es nicht viel zu erzählen, ausser dass Nora gesund ist und tapfer und dass sie immer noch das Kopftuch trägt.«

12

Beim Frühstück reden sie fast kein Wort. Obwohl sie wieder zu dritt sind. Björn ist für die Osterferien gekommen, mit einer Sporttasche voll Dreckwäsche. »Willkommen daheim!«, hat Carola auf ein hellblaues Papier gemalt und an seine Zimmertür geklebt. Björn, den Kopf gesenkt wie ein junger Stier, zog die Mundwinkel herab. Seine Art, cool zu lächeln. Kaum hatte er seine Tasche abgestellt und die Musikanlage aufgedreht, da kratzte er auch schon die Ecken der Klebestreifen auf und löste das Blatt andächtig langsam ab, ohne es einzureissen. Er warf es nicht gleich weg, sondern legte es wie ein Tischset auf sein altes Pult, als wolle er es noch eine Weile aufbewahren. Seiner Mutter zuliebe. Sonst trieb er sich vom ersten Abend an mit seinen Freunden in der Stadt herum und kam erst gegen Morgen nach Hause. Als Carola ihn zur Vorsicht mahnte, damit er keine neuen Probleme mit der Polizei bekomme, raunzte er verkatert zurück, er könne schon selbst auf sich aufpassen. Das Internat hat ihn noch nicht verändert. Er ist der unbekümmerte, fahrige Siebzehnjährige geblieben, den sie zu seinem eigenen Schutz nach Zuoz gebracht haben.

Hier in Zürich aber haben die anderthalb Monate etwas verschoben. Irgendwie scheint die Wohnung geschrumpft, enger geworden zu sein. Björns Besuch sprengt sie fast gewaltsam auf. Dabei haben sie doch vor gar nicht langer Zeit noch zu viert hier gewohnt. An Noras Zimmer erinnert heute nichts mehr; kurz nach ihrem Auszug in die WG hatte Carola es okkupiert und zu ihrem Arbeitszimmer gemacht. Björn aber ist nicht ausgezogen, er ist nur während der Schulwochen weg, und niemand erhebt Anspruch auf sein Zimmer. Und dennoch hat Bannwart das Gefühl, als sei in dieser Wohnung kein Platz mehr für seinen Sohn.

»Es ist Zeit.« Carola stellt ihre Teetasse ab. »Wir müssen.«

Björn greift ein weiteres Mal zur Packung Cornflakes. »Bin noch nicht fertig.«

»Schluss jetzt. Du hast genug gehabt«, bestimmt Carola. »Wir dürfen nicht zu spät kommen.«

»Mir doch egal«, mault Björn, lässt aber die Cornflakes los. »Ich habe keine Angst vor denen. Sollen sie mich doch einsperren. Machen sie sowieso nicht, hat Mike gesagt. Den haben sie mit mehr erwischt.«

»Was Mike sagt, interessiert mich nicht«, entgegnet Carola scharf und blickt Bannwart auffordernd an.

»Komm, Björn, wir müssen vielleicht einen Parkplatz suchen«, sagt Bannwart ruhig und steht vom Tisch auf. »Deinetwegen nehmen wir das Auto. Oder hättest du lieber einen Familienausflug im Tram? – Na also.«

Das wirkt, obschon es nicht stimmt. Bannwart ist es, der im Auto fahren will. Er möchte nicht gesehen werden, mit Frau und Sohn, obwohl es zugegebenermassen höchst unwahrscheinlich ist, dass ausgerechnet im gleichen Tramwagen jemand von den Medien sässe, der ihn erkennt, etwas wittert und ihn verfolgt bis an den Limmatplatz und weiter bis zur Jugendanwaltschaft. Aber falls das geschähe, wäre es die totale Katastrophe, und Bannwart will nicht das geringste Risiko eingehen. Mühsam genug, dass sie auch Carola und ihn vorgeladen haben. Als wäre Björn noch ein kleines Kind, bei dem die Vormundschaftsbehörden kontrollieren müssen, ob die Eltern ihre Aufsichtspflicht erfüllen. Bürokratische Rituale. Und doch scheint es Björn in die Knochen zu fahren, dass er die Eltern mit hineingezogen hat. Still sitzt er auf dem Rücksitz des Mercedes, die Kopfhörer im Ohr, und wippt nicht einmal den Rhythmus mit.

Der Verkehr ist dünner als sonst. Ferien. Vor der Zeit sind sie an der Josefstrasse. Es ist ein grobschlächtiges Geschäftshaus, in dem die Jugendanwaltschaft ihre Büros hat, über einem Outdoor-Laden und einem Café, das mit grossen, runden Bullaugenfenstern vergeblich die Tristesse des Baus aufzuheitern versucht. Direkt davor, zwischen mageren Bäumchen, sind sogar zwei Parkplätze frei.

»Glück gehabt!«, sagt Bannwart munter, und Björn verdreht die Augen.

»Glück gehabt!«, knurrt Bannwart eine Stunde später und sieht seinen Sohn über das schwarze Autodach hinweg scharf an. Björn zieht den Kopf ein und verdrückt sich in den Fond des Wagens. Die Jugendanwältin wird ihn nur mit einem Arbeitseinsatz bestrafen; eine Woche als Hilfskraft bei einem Bergbauern im Schächental. In den Sommerferien, damit seine Schulausbildung nicht darunter leidet. Das Internat erfährt nichts, hat die Jugendanwältin versprochen. Das war Björn am wichtigsten. Er will es mit der Schule nicht verderben; für Bannwart ein ermutigendes Zeichen, dass sein Sohn den Boden unter den Füssen nicht verloren hat.

Vor ein paar Minuten war er selbst auf der Kippe. Ein ärgerlicher Aussetzer, ein geistiger Schwächeanfall, brachte ihn ins Stolpern. Nicht im Gespräch mit dem Sozialarbeiter, der Carola und ihn ausforschte, während

Björn in einem anderen Büro von der Jugendanwältin verhört wurde. Die Milieustudien des Sozialarbeiters waren harmlos. Er hakte seinen Fragenkatalog ab, und bei aller Gewissenhaftigkeit tat er es doch mit dem nötigen Respekt und liess sich, vor allem dank Carolas klarer Antworten, bald davon überzeugen, dass bei Björn keine Gefahr von Verwahrlosung besteht.

Danach sassen sie zu dritt vor der Jugendanwältin, die ihnen das Betäubungsmittelgesetz und das Jugendstrafrecht und ihre Sicht auf Björns Vergehen darlegte. Sie war um die vierzig, eine schwere Person mit breitem Gesicht, grossen, grauen Augen und einem kleinen, etwas schiefen Mund. Eine aufgeplusterte Eule mit rot geschminktem Schnabel, träge, aber wachsam, wenn auch nicht böse.

Als ihr Eulenblick Bannwart erfasste und ihr Schnabel fragte, ob er noch etwas zu ergänzen habe, da war er sicher: Die weiss alles. Von Björns Haschischhandel über den sudanesischen Dolch bis zu Noras Notwehr und Untersuchungshaft; auch über seinen Zusammenstoss mit der Reporterin weiss sie Bescheid, über die Strafanzeige und seine Beurlaubung. Diese Augen kennen alle Zusammenhänge, und nun wollen sie sehen, was er dazu sagt. Er aber will gar nichts sagen, nur, dass er keine Bemerkungen oder Ergänzungen zu machen habe, doch im Bemühen, sich angemessen höflich auszudrücken, verheddert er sich etwas, und muss, um keine Missverständnisse aufkommen zu lassen, ein paar Dinge richtigstellen, was die Sache verkompliziert, weil die Klärung weitere Kreise zieht, und als er sich so stottern hört, merkt er: Er redet wie ein Angeschuldigter, der seine Taten abzustreiten versucht, obwohl er weiss, dass es sinnlos ist, weil die Beweise vor ihm auf dem Tisch liegen. Eine blamable Vorstellung, nicht nur vor der Jugendanwältin, auch vor Björn, der unbehaglich auf seinem Stuhl hin und her rutscht, bis Carola in Bannwarts Wortgebröckel fällt und der Jugendanwältin kurz und knapp für ihre Bemühungen dankt und für ihr Verständnis, dass dies eine einmalige Verirrung von Björn gewesen sei.

Bestimmt wird Carola wissen wollen, was ihn so aus dem Gleichgewicht gebracht hat. Nicht hier im Auto, nicht vor Björn. Aber ihr Schweigen ist ein Zeichen, dass auch sie daran denkt und sich seine Verwirrung so wenig erklären kann wie er selbst.

»Wir könnten einen kleinen Ausflug machen«, schlägt er vor. »Ich meine, wenn wir schon mal alle drei zusammen sind und Ferien haben ... Was meint ihr?«

»Und wohin?«, fragt Björn müde.

»Irgendwohin – Zoo, Üetliberg, Verkehrshaus Luzern, Alpamare ... was du willst.«

»Ich will nicht weg. Am Nachmittag muss ich zu Rolf.«

»Rolf ...?«

»Kennst du nicht.«

Da dreht sich Carola nach hinten. »Ich will aber wissen, wer dieser Rolf ist!«

»Mama!«, stöhnt Björn. »Rolf Gerschwiler. Aus meiner alten Klasse. Der will mir etwas für den Computer geben. Und mit was anderem hat der nichts zu tun. Raucht nicht mal Zigaretten.«

In den letzten Tagen vor der Abstimmung taucht ein neues Wort auf: »Mafiapolis«. Sie setzen es in Anführungszeichen, als wäre es ein Scherz, eine witzige Übertreibung, ein geflügeltes Wort. So wollen sie sich vor

Verleumdungsklagen schützen. Doch sie meinen es ernst. »Mafiapolis«, das ist für sie der Stadtrat, der das Volk und die Stadt den Deutschen und der Russenmafia ausliefern will. »Mafiapolis« sagen sie und zeigen auf Marlen Zollinger und ihren Mann Oscar. Ein Interview mit Rainer K. Wilk im Lokalfernsehen hat die Spekulationen ins Kraut schiessen lassen. Niemand, der den öligen Hamburger gesehen und gehört hat, nimmt ihm ab, dass er in Russland nur legale Geschäfte betreibt und dass Oscar Zollingers Beratermandat damit nichts zu tun hatte. Um den Gestaltungsplan für das Metropolis Media Center, um die Architektur und das Betriebskonzept geht es schon lange nicht mehr. »Mafiapolis« ist zum Schlachtruf der Patrioten gegen eine landesverräterische Stadtregierung geworden. Und dann diese Plakate! »Wehret euch gegen ‹Mafiapolis›!« – ein grimmiges Sennenbübchen schwingt seine übergrosse Axt und hackt einem schwarzen Kraken, der auf dem Stadthaus hockt und nach dem Grossmünster greift, zwei Tentakel ab. Eine kleinere Version des Plakats lässt die Volkspartei als Flugblatt in alle Haushalte der Stadt verteilen. Drei Tage vor der Abstimmung findet es Bannwart in seinem Briefkasten.

Absurd! Aber es trifft die Stimmung von Leuten, die sich bedrängt fühlen. Ohnmächtig muss Bannwart zusehen, wie seine Arbeit verleumdet wird, wie Metropolis im Strudel wirrer Emotionen unterzugehen droht. Es macht ihn rasend, wenn er die Leserbriefe liest, all diese Ignoranten, Irren und Verschwörungsfanatiker, sogar in der NZZ kommen sie zu Wort. Mehr als einmal steht er kurz davor, sich bei den Medien zu melden – Suspendierung hin oder her, hier geht es um das höhere Interesse der Stadt. Derart kopflos sind die Chefin und der Stadtrat, dass man ihnen die Verteidigung von Metropolis nicht überlassen darf. Auch von Kris Matter kein klärendes Wort. Abgetaucht, und mit ihr das ganze Amt für Städtebau, als gäbe es diese Abteilung gar nicht, als fände sich in der ganzen Stadt kein einziger Fachmann, der dem Stimmvolk erklären könnte, worüber es mit diesem »Gestaltungsplan Metropolis« entscheidet – und vor allem: worüber nicht. Er, Bannwart, könnte das in wenigen Sätzen, und es wäre seine Pflicht, dies zu tun.

Doch im letzten Moment siegt jeweils die Einsicht. Die Medien würden ihn gar nicht zu Wort kommen lassen. Von ihm wollen sie nichts über Metropolis hören. Kaum käme er hinter der Deckung hervor, bestürmten sie ihn mit Fragen über Nora, das Messer und den Überfall. Und die verletzte Reporterin und die Strafanzeige. Am Ende hetzten sie ihm ausgerechnet diese Frau wieder auf den Hals, das »Opfer« konfrontiert den »Täter« – ja, und womit? Metropolis? Keine Chance! Er kann nur hoffen, dass die Mehrheit schon brieflich abgestimmt hat, bevor diese Schmutzwelle alles überschwappte.

Ohne jede Hast zerreisst Bannwart das verlogene Flugblatt längs und quer und wieder längs und quer, eine andächtige Exekution, bis es nur noch kleine bunte Fetzchen sind, die wie Konfetti in den Mülleimer der Küche schneien.

Er hört die Wohnungstür. Carola wirft sie immer zu hart ins Schloss. Ihre männliche Ungeduld, wie beim Wandern, wenn sie mit langen Schritten loszieht. Sie braucht das zum Überleben. Der federnde Stahl eines Matadors, um vor den jungen Büffeln ihrer Berufsschulklassen zu bestehen. Diese kämpferische Kraft, die er in

Berlin an ihr bewunderte, und von der er sich gerne mitreissen liess. Aber in letzter Zeit geht ihm ihr Türenschletzen ziemlich auf die Nerven. Vielleicht ist er lärmempfindlicher geworden, seit er mehr zu Hause ist. Oder seit Björn wieder hier ist, der keine Tür normal schliessen kann.

»Robert…? Bist du da?«

Lauter als nötig auch die Stimme.

»In der Küche…«, singsangt er leise.

Es reicht völlig, sie hat ihn gehört, sie kommt, steht schon unter der Tür und starrt ihn vorwurfsvoll an.

»Sie betet!«

»Was machen sie?«, fragt Bannwart abwehrbereit.

»Nora! Sie betet!«, stösst Carola empört hervor.

»Aha?«, macht Bannwart leicht verdattert. »Und was betet sie?«

»Zu Allah! Mit Niederwerfen! Eine der Frauen dort hat ihr gezeigt, wie sie es machen. Eine aus Afrika – Somalia oder Nigeria.«

»Ja… und jetzt?«

Furios schüttelt Carola den Kopf. »Ja, verstehst du denn nicht? Unser Kind rutscht ab! Die Musliminnen missionieren sie, machen sie fromm, und das Gefängnispersonal rührt keinen Finger. Du musst mit dem Staatsanwalt reden, die müssen sie umbuchen – verlegen. An einen normalen Ort, wo niemand sie indoktrinieren kann!«

»Ich glaube nicht, dass das geht. Und dass Nora das will.«

»Du musst! Du musst es verlangen!«

»Warum?« Hilflos ballt Bannwart die Fäuste. »Und warum ich?«

Carolas Augen blitzen ihn an. »Weil du Noras Vater

bist. Weil du Amtsdirektor bist – und verdammt nochmal, weil du Schweizer bist!«

»Schweizer! Auch du bist Schweizerin. Und Nora genauso. Und wenn Nora als erwachsene Frau beten will – dann sollen die Gefängniswärterinnen sie daran hindern? Merkst du eigentlich, was du da verlangst!«

Es tut so wohl, auch einmal rauszubrüllen, all das Angestaute loszulassen, seine ganze Wut auf die Dummheit und die Feigheit und die Lügen um ihn herum.

Carolas Augen verengen sich, aber sie weicht keinen Schritt zurück.

»Ja, ich will es!« Ihre Stimme zerschmettert alles zwischen ihnen. »Ich will, dass sie rauskommt aus dieser Zelle! Sonst wird sie das läppische Kopftuch nie mehr los. Und ich sage dir: Sami will das auch. Nur du – du bist blind! Du siehst nicht, was da passiert. Denkst nur an dich. Immer nur deine Probleme – dein Amt und dein Metropolis und deine Chefin und deine Keilerei mit der Reporterin und – und – und …«

Zum Glück steht der Küchentisch zwischen ihnen. Bannwart klatscht die flache Hand darauf, dass ihm die Finger prickeln.

»Wenigstens einer in der Familie, der noch unterscheiden kann zwischen Realität und Hysterie!« Und mit eisiger Beherrschung senkt er die Stimme: »Wirklich, Carola, jetzt redest du exakt den gleichen Quatsch wie meine Mutter. Aber exakt.«

Sein verächtlicher Tonfall zieht Carola den Boden unter den Füssen weg, und genau das will er. Begierig beobachtet er, wie es ihr den Atem verschlägt, wie ihre Lippen zittern, ohne dass noch ein einziger Ton herauskommt, blockiert ist sie, bis sie sich abrupt umdreht und in ihr Schlafzimmer stürzt.

Am Sonntagmittag sitzt er dann doch vor dem Fernseher. Zum ersten Mal seit dem Zusammenprall im Amtshaus schaltet er den Lokalsender ein. Er kann es nicht bloss im Radio hören, er muss mit eigenen Augen sehen, was mit Metropolis passiert. Zwar hatte er sich geschworen, die ganze Abstimmung zu ignorieren und am Sonntag irgendwo weit weg von Zürich zu sein, um das Ergebnis, zu dem er in den entscheidenden zwei Wochen nichts mehr hatte beitragen dürfen, erst mit den Abendnachrichten zur Kenntnis zu nehmen. Wenn Carola hier wäre, hätte er an seinem Vorsatz auch festgehalten, nur schon aus Stolz. Aber sie ist mit einer Freundin für ein paar Tage nach München geflogen. Und wo Björn ist, wissen sie beide nicht genau. Er hat sich ins Tessin abgemeldet und kommt erst am nächsten Wochenende wieder, um seine Sachen für Zuoz zu packen.

Bannwart ist allein, und niemand sieht, was er macht. Also kann er auch Fernsehen schauen. Und einen Single Malt trinken. Auf das Ende seiner Verbannung! Morgen ist alles vorbei. Er wird wieder in seinem Büro sitzen und mit dem Kader die Aufgaben der Woche durchgehen, und die meisten, wahrscheinlich sogar alle, werden froh sein, dass der Kapitän wieder an Bord ist. Selbst Kris Matter dürfte insgeheim erleichtert sein.

Er nippt am Glas, es ist bald eins, und sie warten auf die ersten Resultate. Vinz Kellenberger hat Klaus Hofer, einen dreitagebärtigen Politologen der Uni, bei sich und duzt ihn kumpelhaft. Ob »Mafiapolis« die Abstimmung noch entscheiden könnte? Der Professor will, so kurz vor der Offenbarung, sich nicht mit einer Prognose blamieren. Lieber redet er über »den Dopplereffekt von Film und Mafia«: Die archetypische Projektionsfigur des Godfather herrsche über beide Soziotope, und das entwickle ein beträchtliches Mobilisierungspotenzial. Also eine hohe Stimmbeteiligung?, fragt Vinz erwartungsvoll. Klaus nickt, ja, doch, darf man erwarten.

Dann kommen erste Ergebnisse und Prognosen, nicht von Metropolis, sondern von der eidgenössischen Volksabstimmung, einer Steuerrechtsrevision. Immer zählen sie zuerst die eidgenössischen Vorlagen aus, erklärt Vinz dem Professor oder dem Publikum, dann die kantonalen, und am Schluss die kommunalen.

Bannwart schenkt sich nach. Er müsste die Vorhänge ziehen, die Fenster spiegeln sich im Bildschirm. Ist ja auch verboten, am hellen Tag vor dem Fernseher zu sitzen und zu trinken. Whisky statt Chablis. Mit Weisswein und Champagner feiert man Siege; Whisky ist ein Schmerzmittel.

Wenigstens die Fenster auf die Streulistrasse.

Bannwart zieht am Vorhang, oben harzen und quietschen die Rollen in der Schiene, als sperrten sie sich gegen die vorzeitige Verdunkelung.

Es wird zwei Uhr, bis Metropolis auftaucht. Der Wahlkreis 4 + 5 ist zuerst ausgezählt, er nimmt den Gestaltungsplan an.

»57 Prozent Ja – aber nur 28 Prozent Stimmbeteiligung. Wie war das mit dem Mobilisierungspotenzial, Klaus?«, fragt Vinz maliziös.

»Doch, doch«, entgegnet der Politologe eifrig. »Hier, in den ehemaligen Arbeiterquartieren, zeigt sich das Mobilisierungspotenzial der linken Intelligenzija. Sie hat den rechtsnationalen Appell an das dumpfe Gefühl, an das Ressentiment neutralisiert.«

»Aber 72 Prozent haben die Abstimmung boykottiert!«

»Eben, genau! Es ist Links-Grün gelungen, die nationalistische Stimmung hier gar nicht erst zum Ausdruck kommen zu lassen – die negative Mobilisation der Negation erweist sich hier als ein positiver Mobilisierungserfolg, wenn du verstehst, was –«

Und – pling! – sticht eine zweite Meldung in seine Erklärungen: Der Wahlkreis 1 + 2, City und linkes Seeufer, lehnt ganz knapp ab. Nicht einmal 51 Prozent, ein Zufallsmehr. Trotzdem ein Nein.

»Ist das schon die Wende?« Unheilschwer senkt sich Vinz' Stimme.

Hofer reibt das grau gestoppelte Kinn. »Bestimmt muss man das ernst nehmen, Vinz. Als Symptom der Ambivalenz, des Unbehagens des Bürgers in der Kultur. Aber Wende würde ich diesen äusserst volatilen Wert noch nicht nennen.«

Schlag auf Schlag treffen nun die Resultate ein. Die Kleinbürgergenossenschaften der Üetlibergflanke lehnen knapp ab, aber der ganze Zürichberg bis hinab nach Unterstrass und an das reiche rechte Seeufer stimmen deutlich zu – wieder 57 Prozent, hier jedoch gingen satte linksliberale Bürger auch wirklich an die Urne, fast 42 Prozent. Bannwart reibt sich die kalten Finger, als er den Zwischenstand hört. Ein gutes Polster für die unzuverlässigen Wahlkreise am nördlichen und westlichen Rand der Stadt. Und da kommen schon diese Banausen: Das kleine Schwamendingen mit 66 Prozent Nein, doch nur 28 Prozent Stimmbeteiligung; Albisrieden und Altstetten, neuntausend Stimmen, 61 Prozent Nein; das Bürgerweindorf Höngg, 52 Prozent Nein.

»Ui, ui, ui, das wird ganz spitz – ganz spitz!«, zetert Vinz Kellenberger. »Jetzt hängt Metropolis am seidenen Faden von Oerlikon! Im grössten Wahlkreis der

Stadt, im Quartier, in dem Metropolis gebaut werden soll, entscheiden die Bürgerinnen und Bürger heute darüber, ob die Fabrik ihrer Träume oder Albträume in Erfüllung geht. Das, Kurt, das ist doch noch direkte Demokratie in Reinkultur!«

»Natürlich stärkt es meine demokratische Identität als Staatsbürger, wenn meine Stimme am Ort, wo ich lebe, sichtbar wird. Aber die repräsentative Demokratie lebt –«

»– sie lebt in Oerlikon, Kurt, gerade in diesem Augenblick!«, kräht Vinz dazwischen. »Die Zahlen von Oerlikon: 4397 Ja – und 6085 Nein! Das ist...«

Das Ende von Metropolis.

Bannwart glotzt mit schwerem Kopf und spürt nichts. Die weiche Wärme des Whiskys umhüllt ihn wie ein Futteral und polstert ihn ab gegen die Schläge dieser grellen Stimme.

»... die Sensation! Das Schlussergebnis: 50,6 Prozent Nein! Wer hätte das gedacht! Das stolze Metropolis, der Filmpalast, den die Stadtregierung unbedingt wollte – hinweggefegt vom Volkssturm von Oerlikon! Kurt, was sagst du dazu!«

»Ähem, ja, Vinz... nur... Volkssturm ist vielleicht nicht... Volkssturm, das war Hitlers letztes Aufgebot...«

»Meine Zuschauer verstehen mich schon richtig. Und ich sage: Es tost ein Sturm des Volkszornes bis ins Stadthaus! Dort ist jetzt unsere Reporterin Sandra Ehrensperger – Sandra, hörst du mich?«

Da ist es. Das Gesicht, das er nicht gesehen hat. Versteckt hinter der Kamera, dann hinter blutigen Fingern. Jetzt schaut es ihn an, ein blondes Mädchen, das Mikrofon wie ein langes, blaues Eis vor dem breiten Mund.

Helle Augen, weit aufgerissen. Und ein schmaler Pflasterstreifen quer durch die rechte Braue, ein schräger Slash über der Naht oder Narbe.

»Ja, Vinz, der Sturm hat das Stadthaus erschüttert«, trompetet Sandra ins Mikrofon. »Und neben mir steht Stadträtin Marlen Zollinger – Frau Zollinger! Metropolis – ein Scherbenhaufen! Wie fühlen Sie sich?«

Mit verschränkten Armen, als müsste sie sich selbst halten, steht die Chefin da. Kerzengerade überragt sie die Reporterin, die wie ein pausbäckiger Teenager zu ihr aufschaut.

»Wissen Sie, Frau Ehrensperger«, sagt Marlen Zollinger und zwingt sich ein Lächeln ab, »das war eine Sachvorlage, die nichts mit Gefühlen…«

»Aber die Angriffe gegen Sie und Ihren Mann!«

»… die nichts mit Gefühlen zu tun hatte. Die Bürgerinnen und Bürger haben über einen privaten Gestaltungsplan entschieden. Natürlich bedauert der Stadtrat die Ablehnung, weil Zürich damit eine einmalige Chance verpasst, sich als Filmzentrum noch stärker zu positionieren. Aber als Demokratin stehe ich voll und –«

»Und was haben Sie falsch gemacht?«

»Wir haben ein privates Projekt dem Volk vorgelegt. Da haben wir bestimmt nichts falsch gemacht.«

»Stichwort ›Mafiapolis‹ und ›Protzklotz‹…«

Marlen Zollinger zieht scheinbar verwundert die Brauen hoch. »Ja, was soll man zu solchen Verdrehungen sagen? Leere Schlagwörter einer unheiligen Allianz…«

»Die aber damit gewonnen hat!«

»Ja, leider«, bestätigt Marlen Zollinger würdevoll. »In der Kommunikation hatten wir einen schweren Stand.

Da sehe ich Verbesserungspotenzial. Ich werde morgen mit meinen Leuten die Lage analysieren.«

»Also doch: Es wurden Fehler gemacht!«

Die Stadträtin zieht die Brauen zusammen. »Ich habe mir nichts vorzuwerfen. Aber in meinem Departement lief nicht alles, wie ich es mir wünschte.«

Bannwart springt auf. »Das hättest du dir vorher überlegen können, du blöde Zicke du!«, krächzt er heiser und schleudert die Arme gegen den Bildschirm. »Jetzt ist es zu spät! Du hast es vermasselt! Du und dein Oscar. Eingebildetes Herrenreiterpack! Frau Stadtpräsidentin? Ha! Niemals! Niemals!«

Seine Lunge ist leer, er sackt aufs Sofa.

»… dulden wir unter keinen Umständen. Wir haben sofort die Konsequenzen ergriffen und eine Untersuchung angeordnet. Mehr kann ich im Moment leider nicht sagen, das verstehen Sie bestimmt, Frau Ehrensperger.«

Was war die Frage? Geht es um ihn? Er beugt sich vor, sieht aber nur noch die Reporterin befriedigt nicken, als habe sie ein schönes Kompliment bekommen. Dann gibt Sandra zurück zu Vinz ins Studio.

Das Telefon schellt. Carola wollte sich am Nachmittag melden. Bannwart stemmt sich hoch, stösst sich den Knöchel an der Ecke des Couchtisches, flucht und schaltet den Fernseher aus.

»Hallo, Carola?«

»Bruno Beretta, Radio Energy – Herr Bannwart, was sagen Sie …«

Reflexartig unterbricht Bannwart die Verbindung. Jetzt fängt das wieder an! Jetzt gehen sie wieder auf ihn los. Benommen blickt er um sich. Die Tür abschliessen. Alles absichern. Er darf sich draussen nicht zeigen.

Die Vorhänge sind gezogen. Trotzdem noch immer heller Nachmittag. Und er eingesperrt in der Wohnung. Mit dem Telefon, das erneut läutet. Er schaltet es auf stumm. Sollen sie doch aufs Band sprechen. Er nimmt noch einen grossen Schluck Single Malt und legt sich aufs Bett. Was sonst tun, wenn nichts mehr zu machen ist. Er muss die Scheisse ja nicht auch noch erklären.

Am Abend hört er das Band ab. »Hallo, da Carola. Hab's im Internet gesehen. Tut mir leid für dich, Robert. Aber ich bin froh, dass das endlich vorbei ist. Ehrlich froh! Tschüss!« Sonst viel Schrott, zwei Zeitungen, drei Radiostationen, zweimal das Lokalfernsehen, einmal sogar Vinz selbst. Und irgendwo dazwischen, ganz kurz, Bignia Giacometti, die fragt, wie es ihm geht und dass sie sich freut, wenn er morgen wieder kommt. Schade, mit ihr hätte er gerne gesprochen.

Sein Hirn ist trüb wie der Morgen. Viel zu früh, aber der Schlaf ist weg. Körperliche Ursachen. Nüchtern wie ein Controller registriert er: Herzrasen, Schweiss, Kopfstiche.

Kein Mitleid. Wer sich besäuft, erträgt auch den Kater.

Die Abstimmung von gestern lässt ihn kalt. Keine Trauer, keine Wut, keine Rachelust. Wenn ihm etwas fehlt, dann die Gefühle. Vielleicht kommen sie noch; jetzt aber ist alles leer. Nur eine Art Ekel, ein schwacher Kotzreiz, doch das ist der Magen. Nach der heissen Dusche ist auch der wieder einigermassen im Lot. Trotzdem, kein Frühstück, bloss Tee. Wie Carola – er müsste sie zurückrufen, sagen, dass mit ihm alles okay ist, trotz allem. Später. So früh würde er sie nur erschrecken.

Es ist noch immer nicht ganz hell, als Bannwart ins Tram steigt. Regenwolken verlängern die Dämmerung. Er ist als Erster im Amt. Besser so, das macht es weniger peinlich: die Heimkehr des Verbannten. Ferien waren es keine; er fühlt sich nicht erholt. In Quarantäne war er, wie zur Abwehr einer Seuche. Und weil bei ihm die Krankheit nicht ausgebrochen ist, darf er heute wieder unter die Menschen. Aber die Zwangsisolation hat Kraft gekostet, er spürt es, als er auf seinen federnden Bürosessel sinkt. Geschwächt ist er, als hätte er eine mildere Form des Fiebers durchgemacht.

Sein Schreibtisch ist aufgeräumt wie ein Ausstellungsstück. Kein neues Dossier, keine Post. Alles noch bei Kris.

Was tun?

Er legt beide Hände auf das kühle schwarze Holz und schaut zum Fenster hinaus. In der ETH brennen auch schon Lichter. Das kann er vergessen. Mit Metropolis wäre vielleicht ein Lehrauftrag gekommen. Ohne Metropolis hat er denen zu wenig zu bieten. All die Jahre solider Planungsarbeit, was zählt das schon? Städtebau ist ein zähflüssiges Geschäft, das lässt sich nicht mit ein paar kühnen Entwürfen herzaubern. Wenn er etwas beginnt, dauert es so lange wie der Flug einer Jupitersonde, bis die Resultate sichtbar werden. Im Grunde kann erst eine nächste Generation seine Leistung gerecht beurteilen. Weit vorausschauen, Ziele anpeilen, Kurs halten und beharrlich weitermachen, das ist das Einzige, was er tun kann.

Er hat vor sich hin geträumt. Wie lange? Schritte im Vorzimmer. Die Tür platzt auf, Milena, mit gesenktem Kopf eilt sie auf den Aktenschrank zu. Mitten im Raum fährt sie herum, stösst einen Schrei aus und erstickt ihn mit der Hand. Sie starrt auf Bannwart, dann lässt ein tiefer Seufzer ihre Schultern sinken.

»Hast du mich erschreckt! Im dunklen Büro – entschuldige, wenn ich gewusst hätte, dass ...«

»Ich muss mich entschuldigen. Ich hätte Licht machen sollen. Wie spät ...? Tja, bald Sitzung. Sagst du den anderen, dass wir uns heute hier treffen?«

»Die Sitzungen waren immer hier«, sagt Milena und senkt den Blick.

Warum so verlegen? Ist doch in Ordnung, wenn sie sein Büro gebraucht haben.

»Vielleicht könntest du in der Cafeteria noch ein bisschen was zum Kaffee holen? Für einen guten Neuanfang nach der Abstimmung. Champagner passt ja weniger.«

»Klar, mach ich.« Milena wirkt erleichtert, weil er es mit Humor nimmt.

Und langsam tröpfeln sie herein. Kris Matter sieht bleich und mitgenommen aus. Sie blickt an ihm vorbei, als schäme sie sich.

»Schöne Scheisse! Ich kann es noch immer nicht fassen.«

Bannwart nickt nur und sagt nichts zu ihrem Trost. Er ist schon ein paar Schritte weiter. Er kann das Debakel fassen, er hat alles im Kopf geordnet, er kann die Ursachen benennen, und er wird sie der Reihe nach der Chefin ins Gesicht sagen. Ganz ruhig und klar. Im Fernsehen hat sie versprochen, die Situation mit ihren Leuten zu analysieren, also soll sie seine Analyse auch bekommen. Sie wird keine Freude daran haben, doch darauf kann er nicht Rücksicht nehmen. Es sind Fehler gemacht worden, und er wird ihre Verantwortung dafür nicht beschönigen. Das ist er seiner Reputation schuldig.

Als alle um den Konferenztisch vereint sind und Bannwart sie als Besatzung der Arche Noah nach der Sintflut begrüsst und etwas gedrückte Heiterkeit erntet, da dudelt das Telefon auf seinem Pult.

»Lass es schellen«, sagt er zu Milena, die schon aufgesprungen ist. Doch es hört nicht auf und stört seine kurze Eröffnung, in der er seinen Leuten Mut zusprechen und die Aufgaben der nächsten Tage umreissen will. Er gibt Milena ein Zeichen. Sie huscht zum Telefon, blickt auf den Display und nimmt weniger forsch als üblich ab. Gedämpft wechselt sie ein paar Worte und legt wieder auf.

»Robert, die Chefin – Frau Zollinger. Du sollst zu ihr.«

Unwillig schüttelt Bannwart den Kopf. »Nachher. Sie weiss, dass wir jetzt Sitzung haben.«

»Ja, ja, hab ich ihr auch gesagt. Aber du sollst trotzdem kommen.«

»Bah!... Wenn sie unbedingt...« Er erhebt sich. »Kris, übernimmst du die Leitung? Du bist ja schon geübt. Also dann, Leute, ihr entschuldigt mich. Die Amazone ruft!«

Alle schweigen, respektvoll oder befangen, auch Kris, bis er das Büro verlassen hat.

Langsam steigt Bannwart die Treppen zum dritten Stock hinauf; die Zeit nimmt er sich, um noch einmal seine Gedanken zu ordnen. Wenn die Chefin ihn mitten aus einer Sitzung ruft, wird sie auch die anderen Amtsdirektoren versammelt haben, obwohl die mit Metropolis noch gar nichts zu schaffen hatten. Allerdings ist der alte Frick vom Amt für Hochbauten immer sehr daran interessiert gewesen, wohl auch aus Neid, weil es ein privates Bauprojekt war und kein öffentliches, bei dem er mitreden durfte. Nun, da Metropolis gestorben ist, braucht keiner der Kollegen mehr missgünstig zu sein. Aber wehe, einer von ihnen macht eine falsche Bemerkung, dem wird Bannwart übers Maul fahren.

»Wo ist die Kadersitzung mit der Chefin?«, fragt er die Assistentin im Vorzimmer.

»Sitzung? Die Chefin ist in ihrem Büro.« Die Assistentin weist mit dem Daumen über ihre Schulter.

Bannwart klopft und tritt ein. Marlen Zollinger steht am Fenster und sieht in den grauen Himmel hinauf.

»Morgen. Aha, ich bin der Erste?«

Die Chefin wendet sich um. »Herr Bannwart, gut. Ja, ich warte noch auf Herrn Rechtsanwalt Fehr – ach, da ist er. Bitte nehmen Sie Platz.«

Sie deutet auf die Besucherstühle vor ihrem Schreibtisch. Sie selbst bleibt stehen, die Arme verschränkt, die Hände halten die Ellbogen fest, zur Säule erstarrt, wie gestern beim Interview mit der TV-Reporterin.

Bannwart setzt sich nicht, sein Instinkt sagt ihm, dass er stehen bleiben muss, für das, was kommt. Etwas unsicher erhebt sich auch der Rechtsberater wieder und sieht zu Marlen Zollinger auf.

»Herr Bannwart, ich will nicht lange darum herum reden.« Ihre Stimme, zu eng gezügelt, vibriert. »Wir alle – die Stadt Zürich, ich und Ihr Amt – sind in eine schwierige Situation geraten. Eine peinliche Niederlage, das schadet uns enorm, keine Frage, auch international. Und das Schlimmste ist, dass diese Niederlage unnötig war – absolut unnötig!« Dünn und scharf zischt sie es. »Metropolis hatte die besten Chancen. Doch sie wurden sabotiert – mutwillig sabotiert durch Ihre unbeherrschte –«

»Moment, Moment!«, fährt Bannwart dazwischen,

doch wie eine Sense schneidet die flache Hand der Chefin ihm das Wort ab.

»Jetzt rede ich, Herr Bannwart! Ja, Ihre Unbeherrschtheit! Sie und nur Sie haben diese üble Kampagne gegen Metropolis erst möglich gemacht. Nein, nein, ich greife der Untersuchung nicht vor – aber das politische Urteil haben die Bürger gestern gefällt. Das ist ein Fakt. Punkt. Und aus dieser Sackgasse müssen wir nun wieder heraus. Wir müssen das Vertrauen zurückgewinnen – mit neuen Kräften. Herr Bannwart, es tut mir leid... aber wir müssen uns von Ihnen trennen.«

Bannwart spürt, wie ihm das Blut aus dem Kopf weicht, den Hals abwärts, zum Herzen, in Sicherheit. Jetzt nur nicht ohnmächtig werden, aufrecht bleiben und nicht wanken.

»Frau Zollinger«, sagt er langsam, um seiner geschwächten Stimme mehr Gewicht zu geben. »Ich weise das zurück. Entschieden zurück. Ich habe mir nichts vorzuwerfen, und das wird auch die Untersuchung bestätigen. Es wird keine Anklage geben, sagt die Polizei.«

»Anklage oder keine Anklage – darum geht es gar nicht mehr. Es ist eine Frage des Vertrauens. Das wichtigste Kapital einer Verwaltung ist das Vertrauen der Bürger. Da darf kein Schatten darauf fallen. Und Sie werden doch nicht abstreiten, dass Sie –«

»Alles nur Hysterie! Nichts dahinter! Nur Schaumschlägerei der Medien!«

»Nein, da ist definitiv mehr dahinter. Zuerst die Sache mit Ihrer Tochter – dass Sie mich richtig verstehen: Ich mische mich nicht in Ihre Familienangelegenheiten ein. Aber wenn sich private Probleme auf Ihre Arbeit und mein Departement auswirken, dann muss ich...«

Mit einem wilden Stoss jagt Bannwarts Herz alles Blut so heiss in den Kopf zurück, dass ihm schwindlig wird.

»Kein Wort mehr, verdammt noch mal! Nora wurde von Rowdys überfallen! Und ich dulde es nicht, dass Sie die gleichen Lügen –«

»Herr Bannwart!« Peitschenknall. »Nehmen Sie sich zusammen!« Zwei Lanzen die Augen. »Was fällt Ihnen ein, mich so anzubrüllen!« Mit der Linken fächelt sie den Rechtsberater weg, der schützend ihr zur Seite eilen will. »Wenn es noch einen Beweis bräuchte, dass das Vertrauen zerbrochen ist, dann wäre es Ihr Auftritt soeben.« Sie seufzt und fährt eine Tonlage tiefer und ruhiger fort: »Darum müssen wir sehen, dass wir wie vernünftige Menschen auseinandergehen können.«

Rechtsanwalt Fehr hüstelt und schiebt hurtig dazwischen: »Wir haben eine Abgangsvereinbarung aufgesetzt, die für Sie sehr vorteilhaft ist, Herr Bannwart… wenn Sie noch diese Woche Ihre Kündigung einreichen. Wollen Sie die Einzelheiten …?«

»Niemals!« Bannwart wirft den Kopf zurück und wendet sein verzerrtes Grinsen der Chefin zu. »Ich kündige nicht – da müssen Sie mich schon eigenhändig rauswerfen!«

Marlen Zollinger schüttelt scheinbar bekümmert den Kopf. »Tja, ich fürchte, genau das wird der Gesamtstadtrat am Mittwoch tun – selbstverständlich unter Wahrung der vertraglichen Kündigungsfrist und aller Ihrer berechtigten Ansprüche. Ich aber«, sagt sie fester, »verfüge hiermit Ihre weitere Suspendierung. Ihre Stellvertreterin, Frau Matter, wird das Amt ad interim führen. Alle Kommunikation nach aussen läuft ab sofort über mich. Und Sie halten sich von den Medien fern. Keinerlei Erklärungen, absolutes Stillschweigen. Andernfalls… Herr Rechtsanwalt Fehr ist mein Zeuge. – Gut! Das wärs, Herr Bannwart.«

Kalter Stein ist er, durch und durch, nichts regt sich auf seinem Gesicht, als er kehrt macht und mit grossen, geraden Schritten aus dem Büro marschiert und hinter sich die Türen weit offen lässt. Erst auf der Treppe treffen ihn die Feuerpfeile im Hinterkopf.

13

Aus dem Parkhausbunker in den grellen Morgen. Bannwart blinzelt, zieht Daumen und Zeigefinger über die Augen. Feuerkreise. Kurz kneift die warme Zange die Nasenwurzel, dann lässt er die Hand in den Schoss fallen.

»Danke«, sagt er noch einmal, »sehr nett – obwohl… ich hätte auch ein Taxi…«

»Mit dem ganzen Kleiderkram? Komm, Robert, ist doch viel einfacher so. Ich mach das gerne.«

Ich fahre dich nach Hause, hat Derungs sofort gesagt, als Bannwart zurückkam: »Ich bin draussen. Gefeuert. Und jetzt gehe ich.« Kurz und cool, das war gut. Alle schockiert, fast allen verschlug es die Sprache. Nein! Unmöglich! stotterten sie und wichen ihm aus, als trügen sie die Schuld daran. Nur Derungs stand auf und legte ihm die Hand auf die Schulter und sagte: Robert, ich fahre dich nach Hause. Schon diese Hand wog fast zu viel. Die anderen hielt er sich vom Leibe. »Keine Angst, ich räume schon noch auf. Jetzt brauch ich erst mal frische Luft.« Die Kleider aus dem Schrank mussten mit, Regenmantel, dunkler Anzug, Reservehemden und die Baustellenstiefel. Den Schreibtisch schloss er ab. Nur ein paar Briefe und Dateien schob er in seine Aktentasche. Derungs trug ihm die Stiefel und den Regenmantel ins Parkhaus unter dem Lindenhofhügel.

Sie stehen an der Ampel vor der Brücke über die Limmat. Schweigen. Bannwart muss es brechen, bevor es ihn erdrückt.

»Ein Japaner?« Er klopft gegen die Verschalung der Beifahrertür.

»Das? Nein, ein Koreaner. Hyundai.«

»Zufrieden damit?«

»Klar. Familienehrensache.« Derungs fährt los, ein bisschen zu forsch, als wolle er zeigen, was in dem Wagen steckt. »Meine Schwägerin hat eine Hyundai-Garage, in Schwerzenbach.« Auf der Brücke muss er bremsen, weil vor ihm einer kriecht. »Mein Bruder war Mechaniker. Und ich bin Teilhaber der Firma.«

»Business und Amt? Kann aber gefährlich werden.«

Ein Scherz, doch Derungs lacht nicht. Besorgt blickt er zu Bannwart herüber.

»Aber das werfen sie dir doch nicht im Ernst vor?«

»Nein, nein – Korruption ist das Einzige, was die Chefin mir nicht unterstellt. Nein, ich meinte sie und ihren Oscar – ach, vergessen wir die ganze Scheisse.«

»Ja, Scheisse. Genau das ist es!«

Und damit ist das Gespräch gestorben. Derungs getraut sich nicht mehr, und Bannwart fehlt die Kraft, neu anzufangen. Diese Kopfschmerzen. Noch der Kater von gestern oder schon die Migräne von heute? Auch egal. Scheisse ist Scheisse.

Beim Klusplatz dirigiert er Derungs durch die Jupiterstrasse und die Streulistrasse vors Haus.

Derungs steigt aus und schaut sich um. »Schön wohnt ihr.«

»Der Park gehört nicht dazu«, sagt Bannwart. »Altersheim Klus Park. Werde mich heute Nachmittag dort anmelden.«

»Komm, komm – du gehörst doch nicht zum Alteisen!«

Obwohl Bannwart mit Derungs lacht, schmerzt der Stachel. Alteisen. Dass Derungs dieses Wort überhaupt in den Sinn kommt.

Bannwart nimmt die Kleider vom Rücksitz.

»Die Stiefel und den Mantel trag ich dir rein«, sagt Derungs hinter ihm.

»Nicht nötig, komme schon klar.« Er wirft alle Kleider über den Arm, schwer ziehen die Stiefel an der linken Hand, während er die andere Derungs entgegenstreckt. »Danke für den Transport, Gion.«

»Soll ich dir nicht...? Wenigstens die Mappe.«

»Nein, alles bestens.«

Derungs schaut am Haus hoch. »Ist bei dir jemand zu Hause?«

»Wieso?« Bannwart folgt seinem Blick. Nichts zu sehen. »Nein, Carola ist in München.«

»Ich frage nur, ob ich vielleicht... damit du jetzt nicht alleine bist...«

»Hey, keine falsche Angst, Gion! Ich kann sehr gut alleine sein. Mit mir – in bester Gesellschaft quasi.«

»Wenn du meinst...« Derungs blickt auf seine Schuhspitze. »Ich dachte nur, vielleicht wäre es besser... Mein Bruder, der mit der Garage... der hat Schluss gemacht. Alkohol, Führerschein weg – Kurzschluss, peng! Natürlich war Pi ein ganz anderer Typ als du«, setzt er wie eine schnelle Entschuldigung hinzu.

»Selbstmord? Kommt nicht in Frage! Nicht für mich! Einfach wegschleichen? Das würde denen so passen! Oh nein, diese Freude mache ich ihnen nicht. Dazu bin ich wirklich nicht der Typ. Aber dein Bruder...? Tut mir leid, Gion.«

»Ja, danke. Kein Problem. Bin ja froh, dass du es so nimmst und nicht anders.« Derungs sieht erleichtert aus. »Ganz der alte Bannwart. Also, dann... bleiben wir in Kontakt?«

»Klar. Unbedingt. Und nochmals danke. Für alles.«

Bannwart hebt seine Aktentasche vom Asphalt auf.

»Ja, und noch was«, sagt Derungs. »In drei Wochen haben Milena und ich eine kleine Feier. Die offizielle Verlobung. Ihre Familie wünscht so etwas, da machen wir ihnen halt die Freude. Kommst du auch? Wir würden uns sehr freuen.«

»Wenn ich nicht weg bin – gerne«, sagt Bannwart mehr aus Höflichkeit. Er will endlich ins Haus. Vom Gewicht der Stiefel, festgeklemmt zwischen Daumen und Zeigefinger, kriecht ein Krampf den linken Arm hoch.

»Milena verschickt die Einladungen noch diese Woche. Also, mach's gut!« Beinahe fröhlich ruft Derungs es ihm nach.

Bannwart schwenkt die Aktenmappe zum letzten Gruss, bevor er sie vor der Haustür abstellt, um den Schlüssel zu suchen. Als er die Tür mit dem Knie aufstösst, hört er Derungs wegfahren.

Auf der Treppe rutscht ihm einer der Stiefel aus den Fingern und poltert ein paar Stufen tiefer. Zwischen den Zähnen zischt Bannwart einen Fluch und stampft weiter.

Kaum in der Wohnung, lässt er auch den zweiten Stiefel aufs Parkett plumpsen und alle Kleider darüber rauschen. Abwerfen, den ganzen Plunder, den ganzen Ballast. Und frische Luft! Es stinkt hier, er muss die Fenster aufreissen, den Durchzug im Gesicht spüren. Vor dem Fernseher im Salon steht noch die leere Flasche; als er sie wegräumt, sieht er die Flecken auf dem Glastisch. Mit einem Lappen aus der Küche reibt er verbissen die eingetrockneten Tropfen und Ringe weg, und danach mit dem Geschirrtuch die feuchten Schlieren. In seinem Kopf sticht und pocht es. Alles hat seinen Preis. Und nie ist es fertig, immer bleibt noch etwas.

Der Haufen in der Diele. Als hätten sie ihm die Kleider nachgeworfen. Er nimmt den schwarzen Anzug vom Boden auf, klopft etwas Staub weg. Am Kragen ist ein Schmierstreifen Ockerfarbe. Schminke. Das TV-Podium im Kaufleutensaal. Er spuckt auf den Kragen und wischt ihn mit dem Ärmel sauber.

Schwarzes Tuch. Wie dieser widerliche Fehr. Absicht? Im dunklen Anzug zur Abdankung. Was für ein Dank nach fast zwölf Jahren. Aber das war nicht das letzte Wort! Die Zollinger und ihr Herr Rechtskonsulent werden sich noch wundern. Ein Bannwart dankt nicht so schäbig ab.

Zuletzt noch der Stiefel neben der Tür. Keine Baustellenbesuche mehr. Also in den Keller damit. Auf der Treppe liegt der andere, sein Schaft ist an einer Stufenkante abgeknickt wie ein gebrochener Hals. Bannwart stellt beide Stiefel ins Kellerabteil, provisorisch. Hier muss endlich ausgemistet werden. Einige der Umzugskartons sind seit Berlin unberührt geblieben. Dann die Hinterlassenschaften der Kinder, Spielsachen, Sportartikel, Bücher, Schulmaterial. Sedimente einer Familiengeschichte, abgelebt und abgesunken.

Beim Aufstieg leert Bannwart den Briefkasten. Eine Ansichtskarte und zwei Briefe für Carola, ein amtlicher Umschlag für ihn. Staatsanwaltschaft Zürich. Und schon klopft das Herz wie blöd. Sein Strafverfahren – so rasch? Er hastet die Treppe hinauf, in die Küche, nimmt das erstbeste Rüstmesser aus der Besteckschublade, schlitzt den Umschlag auf und hält den Atem an.

Besuchserlaubnis für Dielsdorf. Gott, Nora!

Er legt den Umschlag der Staatsanwaltschaft nicht zum Altpapier, sondern zerreisst ihn und wirft die Schnipsel in den Kehrichtsack.

Alles weggeräumt, der Tag ist leer. Dabei ist noch nicht einmal Mittag. Er müsste es Carola sagen. Aber er kann nicht. Noch nicht. Keine Fragen jetzt. Sie wird viele Fragen haben. Nein, das muss er sich nicht antun, nicht jetzt, wo alles noch so verworren ist.

Zuerst einmal braucht er Antworten, klare juristische Antworten. Er wird sich wehren, da kommt es auf jeden Schritt an. Keine Fristen versäumen, das ist den Juristen das Wichtigste. Er ruft Eva Rengger an. Am frühen Nachmittag nimmt sie sich Zeit für ihn. Aber, sagt sie, sie wisse noch nicht, ob sie ihm helfen könne, Verwaltungsrecht sei weniger ihr Fach.

Verwaltungsrecht. Er ist ein Fall fürs Verwaltungsrecht. Schon wieder. Zuerst das Disziplinarverfahren und jetzt das.

Eva kann nicht helfen, auch Rechtsanwalt Breitenstein nicht, ihr Studienkollege und Spezialist für öffentliches Arbeitsrecht, den sie vor der Besprechung kurz konsultiert hat. Klar ist, dass es kein Zurück gibt, keine Rückkehr ins Amt. Selbst wenn der Rauswurf gegen das Gesetz verstösst, kann Bannwart nur eine finanzielle Genugtuung erwarten. Frühestens in zwei, drei Jahren, so lange dauert der Prozess bestimmt, wenn er bis vor Bundesgericht geht. Allenfalls könnte man mit einer aussergerichtlichen Vereinbarung mehr herausholen, wenn die Stadt einsähe, dass die Entlassung mit Rechtsmängeln behaftet sei, sagt Eva.

»Aber ich will gar kein Geld – ich will mein Recht! Mir geht es um die Gerechtigkeit!«

Eva lächelt dünn. »Geld ist oft die Währung, in der die Gerechtigkeit gehandelt wird. Schadenersatz ist immer nur ein Ersatz und nie das verlorene Gut.«

Als Erstes schreibt Eva dem Zürcher Stadtrat, dass Bannwart seine Entlassung nicht akzeptiert und sich alle rechtlichen Schritte vorbehält. Danach, sagt sie, bleibe noch viel Zeit zu entscheiden, welchen dieser Schritte er tun wolle.

Er kann nicht mehr zurück, nie mehr.

Aber er hat noch seine Sachen dort.

Als er nur in Quarantäne war, dachte er kaum daran. Höchstens, wenn er mal ein Buch vermisste, in dem er etwas nachschlagen wollte. Jetzt aber drängt es ihn mit unbändiger Wut und Ungeduld, seinen Schreibtisch und sein Büro auszuräumen, sein Eigentum zu retten, es davor zu bewahren, als herrenlose Beute aufgeteilt und verschleppt zu werden. Oder in Abfallcontainer geworfen zu werden. So wie sie ihn weggeworfen haben.

Aber er kann doch nicht zurück, nicht jetzt, da alle in ihren Büros hocken und zusehen könnten, wie er seine Bücher aus seinem Arbeitszimmer schleppt – wie überhaupt? Bücherkartons, einen grösseren Wagen braucht er. Einen Mietwagen. Und wann? Am Wochenende, da wäre er ungestört. Nur keine mitleidigen Blicke. Oder Hilfsangebote – noch schlimmer.

Erst Montag.

So lange kann er nicht warten, das hält er nicht aus. Nach Feierabend, wenn niemand mehr arbeitet?

Heute Nacht?

Ja, heute Nacht! Heute Nacht wird er sein Büro räumen. Mit Umzugskartons und einem Mietwagen. Staunen werden sie, alle, wenn sie morgen früh sein leeres Büro sehen. Er stellt sich ihre Gesichter vor. Ein bisschen sind sie ihm schon fremder geworden, nicht mehr seine Leute.

Einen Transporter mieten.

Bannwart schaltet sein Mobiltelefon ein. Das Abschirmen ist bereits Gewohnheit; er nimmt das Telefon nur in Betrieb, wenn er jemanden anrufen will. Und überprüft die Nummern derer, die ihn zu erreichen versuchten.

Fünf Anrufe von Bignia. Und eine SMS: »Ich kann es nicht fassen! Robert, bitte melde Dich! B.«

Sie ist doch gekommen. Obwohl er gesagt hat, dass er keine Hilfe braucht. Aber da steht sie, im Schatten der Arkade vor dem Haupteingang. Sein Scheinwerfer streift sie kurz und entlässt sie wieder ins Dunkel.

Bannwart lenkt den Ford Transit auf ein Parkfeld, stellt den Motor ab und wartet einen Herzschlag lang, bis er die Tür öffnet.

»Abtransport Bannwart meldet sich zur Stelle.«

Zu kess, zu künstlich, passt nicht, so wenig wie seine Grimasse.

»Hilfsarbeiterin Giacometti auch«, sagt Bignia mit hochgezogenen Schultern und beiden Händen in den Hosentaschen. Verwaschene Jeans, Kapuzenpullover und Turnschuhe. Sie hat sich für diese Arbeit umgezogen.

Energisch entriegelt er die Seitentür, die unerwartet leicht aufgleitet, ungnädig an den Anschlag knallt und zurückfedert. Gerade noch kann Bannwart sie abfangen, bevor sie wieder zuschnappt. Zu viel Schwung, mit Lieferwagen ist er nicht vertraut.

Er zieht einen ersten Stapel leerer Bücherboxen an die Ladekante. Bignia eilt hinzu und nimmt ihm die Kartons ab.

Sie reden nur wenig. Erst als die letzten Boxen im

Büro oben sind und Bannwart seine Jacke über die Lederlehne seines Schreibtischstuhls hängt, sagt Bignia: »Wir haben der Zollinger einen Brief geschrieben. Das ganze Kader hat unterschrieben. Alle.«

»Ja … danke. Danke an alle.«

Mehr kann er nicht sagen. Es fällt ihm nichts ein. Vielleicht nur eine momentane Betäubung, die bald vergeht. Vielleicht aber auch schon die Abstumpfung, die Gewöhnung nach der Quarantäne. Es ist nicht mehr das erste Mal. In den beiden Wochen seiner Suspendierung ist er etwas abgedriftet, weg vom Amtshaus und vom Amt. Nie zweimal in den gleichen Fluss, oder wie es heisst. Er hat es gemerkt, als er sich heute Morgen wieder auf diesen Sessel setzte. Irgendwie ziellos, ohne Lust, ein Dossier aufzuschlagen; ihm fehlte das Interesse, der Tatendrang, für den er über die Grenzen seines Amtes hinaus bekannt, bewundert, aber auch gefürchtet ist.

»Womit soll ich anfangen?«, fragt Bignia.

»Du die Bücher und ich den Schreibtisch. Okay?«

Er startet den Computer und schliesst die Schubladen auf. Mit beiden Händen greift er in die Ablagen und wirft alles in einen Karton. Visitenkarten, ganze Stapel, wertlos geworden. Aussortieren kann er zu Hause oder in seinem neuen Büro. Richtig, auch das braucht er jetzt. Die Schubladen sind rasch geleert. Länger dauert es mit dem Computer. Er kopiert seine ganze Korrespondenz und seine persönlichen Dateien, bevor er eine nach der anderen löscht. Einfacher wäre es, die Dokumente an seine private Mailbox zu senden, aber niemand soll erfahren, was er mitnimmt. Auch Bignia nicht. Doch sie achtet gar nicht darauf, was er macht, so beschäftigt ist sie mit den Büchern. Schon fünf Boxen voll. Wenn sie sich bückt, rutscht der schwarze Pullover ein bisschen hoch, ein heller Streifen Haut, ein paar sanfte Wirbelbuckel.

»Und was machst du mit den Büchern?« Sie bläst Staub von einer Oberkante, ein Bildband aus der Berliner Zeit. »Verkaufen oder lesen?«

Nach ihm fragt sie, nicht nach den Büchern.

»Solange ich noch nicht genau weiss, was ich mache, behalte ich sie. Wenn ich ins Ausland gehe, kann ich sie immer noch ... Aber falls dir was gefällt, sag es. Ich schenke es dir gerne.«

»Nein, nein, so habe ich es nicht ... Warum Ausland?« Sie richtet sich auf und streicht mit dem Handrücken über die Stirn.

Der Drehstuhl knirscht, als Bannwart sich zurücklehnt und die Arme verschränkt. »Was soll ich hier noch – gescheitert und geschasst? Mich zum Gespött machen lassen? Ex-Mister Metropolis, Herr Alt-Amtsdirektor, Herr Stadtplaner ohne Stadt – nein, ohne mich!«

»Und? Hast du schon Vorstellungen, wohin?«

»Es gibt da ein paar Optionen«, lügt er und beugt sich vor, um eine weitere Datei zu löschen. »Bin zwar suspendiert gewesen, aber nicht ganz untätig.«

Bignia nickt. »Finde ich gut, dass du das so nimmst.«

»Wie nehme ich es denn?«

»Irgendwie so ...« Sie formt mit den Händen das Wort, das sie sucht. »... so stark und tapfer. Ich weiss nicht, ob ich das könnte – aber du ... unser Preusse ...«

Der teilnahmsvolle Ton, das aufmunternde Lächeln. Wütend hacken seine Finger auf der Tastatur herum; was sie dort anrichten, nimmt er nur verschwommen wahr.

Am Ende leert er den Papierkorb.

»Möchten Sie diese 19 Elemente wirklich unwiderruflich löschen?«

Ja, er möchte, wirklich und unwiderruflich! Und er geniesst das Klirrgeräusch. Sein Wille ist geschehen. Er fährt den Computer herunter, der nicht mehr der seine ist.

Zu zweit tragen sie die Kartons zum Lift und stapeln die ersten vier Boxen in der gläsernen Kabine. Ihnen bleibt nur ein schmaler Streifen. Ihre Schultern berühren sich, als sie die eine Etage hinunterfahren. Fünf Sekunden, ein lächerlich kurzer Hüpfer. Nie hat Bannwart den Lift genommen, ausser vor drei Jahren, als er die Achillessehne gerissen hatte.

Im Erdgeschoss deponieren sie die Kisten neben dem Eingang und holen die nächste Fuhre. Insgesamt zwölf Boxen, dazu noch ein paar Papiertaschen und Plastiksäcke mit angesammeltem Kleinkram. Das meiste zum Wegschmeissen. Aber nicht hier. Er hinterlässt keine solchen Spuren. Seine Hinterlassenschaft ist das Stadtbild, dort hat er Marken gesetzt, die bleiben. Auch ohne Metropolis.

»Und die Bilder?«, fragt Bignia, als sie zum letzten Mal unter der Tür stehen und ins Büro blicken.

»Gehören alle der Stadt.«

»Und der Gummibaum?«

»Ach, den soll nehmen, wer will.«

»Ich will!«

So entschlossen, als müsste sie sich gegen Konkurrenz behaupten. Verwundert sieht Bannwart sie an.

»Gefällt er dir wirklich?«

»Ja, er hat etwas… etwas Ehrliches.« Sie geht zur Pflanze in der Ecke und zupft ein gelbes Blatt ab. »Du – aber da ist noch ein Bild.«

Sie zeigt hinter den Gummibaum an die Wand.

Noras Zeichnung! Die Stadt der Tiere. Sie hat sie ihm zum Geburtstag geschenkt, nachdem sie von Berlin nach Zürich gezogen waren. Häuser, aus deren Fenster Affen, Löwen und Elefanten schauen. Bannwart hängt den Wechselrahmen ab und wischt mit dem Handballen den dünnen Staubbelag vom Glas. Alle Tiere auf dem Bild lachen. Blaue Perlentränen weint nur der einzige Mensch, ein Jäger, gefesselt an den einzigen Baum.

Es schlägt Mitternacht, als sie den Ford Transit beladen. Bignia steht gebückt im Laderaum und verstaut die Boxen, die Bannwart anschleppt. Den Streifenwagen bemerken sie erst, als ein Polizist aussteigt.

»Abend.« Knapp tippt der Beamte an die Mütze. »Darf man fragen, was Sie hier machen?«

»Büroumzug«, zischt Bannwart zwischen den Zähnen und lässt eine schwere Kiste auf die Ladefläche klatschen.

Der Polizist bleibt auf Abstand. »Und warum machen Sie das in der Nacht und nicht am Tag?«

»Weil wir am Tag arbeiten«, sagt Bannwart spöttisch, »da haben wir keine Zeit.«

»Ihre Ausweise bitte!«

Weg ist der gemütliche Tonfall; ein Polizist, der sich verschaukelt fühlt, wird scharf.

In Bannwarts Brieftasche stecken noch ein paar letzte Visitenkarten. Er reicht eine mit dem Führerschein weiter. Misstrauisch blickt der Polizist mehrmals zwischen der alten Fotografie im Ausweis und Bannwart hin und her, als müsse er die Gesichtsmerkmale einzeln abhaken. Erst als er die Visitenkarte liest, entspannt sich seine Haltung.

»Ah, Sie sind der Direktor? Und die Dame?« Er sieht

zu Bignia hinüber, die aus dem Lieferwagen gehüpft ist und die Hände an ihren Jeans abstreift.

»Giacometti. Ich bin eine Mitarbeiterin von Herrn Bannwart.«

»Frau Dr. Giacometti ist Abteilungsleiterin«, präzisiert Bannwart.

»Ah ja?« Verwundert mustert der Polizist die mädchenhafte Gestalt im Kapuzenpullover. »Aber die Stadt hat doch eigene Transportwagen und auch Personal dazu.« Er zeigt auf das rote Avis-Logo. »Da müssten Sie doch nichts mieten?«

»Ach, wissen Sie«, sagt Bignia in leichtem Ton, »die Stadt spart, wo sie kann. Und diese Bürokratie, bis ein Transport organisiert ist! Da machen wir es lieber schnell selber.«

Verständnisvoll nickt der Polizist. »Auch bei uns sparen sie überall. An den Stellen, an den Zulagen. Aber für einen Filmpalast, da hätten sie das Geld gehabt.«

Bignia ist schneller als Bannwart. »Genau! Und bald müsst auch ihr in euren eigenen Autos Streife fahren.«

»So weit kommt's noch!«, stösst der Polizist hervor.

Bignia kichert. Der Polizist strafft den Rücken und gibt Bannwart den Ausweis zurück. »Also dann … Gute Fahrt noch.«

Der Streifenwagen setzt sich fast geräuschlos in Bewegung, dreht vor dem Lindenhof eine Schleife, gleitet wieder am Amtshaus vorbei, und beide Polizisten blicken starr geradeaus, als gäbe es Bannwart, Bignia und den Mietwagen gar nicht.

Noch drei Kartons, dann haben sie es geschafft. Bannwart schliesst die Schiebetüre des Fords und dreht sich nach dem Amtshaus um. »Salve«, wünscht ihm der kleine Putto im Torbogen.

»Abgeschlossen habe ich schon«, sagt Bignia.

»Ich auch«, knurrt Bannwart und öffnet die Beifahrertür. »Komm, ich bringe dich nach Hause.«

Einen Moment zögert sie. »Mein Fahrrad... Ach, wird schon nicht geklaut!«

Sie klettert auf den äusseren Sitz; zwischen ihnen bleibt ein Platz frei, als Bannwart losfährt. Durch den Geruch der Kunststoffbezüge dringt der Dunst eines Parfums oder Eau de Cologne zu Bannwart hinüber. Beide sind sie ins Schwitzen gekommen, jetzt kühlen ihre Körper aus, er friert sogar ein bisschen. Aber die Heizung stellt er nicht an, er will diesen Duft nicht abtöten, schwach wie er ist.

Ewig könnte er so fahren, in dieser weichen Ermattung, geborgen in der Kabine aus Blech und Glas, umhüllt vom Brummen des Motors, der Vibration des Lenkrads und dem Schweigen zwischen Bignia und ihm. Fahren und immer weiter fahren durch die nächtliche Stadt, in der die Ampeln gelb blinken und der Verkehr so dünn geworden ist, dass er leicht fliesst, ohne zu stocken.

Doch Bignia wohnt nicht weit vom Zentrum entfernt. Nur wenige Minuten später hält er vor ihrem Haus an. Er stellt den Motor ab und erschrickt vor der plötzlichen Stille.

Bignia klickt ihren Sicherheitsgurt auf, er schnurrt zurück, die Schnalle schlägt hart gegen den Türrahmen.

»Wenn du noch einen Tee möchtest...?«

Ein rosa Einzahlungsschein unter dem Scheibenwischer. Kaum sechs Uhr und schon eine Busse. Wer kontrolliert so früh am Morgen blaue Zonen? Mieser

Fink. Bannwart blickt um sich, sieht niemanden, der dafür in Frage käme. Rasch zieht er den Bussenzettel heraus und steckt ihn in sein Jackett.

»Ist ja nicht viel…«

Halblaut murmelt er über die Scham hinweg, die ihn umsponnen hält, seit er erwacht ist. Er hat in der Nacht nicht mehr weiterfahren können, nach dem peinlichen Anfall. Beim Tee, Lindenblüten mit Honig, sassen sie in der Küche, und Bignia fragte etwas, eine leichte Frage, sie streifte bloss die Oberfläche, vermied alles Schwere, weil sie ihn schonen wollte, und als Bannwart das merkte, ist etwas über ihn hereingebrochen und hat ihn fortgerissen, in einen Strudel von Gefühlen, über die er keine Kontrolle mehr besass. Was genau mit ihm geschehen ist, will er gar nicht wissen, ein gnädiger Nebel liegt darüber, in dem er nicht zu stochern wagt. Am Ende lag er auf dem Küchenboden und Bignia kniete neben ihm und kühlte mit einem nassen Handtuch seine Stirn. Als er aufstehen wollte, wurde ihm wieder schwarz vor Augen. Bignia bettete ihn aufs Sofa, deckte ihn zu und sass bei ihm, bis er einschlief.

Ein schwaches Schwindelgefühl, auch jetzt noch. Er muss vorsichtig fahren. Die Pendler sind noch nicht unterwegs, die Strassen sind noch offen. Zu dieser Stunde gehören sie den Chauffeuren, die die Stadt versorgen. Sie fahren Transporter wie er, parken halb auf dem Trottoir, springen aus der Fahrerkabine, eilen um den Wagen, reissen die Türe auf, ziehen einen Container hervor, tragen ihn rasch zum Eingang eines Ladens und weiter geht ihre Tour, in geschmeidiger Routine wie jeden Werktag.

Montag… nein, Dienstag. Dienstag! Nora! Heute muss er in Dielsdorf sein, er hat es Sami versprochen.

Die Kisten ausladen, den Wagen zu Avis bringen, heim-
fahren, duschen, rasieren, anziehen und nach Dielsdorf
fahren. Auf einen Schlag wird der Tag eng.

Nora trägt ihr Kopftuch anders. Bannwart bemerkt den
Unterschied sofort, als sie von der Aufseherin in die
Besuchskabine geführt wird. Ein eingerahmtes Lächeln
begrüsst ihn. Der purpurrote Schal zieht sich unter dem
Kinn durch, sein Ende locker über die rechte Schulter
geworfen. Keine russische Erntehelferin sitzt Bannwart
gegenüber, sondern eine ägyptische Tochter. Ihr Gesicht ein bleiches Medaillon, die Augen scheinen grösser als vor zwei Wochen.

Bannwart legt nicht die Hand aufs Glas, nicht noch
einmal diese Gefühle. Er winkt ihr zu.

»Gut siehst du aus.«

»Mir geht es auch nicht schlecht.« Die Trennscheibe erstickt Noras Stimme. »Aber du siehst ein bisschen
müde aus. Wegen der Abstimmung?«

Bannwart fährt zusammen. »Woher weisst du – ?«

»Was sagst du?«

Er muss lauter sprechen. »Woher du das mit der Abstimmung hast?«

»Wir leben hier nicht hinter dem Mond«, antwortet
sie fast schnippisch. »Wir haben einen Fernseher. Zwar
laufen meistens französische Sender, aber die Schweizer Tagesschau lassen mir meine afrikanischen Schwestern.«

»Schwestern? Ach so, ja …«

»Gemein, dass es so knapp danebenging.«

»Abstimmungen sind immer eine Lotterie«, sagt
Bannwart ausweichend. Die Tagesschau hat er nicht gesehen. Was weiss Nora über ihn, und was nicht?

»Aber schade ist es trotzdem, wo du dich doch so dafür eingesetzt hast.«

Sie weiss es doch nicht. Gut so.

Bannwart zuckt mit der Schulter. »Das Volk wollte es anders, und das Volk hat immer recht.«

Nora schüttelt den Kopf. »Das Volk macht mir Angst. Bald stimmt es darüber ab, ob Minarette verboten werden.«

»Diese Sektierer-Initiative? Vergiss es! Niemals kommt die durch.« Froh über die Ablenkung, legt er nach: »Das Parlament hat sie haushoch abgelehnt – wann war das? Januar oder Februar?«

»Anfang März. Erst der Nationalrat. Und ein Viertel war für die Initiative.«

»Also drei Viertel dagegen. Na bitte! Und im Ständerat wird es nicht anders sein.«

»Aber das Volk denkt anders. Das weiss ich.« Nora schaut auf ihre Hand mit dem glänzenden Ehering, die auf dem perforierten Fensterbrett der Glasscheibe liegt.

»Und woher willst du das wissen?«, fragt er verärgert und streift mit einem kurzen Blick die Aufseherin neben Nora, die aber keine Reaktion zeigt.

Nora hebt den Kopf wieder. »Weil ich es drei Monate lang erlebt habe. Sogar meine alten Freundinnen. Ich war die gleiche Nora wie früher. Sie aber taten so, als hätte ich mich verändert, als wäre unter dem Tuch ein fremder Kopf. Dabei sind sie es, die eine Hirnwäsche … und merken es nicht einmal. Nein, das Volk glaubt denen, die du Sektierer nennst. Die ihm einhämmern, wir seien die grosse Gefahr für das Land.«

Dumpf dröhnt ihre Stimme durch die Barriere. So bitter, so traurig. Bannwart will sie beschützen und kann doch nichts tun. Unschuldig eingesperrt – er darf gar nicht daran denken, muss schnell etwas sagen, sonst passiert noch was.

»Tut mir leid, dass du – aber die Mehrheit der Leute denkt nicht so. Wenn du wieder draussen bist, wirst du sehen...«

»Ja, in Kanada.«

»Wieso Kanada?«

»Hat Sami es euch noch nicht erzählt? Typisch! Er hat ziemlich sicher die Stelle in Toronto, an einer onkologischen Klinik. Sein Professor hat sie ihm vermittelt. Erst mal befristet auf zwei Jahre, aber mit Aussicht auf eine Daueranstellung.«

Bannwart erschrickt. »Ihr wandert doch nicht aus?«

»Doch. Wir wollen neu anfangen, an einem Ort, wo uns niemand kennt und wo man uns in Ruhe leben lässt.«

»Aber...« Aber Samis Einbürgerung, wollte er sagen, als ob das jetzt noch zählt, wo er seine Tochter verliert, vielleicht für immer. »Und was machst du dort? In Kanada?«

»Oh, da bin ich ganz offen.« Wie Vögel flattern ihre Hände hinter der Scheibe auf, und Vorfreude leuchtet in ihren Augen. »Buchhandel, Sprachunterricht, ein Studium – vielleicht internationales Recht. Ich finde bestimmt etwas, das mir gefällt.«

So fröhlich ist sie, dass es Bannwart weh tut.

»Für Mama wird es sehr hart sein, dass ihr geht«, sagt er. »Du weisst, wie gern sie Sami hat.«

»Ja, wegen Mama tut es mir auch am meisten leid.« Nora schaut kurz etwas bekümmert drein, dann hellt sich ihr Gesicht wieder auf. »Aber in ihren Ferien könnt ihr uns besuchen – Kanada ist ja nicht so weit. Und du, du hast ja vielleicht mal einen Städtebaukongress in Toronto.«

»Nein«, bellt Bannwart in jähem Groll zurück. »Ich habe nichts! Ich bin nicht mehr bei der Stadt. Schluss – aus!«

Er sieht Nora nicht an. Er hört ihre Bestürzung. Verflogen ist das ganze Toronto-Trallala.

»Schluss? Was heisst das? Du bist…?«

»Entlassen, ja«, sagt er voll grimmer Lust. »Gestern. Die Chefin meint, ich sei schuld an Metropolis.«

»Aber… können die das? Dich einfach so…«

Wie er dieses hauchende Zögern hasst! Sie muss ihn nicht schonen. Niemand muss ihn schonen.

»Sie meinen, dass sie es können. Aber darüber wird das Gericht entscheiden.«

Nora reisst entsetzt die Augen auf. »Sie haben dich angezeigt?«

»Nein, ich sie. Ich klage – aber lassen wir das. Ich bin deinetwegen da und nicht wegen mir.« Er zwingt sich zum Lächeln.

Nora lässt nicht locker. »Wie hat es Mama aufgenommen?«

Er macht eine unwirsche Handbewegung. »Sie ist in München. Kommt erst heute Abend zurück.«

»Du musst es ihr sagen, Papa. Sofort. Das ist wichtig.«

Herrgott! Da besucht er seine Tochter im Gefängnis, damit sie nicht so einsam ist, und sie benimmt sich wie eine Krankenschwester. Und das neben dieser blauen Aufpasserin, die so verlogen diskret dreinschaut und alles in sich aufsaugt.

»Hast du gehört, Papa? Du musst Mama anrufen. Wenn du es ihr erst heute Abend sagst, ist das nicht gut.«

»Ja, ja, ich ruf sie an. Nachher. Aber können wir jetzt auch mal von dir sprechen? Das Kopftuch, das bleibt also? Für immer?«

Nora lehnt etwas zurück und hebt das Kinn. »Das ist meine Privatsache.«

»Klar, schon. Nur war diese … Privatsache einmal für drei Monate geplant.«

»Ja, mach nur einen Plan und sei ein grosses Licht …«, rezitiert Nora mit dem Anflug eines Lächelns. »Nicht alles geht nach Plan. Den Sinn der Sache merkt man manchmal erst hinterher.«

»Im Gefängnis?«

»Ein guter Ort zum Nachdenken.«

»Nettes Kloster!«

»Ich lebe hier in Frieden und weiss, dass ich nichts zu befürchten habe.«

»Und was macht eigentlich dein Staatsanwalt?«

Kaum hat Bannwart die Frage gestellt, da hebt die Aufseherin neben Nora warnend die Hand. »Bitte keine Fragen zum Verfahren! Sonst muss ich das Gespräch beenden.«

Sanft antwortet Nora ihr: »Ich weiss. Ich sage schon nichts zum Verfahren. Entschuldigen Sie.« Und wieder wendet sie sich Bannwart zu. »Ja, ich bin religiös. Wahrscheinlich war ich es früher schon, nur ohne richtige Vorstellung davon, sprachlos quasi. Jetzt habe ich die Worte dazu gefunden.«

»Und das Kopftuch«, sagt Bannwart patzig.

Nora scheint es ihm nicht übel zu nehmen. »In der heutigen Zeit ist es gut, wenn Muslime sich zu erkennen geben. Damit die anderen Leute merken, dass wir ganz normale Menschen sind. Darum sollten wir das Kopftuch nicht den Engstirnigen überlassen.«

»Leider sehen die Leute, die du meinst, den Unterschied nicht. Denen genügt das Kopftuch.«

»Die werden sich daran gewöhnen«, antwortet sie gelassen. »Das braucht Zeit und Geduld, für beide Seiten. Ich würde ja gerne hier etwas dafür tun. Aber nach dem, was passiert ist, schade ich wohl mehr, als dass ich nütze.«

Ohne Kopftuch wäre es nie passiert – so kann er nicht antworten, er weiss es selbst, also schweigt Bannwart und reibt sich an der Nase.

Auch Nora weiss nichts mehr zu sagen.

Es ist fast eine Erlösung, als hinter ihr eine zweite Aufseherin auftaucht und sagt, die Zeit sei um.

Bannwart erhebt sich. »Brauchst du noch etwas? Einen Koran oder so?«

Noras lächelt, eine Madonna in einer schwarzen Strickjacke. »Danke, den Koran habe ich aus der Gefängnisbibliothek. Hier ist man auf Muslime besser vorbereitet als draussen.«

Bannwart nickt. »Also dann... bis zum nächsten Mal?«

Auch Nora will nicht die Hand an die Scheibe legen. Stehend winken sie einander zu.

Bannwart lässt sich durch die Schleusentore zurück nach draussen treiben. Seltsam leicht ist ihm, als hätte er Gepäck verloren oder ein Stück von ihm wäre abgebrochen. Kaum spüren seine Füsse den Boden. Auf dem Parkplatz stolpert er über den Pflastersteinrand und kann sich gerade noch am Heck seines Mercedes auffangen.

14

Zur Verhaftung ausgeschrieben!

Heiss fährt es ihm in den Körper. Viel zu lange behält die Kantonspolizistin seinen Pass. Schiebt ihn zur Kontrolle unterhalb des Schalterfensters in irgendwelche Apparate, die man von aussen nicht sehen kann. Bannwart spannt die Muskeln an, rührt sich aber nicht. Durch alle Registraturen jagt er sein Hirn, auf der Suche nach Vorwürfen, die seine Festnahme begründen könnten.

Da schaut die Polizistin wieder auf, mit einem Lächeln schiebt sie seinen Pass durch den Schalterschlitz zurück und wünscht ihm einen schönen Tag.

Idiotische Paranoia! Auf dem ganzen Weg zur Gepäckausgabe bullern dunkle Selbstgespräche in ihm. Verflucht dünnhäutig ist er geworden, alles und jedes rückt ihm auf den Leib, kein Zaun, kein Schutz mehr, nichts bleibt draussen, und immer ist er es, der den Schritt rückwärts machen muss, um wieder Luft zu bekommen und Abstand zwischen sich und den Dingen.

In London war es besser. Keiner, der ihn kannte, niemand, der ihn bedrängte, nichts, vor dem er sich in Acht nehmen musste. Nur in den Nächten drohten wütende Abrechnungen; aber dagegen gibt es Mittel. Zwei Wochen lang war er frei, unsichtbar und fast glücklich.

Bis die Nachricht von Nora kam. Erwartet hatte er sie; schon als er abflog, war ihm klar, dass er dann zurückmusste. Dennoch überraschte ihn die Plötzlichkeit der Tatsache. Irgendwo tief im Inneren hatte er geglaubt oder sogar gehofft, die Untersuchung dauere länger.

Vielleicht, weil Nora das Gefängnisleben so ruhig hinnahm wie eine Nonne ihr Kloster. Und weil er sie dort in Sicherheit wusste, abgeschirmt von der Neugier der Medien. Die dürfen es nicht erfahren!, war sein erster Gedanke, als er von ihrer Entlassung erfuhr. Er befahl Carola, Nora gleich zu ihnen nach Hause zu nehmen, direkt vom Gefängnis aus. Auf keinen Fall kann sie zurück in ihre eigene Wohnung, niemand darf sie dort sehen, sonst ruft gleich wieder einer das Fernsehen an.

Bannwart buchte den nächstmöglichen Flug. Er gab den Schlüssel für die kleine Wohnung in Islington ab, nicht endgültig, er behält sich vor, in ein paar Tagen wiederzukommen, denn bezahlt ist noch bis Ende Mai.

Sie warten auf ihn.

Nimm ein Taxi, sagte Carola, damit du rechtzeitig zum Abendessen kommst. Als Bannwart dem Fahrer die Adresse nennt, kratzt ein Widerwille. Etwas in ihm sträubt sich, dem ahnungslosen Afrikaner die Route zu erklären, knapp und barsch ist seine Stimme, und eingeschüchtert schweigt der Chauffeur auf der ganzen Fahrt.

Es ist kein Heimkommen, diese Rückkehr in die Stadt, die ihn nicht mehr will. Ein Fremder ist er geworden, in so kurzer Zeit. Trotzdem, sie erwarten ihn, die Familie, er muss zurück, sonst fällt alles auseinander. Viel fehlt da nicht mehr.

Vor zwei Tagen war er in Kew Gardens im alten Palmenhaus. Auf algenfeuchten Wegen durch den dämmrigen Dschungel, den Blick nach oben in die Baumfächer, von denen zuweilen dicke Tropfen auf die breiten Blätter in der Tiefe klatschen, und als eine solche Wasserperle auf seiner Stirn zerplatzt und er ihre Falllinie zurückverfolgt, da sieht er über sich die Flugzeuge: Eines hinter dem anderen, gross und nahe gleiten sie über die Kuppel des Palmenhauses hinweg, wie auf einer unsichtbaren Schiene, die sie nach Heathrow führt. Klein steht er am Fuss der Bäume im Glaspalast, und plötzlich reisst ein rauschhafter Schmerz seine Brust weit auf, Freude oder Verzweiflung, ein unbändiger Drang ist es, sich von allem zu befreien und aufzufliegen, hinauf zu den Blattkronen und durch die Glashaut hindurch und hinaus in die weite Welt. Und im gleichen Moment erinnert er sich an Berlin, im November, als die Mauer brach und ein Taumel der Grenzenlosigkeit die ganze Stadt erfasste. Einen Tag lang streifte er wie im Fieber durch die Strassen des Ostens, auf der Suche nach neuem Land und einem neuen Leben. Doch er blieb. Blieb beim Bausenat und bei der Familie. Nora war gerade sechs Jahre alt.

Jetzt fängt sie in Kanada ein neues Leben an.

Dieser weite Horizont der Zeit und der Möglichkeiten! In London hat er eine Ahnung davon bekommen. Doch die Vision im Palmenhaus, dieser erleuchtete Moment, das war nicht seine Zukunft. Es war Erinnerung. Sein Horizont ist geschrumpft. In Berlin, da hatte er noch das halbe Leben vor sich, jetzt bleibt vielleicht noch ein Drittel, danach der Zerfall. Und hier, im Taxi nach Hause, zieht sich alles noch enger zusammen.

Wenn er bleibt, wird er ersticken. Wie sein Vater. Versauert als Musiklehrer und Organist in Küsnacht. Den Schmerz schon am Morgen mit Schnaps betäubt, Wodka, damit es keiner riecht. Gewusst hat man es trotzdem, auch die Schulleitung. Nachdem er wieder einmal einen Schüler geprügelt hatte, schickten sie ihn vorzeitig in Pension. Gesundheitsgründe, falsch war das nicht.

In der Kirche durfte er noch spielen, doch irgendwann wollte oder konnte er selbst das nicht mehr. Ausgebrannt war auch sein Jähzorn, der Bannwarts Kindheit verdüstert hatte. Einen erloschenen Vulkan respektiert man auch als Berg nicht mehr. Zwar brütete er noch etwa ein Jahr lang über einem Oster-Oratorium, das nie fertig wurde. Zuletzt sass er nur noch stumm herum und wartete, bis Mutter von der Arbeit kam. Eine Erlösung, für alle, war sein Tod.

Es wird später als gedacht. Der Schleichweg, durch den Bannwart den Fahrer dirigiert, erweist sich als Falle. Sie sitzen im Abendstossverkehr fest und der Himmel verdunkelt sich zum Gewitter. Die roten Leuchtziffern der Taxiuhr hüpfen höher und höher.

Noch kann er sich das leisten.

Wenn aber die Stadt einmal nicht mehr zahlt, dann muss er sich einschränken. Sein Einkommen wird sinken, da ist er Realist. Ob als selbstständiger Berater für Bau- und Planungsfragen oder an einer neuen Stelle, von der noch nichts in Sicht ist – er wird weniger verdienen. Wenn überhaupt. Daran darf er gar nicht denken.

Yes, I've seen luckier days.

Das sagte der Bettler in Weste und Krawatte, als er Bannwarts Blick bemerkte. Vielleicht nur Verkleidung, um sich zu distinguieren von den zerlumpteren Gestalten am Rande des Trafalgar Square, denn auch dieser sah elend aus mit seinen eingefallenen Wangen, den tränenden Augen und den nass nach hinten gekämmten Haarsträhnen. Aber die Masche wirkte, er bekam eine 5-Pfund-Note und dankte so würdelos servil, dass Bannwart sich betrogen vorkam. Die heisere Stimme aber blieb ihm im Ohr. Yes, I've seen luckier days. Eine

Krawatte verrät noch nicht, aus welcher Höhe das Unglück einen Mann auf die Strasse geworfen hat. Aber die einen können sich auffangen, die anderen nicht.

Das Taxi hält vor dem Haus. Windstösse biegen die Bäume im Kluspark, ein naher Donner kracht, aber noch halten die Wolken. Bannwart gibt sein letztes Bargeld her, für Trinkgeld bleibt beschämend wenig. Das dunkle Gesicht des Fahrers ist eine unbewegte Maske, als er die Noten langsam in ihr Fach schiebt und die Münzen aus einiger Höhe ins Portemonnaie klimpern lässt. Dann erst entriegelt er mit einem Knopfdruck den Kofferraum und bleibt einfach sitzen. Grusslos steigt Bannwart aus, hebt seinen Trolley aus dem Wagen und hat die Linke schon auf der Klappe, um sie kräftiger als nötig wieder ins Schloss zu schlagen, da besinnt er sich, nimmt die Hand zurück und zieht seinen Koffer zum Haus. Durch das hohle Holpern der Rollen hört er den Afrikaner schimpfen, den Blechdeckel schmettern, die Autotür schmatzen und den Motor aufheulen. Dann ist es wieder still und der Triumph verflogen. Die ersten Tropfen fallen.

Oben sitzen sie bestimmt schon am Tisch. Er läutet nicht, sondern sucht umständlich in allen Taschen nach seinem Hausschlüssel. Auf diese Minute kommt es auch nicht mehr an.

Freut er sich?

Natürlich ist er froh, dass Nora wieder frei ist. Entlastet vom Verdacht, Notwehr in Rache gekehrt zu haben. Was aber genau passiert ist und wie es passiert ist, will er gar nicht wissen. Das Wichtigste ist, dass Nora nicht verletzt wurde. Äusserlich nicht. Was der Überfall im Inneren angerichtet hat, kann man nur vermuten. Heilung durch Religion? In Kriegen oder Krisen werden manche Menschen plötzlich gläubig, während andere aus den gleichen Gründen ihren Glauben verlieren. Es gibt da keine Regeln. Nora betet – ist das schlimm? Als sie noch aufs Gymnasium ging, machte Carola, aufgeschreckt von ein paar schweren Fällen an ihrer Berufsschule, sich Sorgen wegen Partydrogen. Es gab sogar eine Zeit, da durchsuchte sie hin und wieder heimlich Noras Zimmer nach Spuren. Vergeblich bemühte sich Bannwart, ihr die Angst und das Misstrauen auszureden; sie erzählte ihm einfach nichts mehr von ihren Kontrollen. Trotzdem fand sie nie etwas, nicht einmal Haschisch, sonst hätte er es erfahren.

An Religion haben sie beide nicht gedacht. Eher noch an politische Gruppen. Einmal hatte Nora eine Freundin aus der Hausbesetzer-Szene, und das hätte für Bannwart wie auch für sie peinlich werden können. Aber sie driftete nicht in diese Richtung, zu vernünftig, immer schon. Darum war Religion auch nie ein Thema. Weder Bannwart noch Carola kam es je in den Sinn, dass sie ihre Tochter an eine Sekte verlieren könnten. Was ja auch nicht geschehen ist. Der Islam ist eine Weltreligion, und Sami wie Nora sind aufgeklärte Menschen.

Carolas Schlüssel steckt von innen. Bannwart bringt seinen nicht ganz rein und muss läuten. Und warten. Jetzt wird sie vom Tisch aufstehen.

Blödsinnig, wie sein Herz klopft.

Doch nicht wegen der Treppe – auch mit Koffer nicht. Aber Lampenfieber wäre noch dümmer, warum sollte er nervös sein, wenn er in die eigene –

Der Schlüssel dreht, weit fliegt die Tür auf.

»Papa!«

Sie fällt ihm um den Hals und drückt ihm fast den Atem ab. Der Koffer plumpst auf den Treppenabsatz.

298

»Nora-Mädchen…«

Bannwart, etwas überrumpelt, hält sie umfangen, tätschelt ihren Rücken, aufwärts bis an den Rand der Locken, sie kitzeln ihm auch unter der Nase, denn Nora presst ihr Gesicht an seine Schulter, die Augen geschlossen, keine Tränen, ein inniges Gesicht, als denke sie einen stummen Zauberspruch. Oder ein Gebet. Er streichelt ihren Scheitel, ihr schönes braunes Haar. Und sagt kein Wort darüber. Viel zu verwirrt ist er, verwundert, dass er sich so freut, es sind ja nur Haare, auch das Tuch stand ihr, nur ist sie jetzt wieder ganz sie selbst, das wahre Nora-Mädchen, das hier zu Hause war.

Sie hebt den Kopf, lehnt etwas zurück und sieht Bannwart in die Augen.

»Armer Papa!«

»Warum arm? Ich bin nicht… ich komme aus London.«

»Und alles nur wegen mir…«

Dieser sanfte Blick, Segen und Balsam für einen Kranken. Nein, er ist nicht zu beklagen, er will kein Bedauern von der eigenen Familie, zuallerletzt von Nora. Wut, Hass, Treue, Racheschwüre, Kampfgenossenschaft – alles, nur nicht Mitleid.

»Unsinn. Du überschätzt deinen Anteil.« Zu schroff. Aber es wirkt.

Nora lässt ihn los, tritt zur Seite, und er zieht den Koffer in die Diele, wo schon ein anderer Koffer steht. Noras Sachen aus dem Gefängnis.

Sami erhebt sich halb, als Bannwart in die Küche kommt, während Carola sitzen bleibt.

»Sorry, sorry…« Bannwart winkt ihnen zu, eilt zum Spültrog und streckt die Hände kurz unter den Wasserstrahl. »… aber das Taxi ist im Stossverkehr steckengeblieben. Freitag – die Tagschicht drängt aus der Stadt und die Nachtschicht schon herein ... Ihr habt doch noch was für mich übrig gelassen?«

Reis und Pangasius an Currysauce sieht er auf den Tellern, eines von Carolas Schnellmenues.

»Setz dich doch erst mal«, sagt Carola.

»Hello erst mal!«

»Ja, hello ... Sami erzählt gerade von Toronto.«

»Komme ...«

Länger als nötig reibt er seine Hände trocken. Kein Wein auf dem Tisch, nur ein grünes Valser-Wasser. Im Flaschenauszug findet er einen Barolo. Aus der Schublade darüber nimmt er den Korkenzieher und setzt sich an den Tisch.

»Also, Toronto. Die grosse Reise ...« Er nickt Sami zu, während er die Versiegelung am Flaschenhals aufschneidet.

»Ja, eigentlich habe ich schon alles gesagt ...«, beginnt Sami zögernd. »Mehr weiss ich noch nicht – es kam ja auch für uns ganz überraschend, das Angebot. Und jetzt sind wir gespannt, wie es dort sein wird, nicht wahr?«

Er greift nach der linken Hand von Nora.

»Es wird sicher ganz toll, Schatz«, sagt sie lebhafter und überzeugter als er. »Für Sami ist es beruflich eine einmalige Chance, dieses berühmte Hospital. Und ich freue mich, etwas Neues anzufangen. Was, weiss ich noch nicht, aber etwas wird sich garantiert auftun, inschâ' Allah.«

»... et voi-là!«

Mit einem hellen Knall ploppt der Korken heraus. Bannwart hebt die Flasche und blickt in die Runde. »Auf Toronto?«

Als niemand reagiert, schenkt er sein Glas voll und stellt die Flasche mitten auf den Tisch.

»Also, ich trinke auf Noras Befreiung – prosit allerseits.« Er nimmt drei grosse Schlucke, auch gegen die sonderbare Befangenheit in dieser Küche.

Carola reicht ihm einen Teller mit Reis und Fisch.

»Nora trinkt keinen Wein mehr«, raunt sie in einer unnatürlich hohen Stimme, als müsse sie ihn vor einem Fauxpas warnen.

»Schwanger?« Bannwart macht grosse Augen, völlig verlogen, denn er kennt den Grund, aber, verdammt noch mal, dieses verklemmte Drumrumschweigen, das hält er nicht mehr aus. Sollen sie doch sagen, was ist. Stattdessen senken sie ihre Blicke in ihre halbleeren Teller wie zu einem verspäteten Tischgebet.

Doch nun schaut Nora auf, lächelt sogar. »Nein – aber ich hätte nichts dagegen. Ich wünsche mir ein Kind. Aber erzähl doch lieber von London – was hast du dort alles gesehen?«

Bannwart schüttelt den Kopf. »London ist jetzt unwichtig. Was zählt, ist, dass du wieder frei bist… Und die Untersuchung?«

»Eingestellt. Erwiesene Notwehr, hat der Staatsanwalt entschieden – wenn du früher gekommen wärst, hätte Eva Rengger dir mehr dazu sagen können. Sie hat mich mit Mama abgeholt. Und sie wird uns auch weiter helfen.«

»Wieso?«, fragt Bannwart mit halbvollem Mund. »Ist das noch nötig?«

»Ja, leider…«

Nora sieht zu Sami hinüber, dessen Gesicht sich verfinstert.

Rau sagt er: »Die Eltern von dem einen Räuber drohen uns mit einem Prozess – wegen dem Messer. Ihr Sohn hätte kein Messer gehabt, wenn nicht… und jetzt wollen sie Schadenersatz oder so. Diese Gangster! Rassisten! Ihr Sohn hat Nora mit dem Messer überfallen, und jetzt soll sie – soll ich…«

»Schatz, du kannst nichts dafür!«

Nora umarmt Sami, der erstarrt, als müsse er einen Wutanfall oder einen Weinkrampf zurückdrängen.

»Versteht ihr jetzt, warum wir weg wollen?«, fragt sie vorwurfsvoll.

»Aber deswegen gibt man doch nicht alles auf.« Etwas abrupt erhebt sich Carola, packt die leere Wasserflasche am Hals und geht zum Eisschrank. »Die Klinik, die Wohnung, die Karriere. Alles wegen ein paar Halbstarker, die ihre Strafe kriegen.« Sie spricht in den offenen Eisschrank, ihre Stimme klingt hohl. »Man darf sich doch nicht so einfach vertreiben lassen.«

»Mama«, sagt Nora sanfter, »es ist ja nicht für immer. Vielleicht kommen wir wieder zurück. Aber im Moment ist es das Beste. Auch für euch.«

»Nein!« Carola wirft die Eisschranktür zu und dreht sich um. »Ich will nicht, dass man mir sagt, was für mich das Beste ist, hörst du? Das entscheide ich immer noch selbst. Sprich du für dich, und lass mich für mich sprechen!«

»Hallo? Sorry, Mama…« Nora ist eingeschnappt. »Aber deswegen musst du doch nicht gleich losbrüllen. Wer hat denn von vertreiben lassen gesprochen? Wer hat da für mich und Sami gesprochen?«

»Nora, ya-habiba…« Sami legt ihr die Hand auf den Arm.

Sie schüttelt ihn ab. »Nein, lass mich. Ich war im Gefängnis, und ich weiss, was ich will.«

»Ach, Kind …« Carola bricht in Tränen aus. »Ich will mich doch nicht mit dir streiten.« Sie stürzt zu ihrer Tochter, beugt sich über sie und drückt Noras Kopf fest an ihre Brust.

»Ich ja auch nicht«, presst Nora hinter der Umarmung hervor und umfängt ihrerseits die Mutter. Beide heulen, schniefen und lachen, während Sami und Bannwart betreten daneben sitzen.

Bannwart greift nach der Flasche.

Das verdammte Messer. Hätte er in Kairo nicht davon gesprochen, dass Björn sich einen Beduinensäbel wünsche, dann hätte Samis Vater ihm nicht den sudanesischen Dolch mitgegeben. Wer aber hätte ahnen können, was damit passiert. Nicht einmal Björn. Eine Frechheit, dass er das Geschenk eintauscht. Aber kein Verbrechen. Kriminell ist bloss das Haschisch, nicht der Dolch, der weiterwandert, bis zu jenem Kerl, den auch Björn nicht kennt. Und dass der damit ausgerechnet Nora bedroht … Zufall oder Schicksal – was auch immer, nur eines nicht: Schuld. In der ganzen Kette gibt es einen einzigen Schuldigen, und der hat das auch zu spüren bekommen. Warum also fühlt sich Sami verantwortlich? Oder ist er beleidigt, weil es ein Geschenk seines Vaters war? Was denkt er, wenn er so vor sich hin stiert und das Goldgeflecht seiner Tissot um sein breites braunes Handgelenk dreht?

Stumm trinkt Bannwart sein Glas leer.

»Du hast mich ja ganz verstrubbelt.« Aufschnupfend zupft Nora ihre Locken zurecht.

»Nein, süss siehst du aus«, widerspricht Carola, »nicht wahr, Sami?«

Sami hebt den Kopf, sein Lächeln wirkt gezwungen. »Ja, sehr süss.«

Nora sieht seine freigelegte Uhr. »Ich glaube, für uns wird es langsam Zeit. Ich bin seit fünf Uhr auf. Jetzt freue ich mich auf die erste Nacht wieder im eigenen Bett.«

Bannwart runzelt die Stirn. »Doch nicht in eurer Wohnung?«

»Doch, ich will heim«, sagt Nora munter und steht auf.

»Ihr könnt doch nicht – das ist doch purer Leichtsinn.« Bannwart stemmt die Fäuste auf den Tisch. »Wollt ihr wieder die Reporter am Hals? Dass sie euch auflauern und belagern?«

Nora hält die Lehne ihres Stuhles fest. »Ich habe keine Angst. Mir können sie nichts machen. Und überhaupt –« Mit einem Ruck schiebt sie den Stuhl an den Tisch. »– was vor fünf Wochen passiert ist, interessiert heute niemanden mehr. Wir sind nicht mehr wichtig.«

Aber ich! Bannwarts Widerspruch bäumt sich auf und zerfällt im gleichen Moment. Sie hat recht. Auch er ist nicht mehr wichtig, ohne sein Amt. Wütend über den plötzlichen Stich herrscht er Sami an: »Und? Was sagst du dazu?«

Sami seufzt. »Wenn Nora keine Angst hat, habe ich auch keine.«

Feigling. Bannwart streckt beide Hände von sich. »Bitte – macht, was ihr wollt. Aber sagt nicht, ich hätte euch nicht gewarnt.«

Und er bleibt versteift, als Noras schneller Kuss seine Wange streift. »Danke trotzdem, dass du dich um uns sorgst.«

»Ich fahre euch nach Hause«, sagt Carola so entschlossen, dass Nora und Sami keinen Widerspruch wagen.

An der Garderobe greift Nora in den Ärmel ihrer schwarzen Strickjacke und zieht einen blauen Seidenschal hervor, den sie mit sicherem Schwung um den Kopf schlingt. Ein kurzer Kontrollblick in den Spiegel. Für einen Moment treffen ihre Augen sich mit Bannwart, der hinten bei der Küchentür geblieben ist. Sie lächelt, die kleine Ägypterin. Gilt es ihrem Spiegelbild oder ihm? Schon vorbei.

Sami greift nach Noras Koffer und kommt damit auf Bannwart zu. »Danke für alles... Du und Carola, ihr seid uns eine grosse Hilfe.«

»Wir sind doch eine Familie.« Klingt stärker, als er es spürt.

»Ja, die Familie ist das Wichtigste. Wo immer man lebt, man trägt sie im Herzen mit.«

Orientalischer Überschwang. »Kommt erst mal gut nach Hause«, sagt Bannwart.

Und er schliesst die Tür hinter ihnen, horcht den Schritten auf der Treppe nach, dem hellen Getrappel von Nora, dem Stapfen von Sami mit dem Koffer, und irgendwo dazwischen Carola.

Neben der Garderobe steht noch sein schwarzer Trolley. Bereit für London. Morgen schon, wenn er will.

Bannwart geht zurück in die Küche. Vier verlassene Gedecke, sein Teller noch nicht leergegessen, eine Ecke Fisch und eine gelbe Mondsichel Reis. Hunger hat er keinen mehr, warum also sich zwingen. Er schabt den Teller über dem Mülleimer ab und stellt ihn in den Geschirrspüler. Das Glas lässt er noch stehen. Auch das Zeug der anderen räumt er ab. Leises Geklirr von Tellern und Besteck. Froh ist er, dass niemand da ist, nur er und die Nebelgedanken, die weich durch seinen Kopf ziehen.

Allein leben könnte er.

Mit langsamen Kreisbewegungen wischt er den Tisch feucht ab. Ja, er könnte es, allein leben und nur für sich sorgen. Wäre ja auch keine Heldentat. Die Hälfte aller Haushalte der Stadt lebt so. Einer von rund neunzigtausend wäre er.

Das Glas in der Hand, lehnt er am Spültrog. Auf dem Herd stehen noch die leere Bratpfanne und der Reistopf. Die können warten. Wieder kochen müsste er, wenn er allein wäre; früher einmal hat es ihm ja Spass gemacht. In Berlin assen alle gerne sein Kartoffelgratin, ein Rezept seiner Mutter. Bei ihr muss er sich endlich melden. Heute noch. Später. Er trinkt einen Schluck.

Carola hat ihm die Post sortiert. Ein paar persönliche Briefe links, und recht der grössere Stapel mit Rechnungen und pauschal Frankiertem. Keine Anwaltspost, auch nichts vom Stadtrat. Ein Couvert ist etwas grösser und lindgrün, das öffnet er zuerst. Grün auch die Faltkarte darin, Gion Derungs und Milena Roskovic Kopf an Kopf, schönes Paar, und ihre Einladung zum Verlobungs-Apéro am frühen Samstagabend in der Seerose. Unter dem gedruckten Text in grosser Handschrift: »Lieber Robert, wir würden uns sehr freuen, wenn du kommen könntest!!« »Sehr« doppelt unterstrichen, und jeder Punkt ein kleiner Ballon. Milena.

Tja, das hat er nun verpasst… 9. Mai – halt, erst morgen ist das.

Schon morgen.

Zu schnell, zu früh, dazu ist er noch nicht bereit. Zuerst muss er wissen, was aus ihm wird. Ja, wenn etwas in Sicht wäre. Aber so, ohne Kurs und Ziel – was antworten, wenn ihn jemand fragt?

Ein Brief aus Deutschland. Die Firma von Wilk. Woher der die Privatadresse – bah, Kinderspiel, sogar im Telefonbuch steht sie.

»Sehr geehrter Herr Bannwart«, nicht mehr Herr Amtsdirektor, sonst aber unverändert höflich, fast respektvoll, als gäbe es dazu noch einen Grund. Nichts über Metropolis, nichts über seinen Sturz, auch kein Bedauern. Stattdessen die Anfrage, ob er Interesse hätte, in einem interdisziplinären Projektteam mitzuarbeiten, das zusammen mit russischen Partnern in St. Petersburg einen Hotelkomplex plane, mit Spezialitätenrestaurants, Konferenzräumen, Schwimmbad, SPA, Wellness-Club und Beauty-Studio. »Ihre internationale Vernetzung und Ihre profunden Erfahrungen mit Behörden und Verwaltungen wären uns eine wertvolle Hilfe.«

Unmöglich. Mit Metropolis untergehen und dann in Wilks Dienste treten. Nicht im Traum käme ihm das in den Sinn, damit wäre er weg für immer – aber weg wovon? Was darf er denn noch wünschen, hoffen, erwarten, wenn er realistisch denkt? Eine Partnerschaft in einem Architekturbüro, falls er Glück hat. Erich Rengger hätte vielleicht den Mumm dazu, doch von den anderen nähme ihn kaum einer. Zu viel Angst. Vor seinem Ruf, vor seiner Persönlichkeit. Als Amtsdirektor hat er sich unter Architekten und Planern nicht viele Freunde gemacht. Ein eigenes Atelier, neu anfangen? Zu alt, um sich noch mit den Jungen um Aufträge zu balgen. Öffentliche Ausschreibungen kann er glatt vergessen; weder von der Stadt noch vom Kanton wird er je den Zuschlag bekommen. Zu sehr fürchten die Ämter den Vorwurf, alte Seilschaften zu pflegen. Und das Ausland wartet schon gar nicht auf einen abgehalfterten

Stadtplaner aus Zürich. Ausser Rainer Wilk und seinem Projekt in St. Petersburg.

Als Carola nach Hause kommt, hat er auch die beiden Pfannen geputzt und die leere Flasche weggeräumt.

»Willst du nicht endlich deinen Koffer auspacken?«, sagt sie als Erstes, erschöpft und entnervt, als erinnere sie ihn zum wiederholten Mal an eine versäumte Pflicht.

»Vielleicht fliege ich morgen wieder nach London«, erwidert Bannwart trotzig. »Die Wohnung habe ich noch für drei Wochen.«

»Nein! Du bleibst hier! Du kannst jetzt nicht auch noch weglaufen!«

Ihre plötzliche Wut peitscht ihn auf. »Weglaufen? Was weisst du schon – ich kann tun, was ich will! Ich bin frei. Zum ersten Mal seit fünfundzwanzig Jahren bin ich frei und kann gehen, wohin ich will.«

»Schöne Freiheit. Super! Gratuliere! Wie lebt es sich denn so in dieser Freiheit? Und wie bezahlt sie dich, deine Freiheit? Weglaufen nenn ich das, wenn du mich fragst.«

»Wer fragt schon dich. Niemand! Wenn ich nach London will, muss ich niemanden um Erlaubnis fragen. Auch dich nicht.«

Ihr Gesicht verzieht sich zur Fratze. Jetzt heult sie.

»Dann geh doch, wohin du willst. Geh doch! Besser du gehst, statt dass du hier versumpfst – meinst du, ich rieche deine Fahne nicht?«

Da zuckt Bannwart die Hand und Blut schleudert in schweren Schwüngen durch den Kopf.

»Ja, schlag doch!«, kreischt Carola. »Schlag mich doch! Wie die Reporterin. Zeig, wie stark du bist…«

Er hat doch nicht schlagen wollen, nicht einmal berühren, nur zur Abwehr hat er die Hand erhoben, nur damit sie endlich still ist, bevor ihr Gezeter ihn in den Wahnsinn treibt.

Bannwart starrt auf seine Hand. Sie zittert vor Wut und Erbitterung, aber zugeschlagen hat sie nicht. Trotzdem hat sich Carola in ihr Zimmer geflüchtet und eingeschlossen. Und er fühlt sich ausserstande, an ihre Tür zu klopfen und um Frieden zu bitten.

Noch immer schwer stösst sein Atem, als er sich zum Trolley hinabbeugt, um ihn in sein Zimmer zu ziehen. Der schwarze Griff des Bügels kühlt etwas seine Hand.

Schwarz, hart und kalt. Das wird dein Leben. Wenn du den Koffer hier auspackst.

Kindermagie!

Doch stark genug, dass er stehenbleibt. An der Garderobe hängt, zerknittert von der Reise, sein Regenmantel. Laut klopft sein Herz, rauscht sein Blut durch die Adern, als er den Mantel vom Bügel nimmt. Die fünf Schritte zurück zum Koffer schleicht er, in höchster Gefahr, er darf nicht entdeckt, nicht aufgehalten werden, sonst ist sein Leben verwirkt. Und mitten in diesem Gespinst von Angst und Sehnsucht ahnt er, wie lächerlich das alles aussieht, und gerade deshalb darf es keiner sehen, niemand darf ihm diesen Moment zerstören, der ein Traum sein mag, aber es ist sein Traum und sein Leben.

Leise schliesst er die Wohnungstür hinter sich.

Draussen tropfen die Bäume noch und nass ist die Strasse, aber der Regen hat aufgehört. Ums Haus geht er, in die Wotanstrasse, um rascher ausser Sichtweite zu sein. Schwitzend trägt er den Trolley, wagt es nicht, ihn zu ziehen, aus Angst, das Grollen der Rollen auf dem Asphalt könnte ihn verraten. Erst als ihm der Arm taub wird, setzt er sein Gepäck auf den Boden. Die Jupiterstrasse bergab. Das Röhren umhüllt ihn als Begleitmelodie seiner Schritte, und federnd stupft der Bügel gegen seine Hand, als wolle er ihn zum Weitergehen ermuntern.

Wohin er geht?

Nach London – und nicht einmal das steht fest. Erst einmal die Jupiterstrasse hinunter, durch die dampfwarme junge Nacht, über ihm schwarze Wolkenfetzen und dahinter glänzt silbern der Himmel, heller ist er als die Erde, auf der Bannwart voranschreitet, nur das zählt jetzt, die grossen Schritte, die Bewegung, die nicht aufhören darf, wenn der Durchschlupf, die Offenbarung von Kew Gardens, sich nicht wieder schliessen soll. In Bewegung bleiben wie ein Wanderer in einer Winternacht, der sich nicht hinlegen darf, sonst erstarrt er und stirbt, nur die Bewegung kann ihn retten, so müde er auch ist, mit schwachem Kopfweh vom Wetter oder vom Wein. Und wie er am Hegibachplatz ankommt, gleitet die Nummer Elf auf der Forchstrasse ihm entgegen und hält an, als wären sie verabredet, der Tramchauffeur öffnet ihm sogar die vorderste Tür und Bannwart steigt ein.

Zum Hauptbahnhof bringt ihn die Elf, auch weiter, wenn er will, an den Stadtrand, wo er umsteigen müsste in die Zehn, die zum Flughafen fährt. Nein, nicht dort umsteigen, nicht neben dem Metropolis-Areal. Todeszone. Zu gross, dieses Wort. Tabuzone jedoch zu klein für den Ort, an den er nicht darf. Und diese Elf ist auch Bignias Linie. Kronenstrasse, dritte oder vierte Haltestelle hinter dem Bahnhof.

Nur ein Lebenszeichen.

Er zieht sein Handy hervor. Nicht abgeschaltet – wie

fahrlässig. Hätte Carola ihn jetzt angerufen, wäre alles vorbei. Keine Sekunde zu verlieren. Und während er den Summton hört, jagen seine Gedanken. Sie soll entscheiden, was er macht, wohin er geht, ein Wort von ihr und – mehr will er gar nicht denken, er schaut nicht hin, blinzelt nur, weil es drückt und weh tut, sodass er beinahe hofft, sie nehme nicht ab.

Aber sie ist da. Überrascht fragt Bignia, von wo er anrufe.

»Soeben aus London zurück.«

Kein Zeichen kommt, nur ein Scherz: »So, so – wegen Milena und Gion …?«

»Was? Ach, nein. Ja, sie haben eine Einladung geschickt. Aber ich glaube nicht, dass ich kommen kann.«

Sie versucht erst gar nicht, ihn umzustimmen, sieht nicht die ausgestreckte Hand, sondern stösst ihn mitfühlend zurück. »Verstehe ich gut … Ist noch zu früh, so kurz nach allem … Übrigens«, schwingt sich ihre Stimme wieder auf, »aber das ist jetzt Klatsch: Hast du gewusst, dass Gion Derungs schon einmal verheiratet war? Und zwar auch mit einer Kroatin?«

»Nein«, sagt Bannwart, verwundet von Bignias Heiterkeit.

»Da staunst du, nicht? Milena hat es mir verraten, es macht ihr nichts aus, denn es ist schon zehn oder mehr Jahre her, eine Ewigkeit, und seine Ex ist längst wieder verheiratet und hat ein Kind – nicht von Gion, sondern von ihrem neuen Mann. Soll eine taffe Geschäftsfrau sein, mehr hat Milena nicht gesagt – und eine Kroatin. Und jetzt die zweite. Ist das nicht lustig? Ich bin seine Bestimmung, sagt Milena, und das meint sie ganz ernst. Glaubst du an Bestimmung, Robert?«

»Nein.« Elendes Geplapper. »Du, ich muss weiter … wollte mich nur rasch melden – ciao, und bis später einmal.«

»Ja, gut … Von dir haben wir noch gar nicht gesprochen – aber nächstes Mal. Also dann: Alles Gute, Robert. Ich drück dir die Daumen. Und melde dich wieder. Ciao …« Sie singt es fast.

Bannwart schaltet das Handy aus. Nicht mehr reden, mit niemandem. Glaubst du an Bestimmung, Robert? Er weiss nicht, was ihn mehr enttäuscht, die dumme Frage oder der tändelnde Ton. Warum nicht gleich über Sternzeichen und Horoskope schwatzen? Bestimmung! Vielleicht glaubt Nora jetzt daran. An eine höhere Macht, die alles lenkt und fügt. Allah. Soll sie, wenn es ihr gut tut. Er kann es nicht. Noras Kopftuch war Trotz, der Überfall war Unglück, dass sie nicht verletzt wurde, war Glück, der Dolch war ein dummer Zufall, dass die Klinge den Räuber traf, war die gerechte Strafe, und Noras Untersuchungshaft war die bittere Folge von alledem. Samt und sonders irdische Ursachen und Wirkungen. Wo braucht es da noch einen Gott? Aber Nora hat im Gefängnis beten gelernt und ihr Kopftuch hat einen neuen Sinn. Und das soll Bestimmung sein?

Die Schaufenster der Bahnhofstrasse leuchten ins Leere, nur wenige Passanten streifen an ihnen vorbei. Am Rennweg dreht sich Bannwart auf dem Sitz nach links, dem Warenhaus Manor zu. Die Abzweigung zum Amtshaus braucht er jetzt nicht zu sehen.

Auch das war keine Bestimmung. Alles selbst gemacht, von ihm und von den anderen. Menschenpfusch.

Bahnhof, er muss raus. Vor der Tramschnauze zieht er den Trolley über die Schienen. Oben bleiben, nicht abtauchen in die Unterwelt der Ladenpassagen und S-Bahnsteige. Den Platz überqueren und durch den Triumphbogen des Hauptportals.

Erst einmal steht er an der Ampel. Die Bahnhofsuhr zeigt knapp vor zehn. Auf eine Minute mehr oder weniger kommt es nicht an. Heute Nacht startet keine Maschine mehr nach London. Er könnte fragen, ob noch ein Zug nach Paris und durch den Kanaltunnel – nein, er fliegt. Aber er wird warten müssen, bis morgen früh um sieben oder acht Uhr. Erst am Mittag wird er wieder in Islington sein, den Koffer auspacken und weitermachen.

Weitermachen womit?

Einfach weiter. Gereizt zieht Bannwart seinen Koffer über den Fussgängerstreifen. Wenigstens die Bücher, den grossen Tate-Katalog, hätte er zu Hause lassen können. Sinnlos, sie wieder nach London zu schleppen. Noch sinnloser, sich jetzt darüber aufzuregen. Also weiter, vorbei am erleuchteten Alfred Escher, der von seiner Brunnensäule in die Bahnhofstrasse blickt. Und noch eine Ampel. Sekunden nur. Und weiter, durch die Lücke in der Taxischlange, auf der weissen Rippellinie für die Blinden in das niedere Nebentor, das keine Stufen hat wie das hohe Hauptportal, durch das Bannwart eigentlich wollte.

Endlich unter dem Schutz und Schirm des Hauptbahnhofs!

Souvenirshops, Sprüngli, Nordsee-Imbiss und die helle, grosse Halle. Hier hat der Trolley kein Gewicht mehr, wie auf Eis gleitet er über den glatten Boden. Fröhliche Agglo-Rudel drängen aus dem Untergrund der S-Bahnen herauf in die Halle und ziehen mit Bier und Wodka in die Freitagnacht der grossen Stadt. Bannwart hält auf eine der Rolltreppen zu – doch müsste nicht hier irgendwo ein Bildschirm sein, der die S-Bahn-Züge anzeigt?

Ein Schlag gegen sein Bein, schwer schneidet etwas über seinen Fuss, dass er aufschreit.

Ein riesiger rosaroter Rollkoffer. Eine Frau dreht sich um.

»Oh, no! Oh, I'm so sorry. Did I hurt you?«

Eine Inderin mit grossen, verschreckten Augen. Ein paar Meter weiter blickt ihr Mann unwillig zurück, ruft etwas und wedelt mit Fahrkarten in der Hand.

»No, I am okay«, zischt Bannwart durch die Zähne.

»Thank you. So sorry ...« Erlöst stürmt die Frau weiter.

Doch er ist nicht okay, überhaupt nicht, jeder Schritt ein glühender Stich, er kann den rechten Fuss nicht mehr abrollen. Er humpelt an der Rolltreppe vorbei, stützt sich auf einen stählernen Abfalleimer.

Setzen, nachsehen, was ist.

Ein Schweissausbruch, flau wird ihm, er hält sich am Geländer um den Rolltreppenschacht fest, zieht sich vorwärts und lässt sich auf eine polierte Steinbank sinken. Stossweise atmet er ein und aus, um nicht ohnmächtig zu werden. Zugluft kühlt die feuchte Stirn, und von unten kriecht die Kälte des Granits in die Knochen. Vorsichtig bewegt Bannwart die Zehen. In der Mitte schmerzt es noch immer. Er öffnet den Schuh, zieht den Fuss heraus. Kein Blut an der Socke, wenigstens das. Den Fuss nackt auszuziehen wagt er nicht, massiert stattdessen sanft den Ballen und die Zehen. Die zweitletzte will keine Berührung, sie ist kalt und sticht.

Was, wenn sie gebrochen ist? Muss er zum Arzt?

Schräg über ihm schwebt dieser schreckliche blaue

Engel ohne Gesicht, drei krumme Leuchtröhren vor dem fetten Bauch, die rot aufglühen und erlöschen und aufglühen wie der Schmerz in der Zehe. L'ange protecteur! Weder Schutz noch Witz noch Trost spendet er. Als Niki de Saint Phalle ihr Monster enthüllte, war Bannwart unter den Ehrengästen. Erst wenige Monate im Amt, man kannte ihn noch nicht, und auch er wusste nicht, dass es der Pressechef der Bundesbahnen war, dem er zuraunte, Kinderspielzeug gehöre nicht als Kunst in den öffentlichen Raum gehängt. Noch lange trug die SBB-Direktion ihm diesen Fauxpas nach.

Vorsichtig schiebt Bannwart den Fuss in den Schuh zurück. Die verletzte Zehe scheuert am Oberleder, scheint dicker geworden zu sein. Am Bügel seines Trolleys richtet er sich auf. Rechts nur auf die Ferse. Wenn er den Fuss ausdreht, kann er kleine Schritte machen. Wie mit einem Holzbein. Trotzdem: Nicht jetzt zum Arzt. Morgen vielleicht.

In London?

Drei Schrittchen in Richtung Rolltreppe.

Er kennt keinen Arzt in London. Wie macht man das dort? Meldet sich in einem staatlichen Krankenhaus? Hier könnte er das jederzeit, mit dem Taxi zur Notfallaufnahme eines der Spitäler. Oder noch näher: Diese Rolltreppe runter, da gibt es alles, von der SOS-Station bis zur Kirche. Aber auch das braucht er nicht, er hätte ja Affolter. Ihn könnte er sogar jetzt, Viertel nach zehn, noch anrufen. Alter Kumpel aus dem Gymnasium, kein Freund, aber gleiche Klasse bis zur fünften, die Affolter repetieren musste. Trotzdem Arzt geworden, guter Praktiker, sein Hausarzt.

Bannwart hinkt an der Rolltreppe vorbei. Einigermassen kommt er voran.

In London kennt er keinen. Ganz neu, ganz unbekannt, ganz unbelastet, das war das stärkste Gefühl, als er dort ankam. Kopfüber ins Volle, jeden Tag eine Entdeckung, ein neues Ziel, unglaublich, wie viel in zwei Wochen Platz hat, wenn man eine Stadt wie London erleben, erfahren, erforschen will. Und die Menschen? Getroffen jede Menge, gesprochen mit vielen, aber keinen kennengelernt.

Er ist am Rande der Halle angekommen. In der Zehe klopft der Puls, im Moment ohne Schmerz. Er könnte sich ins Restaurant setzen, lieber im Bahnhof als im Flughafen.

Und was machen? Wo arbeiten?

Etwas findet sich immer. Aber hier eher als dort. Hier hätte er schon ein Angebot – unvorstellbar zwar, doch als Omen nicht schlecht. Und, rein theoretisch, gar nicht mal so abwegig. Zumindest wäre er eine ganze Weile weg. St. Petersburg statt London.

Mit ruckartig kurzen Schritten folgt er der Blindenspur zurück zum Ausgang. Bei der Apotheke nimmt er nicht die Rampe, sondern geht in der Mitte: Durch den Triumphbogen will er den Bahnhof verlassen. Hinter ihm hopst der Trolley krachend die Stufen herab, eins, zwei – das wird er überleben.

Ein voller Mond steht zwischen den Wolken, ein nahezu voller, nur links unten noch ein schwacher Schatten.

Schon reisst der Taxifahrer ihm die Tür auf, als Bannwart einfällt, dass er bloss noch englische Pfund bei sich hat.

»Kann ich auch mit Kreditkarte zahlen?«

Der Chauffeur nimmt ihm das Gepäck ab.

»Nicht alle können. Aber mein Taxi kann«, presst

er hervor, während er den Trolley in den Kofferraum hievt. »Kommen von weit?«

»London«, sagt Bannwart. »Und Sie?«

»Ich von Schlieren.« Der Fahrer grinst verschmitzt. »Und Sie müssen weit?«

»Klusplatz. Streulistrasse, Ecke Wotan.«

»Das nicht weit.«

»Doch«, sagt Bannwart und zieht behutsam den lädierten Fuss in den Wagen.

Daniel Suter
Der Insider. Roman
224 Seiten, gebunden,
Fr. 32.–, € 20.–,
ISBN 978-3-85990-130-8

John G. Derungs hat viel erreicht. Aus einfachen
Verhältnissen stammend, hat er sich hochgearbeitet
– Banklehre, Abendgymnasium, Studium der Volks-
wirtschaft, Dissertation. Seit einigen Jahren ist er Ver-
mögensverwalter im Private Banking einer kleineren
Zürcher Bank. Erfolgreich bei seinen Kunden, beliebt
bei seinen Vorgesetzten, hegt er berechtigte Hoffnungen auf weitere Karriereschritte. Und doch spürt
er in sich die Heimatlosigkeit des Aussenseiters.

Als seine langjährige Assistentin überraschend kün-
digt, muss Derungs widerstrebend eine Nachfolgerin
suchen. Eine der Bewerberinnen kommt ihm seltsam
bekannt vor. Plötzlich erinnert er sich: Vor Jahren hat
er sie im Gerichtssaal gesehen. Als Angeklagte. Im
Kriminalfall nur eine Nebenfigur, wurde sie zu einer
kleinen Strafe verurteilt. Derungs beschafft sich die
Prozessberichte von damals, er will alles über diese
Edith Morgan wissen.

Gerade weil er ihr Geheimnis kennt, stellt er sie als Assistentin an. Eine gute Wahl, wie sich zeigt. Edith Morgan bewährt sich im Job und wird Derungs bald unent-
behrlich. Je näher sie sich kommen, desto sehnlicher
wartet er darauf, dass Edith ihm ihre Vergangenheit
offenbart. Dieser Wunsch wird zur Obsession, die das
Denken und Handeln von John Derungs beherrscht.